新 潮 文 庫

ジゴロとジゴレット

モーム傑作選

サマセット・モーム
金 原 瑞 人 訳

新 潮 社 版

10315

ジゴロとジゴレット　モーム傑作選◎目次

アンティーブの三人の太った女　7
征服されざる者　37
キジバトのような声　93
マウントドラーゴ卿　125
良心の問題　169
サナトリウム　207
ジェイン　255
ジゴロとジゴレット　309
訳者あとがき　344
解説　角野栄子　353

ジゴロとジゴレット

モーム傑作選

アンティーブの三人の太った女

The Three Fat Women of Antibes

ひとりはミセス・リッチマン、寡婦《かふ》。もうひとりはミセス・サトクリフ、アメリカ人で二度の離婚歴あり。三人目はミス・ヒクソン、この年で未婚。三人とも四十代で、金に困ることもなく、悠々自適の生活を送っている。ミセス・サトクリフのファーストネームはアロー。ちょっと珍しい。若くてほっそりしていたときは、矢《アロー》という名前が好きだった。自分にぴったりだったし、ときどき、いや、しばしば、そのことでからかわれることもあったが、それはそれでうれしかった。自分の性格にもあてはまる。まっすぐで、速くて、目指すところが明確だ。ところが最近は、その名前がうっとうしい。繊細だった顔立ちは脂肪のせいで野暮ったくなりはじめ、腕や肩は太くなり、ヒップも目立って大きくなってきた。みられたいようにみせてくれる服をさがすのも次第に難しくなった。今ではアローという名前も陰でこっそりささやかれるようになり、それがうれしくない内容だということくらい察しがつく。しかしまだ、中年女に成り下がるつもりはない。相変わらず、瞳《ひとみ》の色を引き立たせるためにブルーの服を着て、金髪は美容院にいってつやを保つように手入れしてもらっている。彼女が、ベアトリス・リッチマンとフランシス・ヒクソンを好きなのは、ふたりとも自分よりずっと太っているからだった。そばにいると、自分がとてもスリムにみえる。ふたりとも年上なので、小娘のように扱ってくれる。悪い気はしない。ふたりとも気がよく、取り巻きたちのことで楽しそうに彼女をからかう。ふたりとも、もうその手のばかばかしい遊びはあきらめていた。それどころか、ミス・ヒクソンはそんなことは一切考えたことはない。しかしふたりは彼女の恋愛話に真剣に耳を傾けてくれたし、そのうち、彼女が三番目の男を幸せにするだろうと考えていた。

「絶対に、それ以上、太っちゃだめよ」と、ミセス・リッチマン。

「それと、ひとつ、お願い。彼氏がブリッジ（二組のペアで行うトランプのゲーム）ができるかどうかだけは確かめてね」と、ミス・ヒクソン。

　ふたりの意見は、相手の男は五十代だけど年のわりに若くみえて、堂々と落ち着いていて、海軍を退いた司令長官でゴルフの名手か、面倒な家族のいない独り者がいいけど、どちらにしても十二分な収入がなくちゃねというようなものだった。アローは感心したふりをしてきいていたが、頭の中ではまったく違うことを考えていた。再婚はしたいと思ってはいたものの、相手は肌が浅黒く目の美しい、立派な称号を持つすらっとしたイタリア男か、名門のスペイン貴族、ただし、三十歳以下が理想。たまに鏡に映る自分をみて、まだ三十以下で通るわよね、と確信することもあった。

ミス・ヒクソン、ミセス・リッチマン、アロー・サトクリフは大の親友だった。三人を結びつけたのは脂肪で、結束を固くしたのはブリッジだった。彼女たちが親しくなったのは、カリフォルニアの保養地カールズバッド。同じホテルに泊まって、同じ医者にかかって、同じひどい目にあっていた。ベアトリス・リッチマンはとにかく体が大きかった。美人で目がかわいくて、頰には頰紅を、唇には口紅を塗っていた。夫が先に死んで、かなりの財産があるという現状に心から満足していた。おいしいものが大好きで、バターを塗ったパン、クリーム、ポテト、脂身《あぶらみ》たっぷりのプディングに目がなく、一年のうち、十一ヶ月は食べたいものを食べて、一ヶ月だけはカールズバッドにきて減量することにしていた。ところが毎年、太るばかりだった。医者を責め立てたものの、医者の返事はそっけなく、単純明快な事実をいくつか並べるだけだった。

「でも、食べたいものが食べられなくなったら、生きている意味がないでしょう？」

医者は肩をすくめてみせた。そのあとミセス・リッチマンはミス・ヒクソンに、あの先生、思ってたほど頭がよくないみたい、といった。ミス・ヒクソンはげらげら笑った。ミス・ヒクソンはそういう女だった。太く低い声で話し、化粧気のない顔は大きく平べったく、その顔に小さなきらきらした目がついている。背中を丸め、両手をポケットに入れて歩き、人目につかないところでは細長い葉巻を吸い、できるだけ男のような服を着るようにしていた。

「あたしがフリルやプリーツでめかしこんだら、どうよ？　これくらい太っちゃったらさ、あとは楽な格好をするしかないって」

そういってツイードの服を着て、ごついブーツをはき、できるだけ帽子はかぶらない。雄牛のようにたくましく、ゴルフのショットであたしより距離を出せる男はなかなかいないからね、と自慢していた。言葉は乱暴で、人をののしる言葉は船荷の積み卸しをする労働者よりたくさん知っていた。ファーストネームはフランシスだが、フランクと呼んで、といっていた。偉そうだが、気が利《き》くところもあり、明るい性格と活発さが三人を結びつけていた。三人はいっしょに水を飲み、同じ時間に泳ぎ、息が切れるまで散歩をし、プロの選手に相手をしてもらってテニスコートをよろよろ走りまわり、同じ席で制限付きの貧相な食事をした。三人の意気をくじくものは体重計のみ。だれかが前日と同じ体重だとわかると、フランクの容赦ないジョークも、ベアトリスの気立てのよさも、アローのかわいらしい愛嬌《あいきょう》も、暗い気分を吹き飛ばす役には立たなかった。そうなると残酷な手段が講じられる。当人は部屋にもどり、二十四時間、医者の発案した有名な野菜スープしか食べてはいけないことになる。それはキャベツを洗った水を温めたような味しかしない。

この三人ほど仲のいい友だちはいないだろう。もし三人でブリッジができるなら、何の問題もなかった。そろってあきれるほどブリッジが好きで、その日の療養が終わるとすぐ、ブリッジテーブルにつく。アローは女らしい性格だが、いちばん上手で、勝負運びはじつにきびしく見事だった。情け容赦なく、取れるポイントは決して逃さず、相手のミスは絶対に見逃さない。ベアトリスは堅実で安定している。フランクは攻撃的だが同時に理論家でもあり、舌戦ではだれにも負けない。三人は互いのやり方について延々と議論した。イーライ・カルバートソンやハル・シムズ（どちらもアメリカのブリッジの名手）の理論を持ち出して相手を批判した。三人とも、一枚のカードを切るにも十五の理由があるようだが、ゲームのあとのやりとりをきいていると、そのカードを切らないことにも十五の理由があるのは間違いなさそうだ。彼女たちの毎日はほぼ理想的だった。「医者のおんぼろの」（ベアトリス）、「くそいまいましい」（フランク）、「いじわるな」（アロー）体重計に、二日間で三十グラム程度も体重が減っていないことを告発されて、二十四時間、まずいスープを飲むことさえがまんできた。唯一《ゆいいつ》の悩みは、自分たちと同程度の腕のブリッジの相手を探すのが非常に難しいということだった。

ここから話が始まるのだが、そんな理由から、フランクがリナ・フィンチをアンティーブ（南仏の保養地コート・ダジュールの港町。古代ローマの遺跡で有名）に招くことになった。そもそも三人がアンティーブで数週間過ごすことになったのは、フランクの次のような提案がきっかけだった。常識を働かせればわかるけど、ばかばかしいと思うわけよ。ベアトリスったら、ようやく二十ポンド減量に成功したってのに、ダイエットが終わったとたんに、食欲魔神の奴隷《どれい》になって元通りになっちゃう。ベアトリスは意志が弱い、ってことは、厳しく見張ってくれる人間が必要ってことだ。そこで提案。カールズバッドを出たら、アンティーブに別荘を借りない？　運動ならたっぷりできるわよ――常識だけど、やせるなら水泳だもん――それに食餌《しょくじ》療法だって続けられる。コックを雇えば、絶対太りそうなものは出させないようにできるんだから。いまよりもっとやせられるかもしれないし。なかなかいい提案だった。ベアトリスは自分にとって何がいいかわかっていた。それに誘惑が目の前になければ、誘惑に負けることはない。そのうえギャンブルが好きなので、週に二、三度カジノで軽く遊べるのもうれしい。アローはアンティーブが大好きだった。カールズバッドに一ヶ月いたということは、スタイルは今が最高。あそこにいけば、相手はより取り見取りだ。若いイタリア人、情熱的なスペイン人、おしゃれなフランス人、水着に派手なビーチガウンをはおって一日中ぶらぶら歩いている脚の長いイギリス人。フランクの提案は大成功。文句なしだった。週に二回は固ゆで卵とトマトでがまんして、毎朝、期待をこめて体重計に乗った。アローは十一ストーン（約七十キロ）までやせて、まるで少女にもどったような気分だった。ベアトリスとフランクはなんとか十三ストーン（約八十三キロ）を切っている。買った体重計はキロ表示だったが、三人は目盛りをみてそれを一瞬のうちに、何ポンド何オンスと換算することができるようになった。

しかし、ブリッジの四人目は相変わらず難問だった。ブリッジがまるでわかっていない相手、長考でいらいらさせる相手、気の短い相手、負けっぷりの悪い相手、詐欺《さぎ》まがいのことをする相手ならいた。だが、不思議なことに、理想の相手がどうしてもみつからない。

ある日の朝、三人がパジャマ姿でテラスの椅子《いす》に座って海をながめながら、紅茶を（ミルク、砂糖なしで）飲んで、ウドベール先生の低カロリーのラスクをかじっているときのこと、何通もの手紙に目を通していたフランクが顔を上げていった。

「リナ・フィンチがリヴィエラ（コート・ダジュールの東に位置するイタリアの保養地）にくるって」

「だれ、それ？」と、アロー。

「あたしのいとこの妻。いとこが二ヶ月前に死んじゃって、失意の底からはい上がりつつあるみたい。二週間ほど、ここに呼ぼうか？」

「ブリッジはできるの？」と、ベアトリス。

「できるなんてもんじゃない」フランクが太い声で答えた。「めちゃうまいよ。きてくれたら、知らない人をあてにしなくてよくなる」

「いくつくらい？」と、アロー。

「あたしと同い年」

「じゃ、決まりね」

話はまとまった。フランクはいつもの調子で実行に移した。朝食を終えるとすぐ大股《おおまた》で出ていき、電報を打った。三日後、リナ・フィンチがやってきた。フランクが駅まで迎えにいった。リナは夫の死を悲しんでいたが、同情を強要するようなタイプではなかった。フランクはリナに二年、会ってなかった。やさしくキスをすると、相手をゆっくり観察した。

「ずいぶんやせたね」

リナは気丈にほほえんだ。

「このところずっと、つらくて、大変だったから。げっそりやせちゃった」

フランクはため息をついたが、かわいそうに思ったのか、うらやましく思ったのかはわからない。

リナは落ちこんでいたわけではなかったので、さっと入浴をすますと、フランクといっしょにエデン・ロックにいった。フランクはリナをふたりの友人に紹介した。四人は「モンキー・ハウス」として知られていたカフェ・レストランにいった。海を見下ろすガラスばりの建物で、奥にはバーがある。水着姿やパジャマ姿やビーチ・ガウン姿の客がしゃべりながら、テーブル席で飲み物を飲んでいる。やさしいベアトリスは、失意のリナに同情し、アローはリナが色白で、容姿は平凡で、四十八歳前後だとわかると気が合いそうだと思った。ウェイターがやってきた。

「リナ、何にする?」と、フランク。

「さあ、何にしようかしら。みなさんと同じでいいわ。ドライ・マティーニ?　それともホワイトレディ?」

アローとベアトリスはリナをちらっとみた。カクテルは太ることくらい、だれでも知っている。

「旅行で疲れてるからな」フランクが気をつかっていった。

フランクはリナにドライ・マティーニを、自分とふたりの友人にレモンとオレンジのミックスジュースを注文した。

「あたしたち、アルコールはやめとく。暑いからな」フランクが言い訳がましくいった。

「あら、わたしは平気よ」リナが軽くいった。「カクテルが好きなの」

アローは頰紅の下がすっと青ざめた（ちなみに、アローもベアトリスも泳ぐときは顔をぬらさないようにしていたし、大柄なフランクがもぐるのが好きなふりをしているのをみて、ばかみたいと思っていた）ものの、何もいわなかった。話がはずみ、みんな、あたりまえのことをおもしろそうにいい合った。やがて四人は別荘にもどって昼食をとることにした。

それぞれのナプキンの上に小さなダイエット・ラスクがふたつ置いてある。リナはにっこりほほえむと、皿のすみに置いた。

「パンをいただける？」

身震いするほど下品な言葉も、三人の耳にこれほどのショックを与えることはなかっただろう。三人ともこの十年間、パンはひと切れも食べていなかったのだ。食欲の奴隷であるベアトリスさえ、そこには一線を引いていた。よき主人役であるフランクが最初に、われに返った。

「あ、ああ」フランクはウェイターのほうを向いて、パンを持ってくるようにいった。

「それからバターも」リナがうれしそうに、明るくいった。

一瞬、ぎこちない沈黙が流れた。

「さあ、ここにあったかなあ」フランクがいった。「きいてみるけど。もしかしたらキッチンにあったかも」

「パンにバターを塗って食べると、ほんとにおいしいわよね。そう思わない?」リナがベアトリスのほうを向いてたずねた。

ベアトリスはしかたなくほほえみを浮かべて、言葉をにごした。ウェイターが、こんがり焼けた細長いフランスパンを持ってきた。リナはそれに縦に切りこみをいれると、奇跡のように登場したバターを遠慮なく塗った。それから網焼きのシタビラメが出てきた。

「ここじゃ、思い切りシンプルな料理しか食べないんだ」フランクがいった。「いいかな?」

「もちろんよ。シンプルな料理は好きだもの」リナはそういうと、バターを取ってシタビラメに塗った。「バターを塗ったパンと、クリームをのせたポテトがあれば、十分、幸せよ」

三人が顔を見合わせた。フランクの血色の悪い大きな顔が少したるみ、目は皿のぱさぱさでまずそうなシタビラメをみた。ベアトリスがなんとかしようと口をはさんだ。

「本当に残念なんだけど、このあたりじゃクリームが手に入らないの。ここリヴィエラじゃ、がまんしなくちゃね」

「嘘《うそ》みたい」と、リナ。

昼食はそのあと、ラムのカツレツが出たが、脂身はきれいにとってある。ベアトリスが自制心をなくさないようにという配慮だ。それからゆでたホウレンソウ、最後はナシのコンポートだった。リナは一口食べると眉《まゆ》を上げてウェイターをみた。ウェイターは勘のいい男で、すぐに相手の意向を察し、それまで食卓に置かれることのなかった粉砂糖の入ったボウルを、ためらうことなくリナに手渡した。リナはコンポートにたっぷり砂糖をかけた。三人はみないふりをした。コーヒーが出ると、リナは角砂糖を三個入れた。

「甘いのが好きなのね」アローは、きつい言い方にならないよう注意しながらいった。

「サッカリンのほうがずっと甘いぞ」フランクは小さな錠剤をコーヒーに入れながら

いった。

「いや」と、リナ。

ベアトリスは唇を突き出して、ものほしげに砂糖の山に目をやった。

「ベアトリス」フランクがきびしい声でたしなめた。

ベアトリスはため息をぐっとこらえて、サッカリンのほうに手をのばした。

四人でブリッジ・テーブルを囲むことになって、フランクはほっとした。アローとベアトリスが動揺しているのはわかっている。フランクはふたりにリナを気に入ってもらいたかったし、リナには二週間、みんなと仲良くやっていってほしいと思っていた。最初のゲームで、アローはリナと組になった。

「ヴァンダビルト派？　それともカルバートソン派？」アローがたずねた。

「流儀はどうでもよくって」リナが明るく答えた。「いってみれば、直感派かな」

「わたしはカルバートソン派よ」アローがむっとしていった。

三人の太った女は気を引き締めてゲームに臨んだ。流儀はどうでもいいって?!　思い知らせてやる。ブリッジが始まれば、フランクでさえ、いとこの妻への思いやりなど忘れ、ほかのふたり同様、このよそ者を徹底的に痛めつけてやろうと心に決めた。ところが、リナの直感は捨てたものではなかった。そもそもゲームの才能があるうえに、豊富な経験がそれに磨きをかけた。相手の考えを読み、手早く、大胆に、確実にカードを切っていく。ほかの三人もブリッジにかけてはかなりの腕なので、すぐにリナの実力を見抜いた。三人とも気がよく、寛容だったので、そのうちに気持ちをやわらげた。ゲームはじつに気持ちのいい展開になり、全員が心ゆくまで楽しんだ。アローもベアトリスも、リナに心を許すようになった。それをみたフランクはほっとして大きなため息をついた。うまくいきそうだ。

　二時間ほどでブリッジは終わり、四人は別れた。フランクとベアトリスはゴルフのコースをひと回りしにいった。アローは最近知り合ったルッカメアという貴族の若者と元気よく散歩にでかけた。ルッカメアはやさしく、若く、美男子だった。リナは部屋で休むことにした。

　四人はふたたび、夕食前に一緒になった。

「リナ、だいじょうぶか?」フランクがたずねた。「すまない、ほったらかしにして」

「あら、そんなこといいわよ。ぐっすり寝て、『ファン』ってお店にいってカクテルを飲んできたの。すごいこと発見しちゃった。きっとみんな喜ぶと思う。かわいいカフェがあってね、うっとりするくらいおいしそうな濃くて新鮮なクリームがあるの。毎日、半パイント(約二百五十cc)届けてもらうように頼んできちゃった。わたしからのささやかなお礼よ」

　リナは目を輝かせている。三人が喜ぶのを期待しているのは明らかだ。

「それはうれしい」フランクがいった。ふたりの顔に浮かんでいるいらだちをしずめようと思っているのがよくわかる。「けど、三人ともクリームは食べないんだ。こんなに暑いときに食べると、肝臓に負担がかかるからね」

「えーっ、じゃあ、わたしひとりで食べなくちゃいけないの？」リナがうれしそうにいった。

「スタイルは気にならないの？」アローが意地悪な質問をした。

「お医者さんに、食べろっていわれてるくらいよ」

「バターを塗ったパンと、クリームをのせたポテトを食べろって？」

「そう。そういうのがシンプルな料理じゃないの？　みんなシンプルな料理を食べてるっていってたじゃない」

「ぶくぶくに太るわよ」と、ベアトリス。

　リナは明るく笑った。

「ううん、太らない。わたし、何を食べても太らないの。いつだって、食べたいものを食べてるけど、ちっとも体重が増えなくて」

そのあとに続いた恐ろしい沈黙を破ったのはウェイターだった。

「マドモワゼル、支度がととのいました《エ・セルヴィ》」

三人は、リナが部屋にもどると、遅くまでフランクの部屋で話し合った。夕食のあいだは異様に陽気で、親しげに冗談をいい合った。どんなに鋭い観察眼を持っている人間でも、だまされそうなくらいだ。ところが今は三人とも仮面をはずし、ベアトリスはむっつりして、アローは顔をゆがめ、フランクは男っぽさが失《う》せている。

「あれは、つらいわ。目の前で、わたしの大好物をぱくぱく食べているんだもの」ベアトリスがこぼした。

「あたしたちだれにとっても、つらいに決まってる」フランクがかみつくようにいった。

「呼ばなきゃよかったのに」と、アロー。

「だけど、知らなかったんだ」と、フランク。

「旦那《だんな》さんのことを本当に悲しんでいるなら、ああたくさんは食べられないと思うんだけど」と、ベアトリス。「お墓に入ってから、まだたったの二ヶ月よ。亡《な》くなった人にはそれなりの思いやりがあっていいはずじゃない」

「わたしたちと同じものを食べればいいじゃない」アローがいまいましそうにいった。

「お客なんだから」

「ほら、いってただろう。お医者さんに、食べろっていわれてるんだって」

「じゃあ、サナトリウムにでもいけば？」

「フランク、なみの人間には耐えられないわよ」ベアトリスがうらめしそうにいった。

「あたしだって耐えてるんだから、耐えられないことないよ」

「あなたにはいとこだからね。でも、あたしたちには赤の他人よ」と、アロー。「十四日間、いっしょに座って、あの人が豚みたいに食べるのをながめるなんて、無理」

「そんなに食べ物のことを大げさにいうな。みっともない」フランクがいつも以上に声をはり上げた。「なんたって、人間、大切なのは精神だ」

「あたしがみっともないって、フランク？」アローが目を怒らせた。

「そんなことないわよ。アローはそんなことない」ベアトリスが割って入った。

「いっちゃ悪いけど、フランク、あたしたちが寝てから、こっそりキッチンに下りて、こっそり、おいしいものを食べてるんじゃない？」

フランクがぱっと立ち上がった。

「いいかげんにしろ、アロー！　人にしてほしくないことをするなんて、冗談じゃない。長年のつきあいだってのに、あたしにそんないやしい真似《まね》ができると思ってるのか？」

「じゃあ、なんでいつまでたっても体重が減らないのよ？」

フランクは言葉に詰まって、ぼろぼろ涙をこぼした。

「そんな言い方はないだろう！　何ポンドも何ポンドも減らしてきたじゃないか」

フランクは子どもみたいに泣きじゃくった。大きな体が揺れ、大きな涙が山のような胸に散った。

「ごめんなさい、そんなつもりじゃなかったの」アローが大声でいった。

アローは身を投げ出してひざまずき、太い腕でフランクの膝《ひざ》を抱きしめた。涙で、マスカラが頬に流れている。

「あたし、ぜんぜんやせてみえない？」フランクはすすり泣いている。「あんなに頑張ってきたのに」

「やせたわよ、フランク、当たり前じゃない」アローが泣きながら、大きな声でいった。「だれだって、みればわかるって」

元来、あまり動じることのないベアトリスまでが声をあげずに泣きだした。たしかに、いたましい光景だった。よほど冷酷な人間でない限り、フランクが泣くのをみれば心を動かされる。ライオンのような心臓を持った女が、大泣きに泣いているのだ。

しかし、すぐに女たちは泣きやみ、ブランデーの水割りを少し飲んだ。どの医者にも、飲むならこれがいちばん太らずにすむといわれていた。三人はそのおかげでかなり気分が回復した。そして出た結論は、リナには医者にいわれたように栄養のあるものを食べさせて、自分たちは絶対に冷静でいることを誓う、というものだった。リナはまちがいなくブリッジがうまいし、なんだかんだいっても、せいぜい二週間がまんすればいい。できるだけのことをして、リナを楽しくすごさせてあげよう。三人はたがいにやさしいキスをして、各自の部屋にもどった。三人とも妙に気分が高揚していた。何があってもこの素晴らしい友情は大切にしたい。そのおかげで、自分たちはとても幸福でいられるのだから。

ところが人の心は弱い。あまりあてにしないほうがいい。自分たちが網焼きの魚を食べているのに、リナはチーズとバターでぐつぐつ音を立てているマカロニを食べている。自分たちがゆでたホウレンソウや脂身を取ったカツレツを食べているのに、リナはフォアグラのパテを食べている。一週間に二度、自分たちは固ゆでの卵とトマトですまさなくてはならないのに、リナはクリームをたっぷりかけたグリンピースや、いろんなふうにおいしく料理したポテトを食べている。シェフは腕に自信があったので、待ってましたとばかりに、豪勢でおいしくて食べごたえのある料理を作った。

「ジムがかわいそう」リナは夫を思い出して、ため息をついた。「フランス料理には目がなかったの」

ウェイターが、カクテルなら五、六種類作れますといいだすと、リナは三人に、お医者さんから昼食にはブルゴーニュのワインを、夕食にはシャンパンを飲むよう勧められているのといった。三人の太った女はじっとがまんした。元気におしゃべりをして、ときには大はしゃぎしてみせたものの（これは女性が生まれ持った、相手をあざむく手段だ）、ベアトリスは元気がなくさびしそうな顔になり、アローのやさしい青い目は鋼《はがね》のような鋭さを帯び、フランクのよく通る声は耳障《みみざわ》りに響くようになった。そしてブリッジをするときに、その険悪な雰囲気が顕著になった。三人はいつも、ゲームのやり方についてよく言い合ったが、それは和気あいあいとした雰囲気で行われていた。ところが今は、あからさまな悪意が忍びこみ、だれかの悪手をとがめるときにも、必要以上にあけすけに非難するようになった。意見の交換だったものが、言い合いになり、言い合いはなじり合いになった。険悪な沈黙でゲームが終わることもあった。一度、フランクがアローにむかって、わざとあたしに不利なカードを切ったね、と責めたことがあった。三人のなかでいちばんおとなしいベアトリスは二、三度泣かされたことがあった。アローがカードをテーブルに投げつけて、すごい形相で部屋から出ていったこともあった。三人は精神的にどんどん疲弊していった。そして仲介役はリナだった。

「ブリッジでけんかするなんて、やめましょうよ。だって、ただのゲームなんだから」

リナにはなんの文句もなかった。食べたいだけ食べて、シャンパンを半本空けて、ブリッジはばか付きで、ひとり勝ち。毎回ゲームが終わると、ノートに点数を書きつけることになっていた。リナの点は毎日、着実に増えていった。世界に正義などというものはない。三人は憎み合うようになっていった。そしてリナを憎んでいたものの、リナに自分の気持ちを打ち明けずにはいられなかった。そして別々にリナの部屋にいっては、ほかのふたりに対する不平をこぼした。アローはこんなふうだ。自分よりあんなに年上の女がふたりもいてうっとうしくてしょうがないの、別荘を借りるのに払ったお金はあきらめて、夏が終わるまでヴェニスにでもいこうかしら。フランクはこんなふうだ。あたしは女とは気が合わない、もうやってられないよ、アローはちゃらちゃらしてばっかりだし、ベアトリスははっきりいってばかだし。「あたしは知的な会話を楽しみたいんだ」フランクは太い声でいった。「あたしってそこそこ頭がいいから、それなりの相手でなくちゃだめなんだ」

ベアトリスは、わたしは平和で静かな生活がしたいだけなの、といった。「女なんて大嫌い。これっぽっちも信用できないし、意地悪のかたまりよ」

リナの二週間の滞在が終わりに近づくと、三人の太った女はろくに口もきかなくなった。三人ともリナの前では体裁を取りつくろったが、リナがいないときは、なりふり構わなかった。口げんかの段階は終わり、おたがいを無視するか、無視できないときは、冷ややかな礼儀正しさで接するようになった。

リナは友だちといっしょにイタリア領のリヴィエラで過ごすことになった。フランクは見送りにいった。リナはきたときと同じ列車で、三人から巻き上げたかなりの額を持って去っていく。

「なんて、お礼をいったらいいのか」リナは列車に乗りながらいった。「とっても楽しかった」

フランクがどんな男にも負けないと自負していることがひとつあるとしたら、それは紳士らしさだ。フランクの返事は、まさに紳士らしい鷹揚《おうよう》さと寛大さに満ちていた。「三人とも、リナがきてくれて心から感謝している。本当に楽しかった」

しかし列車が出ていき、それに背を向けたとたん、フランクはものすごいため息をついた。足下のプラットホームがふるえたくらいだ。そしてごつい肩をそびやかすようにして大股で別荘にもどっていった。

「お――!」フランクは間を置いて叫んだ。「お――!」

フランクは別荘に帰ると、ワンピースの水着に着替え、エスパドリーユをはき、男物のビーチ・ガウン(まったくしゃれっ気のない)をはおり、エデン・ロックに向かった。昼食のまえにまだ泳ぐ時間がある。「モンキー・ハウス」の中を歩きながら、あたりをみて、知っている人にはおはようと声をかけた。というのも、ふいに全人類と仲良くなったような気がしてきたのだ。そしてはっとして立ち止まった。自分の目が信じられなかった。ベアトリスがテーブルについている。それもひとりだ。一日か二日まえにモリノーの店で買ったパジャマを着て。真珠のネックレスをしている。フランクは目ざとく、ベアトリスが美容院で髪にウェーブをかけてきたのに気がついた。頬紅、アイシャドー、口紅もばっちりだ。太っているのは、いや、かなり太っているのは間違いないが、だれがみても、とても魅力的だ。だが、いったい何をしている?

フランクは背を丸め、いつものネアンデルタール人のような足取りで近づいていった。黒い水着姿のフランクは、日本人がトレス海峡(オーストラリアとニューギニアの間の海峡)で捕獲するクジラそっくりだった。そのクジラを、地元では「海の雌牛」と呼んでいる。

「ベアトリス、いったい何をしている」フランクが吠《ほ》えるような声でいった。

遠くの山々で響く雷鳴のようだった。ベアトリスは平然と顔を上げた。

「食べてるの」

「ばか、それくらい、みりゃわかる」

ベアトリスの前には、皿にのったクロワッサン、皿にのったバター、ボウルに入ったイチゴジャム、コーヒー、クリーム入れに入ったクリーム。ベアトリスは、こんがり焼けたトーストにバターを厚く塗り、その上にジャムをのせ、その上にこってりしたクリームをたっぷりかけた。

「死ぬぞ」フランクがいった。

「いいじゃない」ベアトリスがトーストをほおばっていった。

「何ポンド太ると思ってるんだ」

「うるさい!」

ベアトリスはフランクの顔をみて笑った。フランクは心の中でつぶやいた。まったく、このクロワッサンときたら、むちゃくちゃおいしそうなにおいがする。

「がっかりだ、ベアトリス。もう少し気骨のあるやつだと思っていた」

「あんたのせいよ。あんな女連れてくるから。あんたが、どうしても呼ぶってきかなかったんじゃない。二週間も、豚みたいに食べるのをみせつけられてたのよ。なみの人間にがまんできるわけないわ。思い切り食べてやる。お腹《なか》が破裂してもかまわない」

フランクの目に涙がこみあげてきた。突然、力が抜けて、女にもどったような気がした。たくましい男に膝に抱き上げてもらって、なでて、抱きしめて、かわいい名前で呼んでほしくなった。フランクは何もいわず、ベアトリスの横の椅子に倒れこむように座った。ウェイターがやってくると、弱々しくコーヒーとクロワッサンを指さした。

「同じものを」フランクはため息をついた。

それからぼんやりとクロワッサンのほうに手をのばした。ところが、ベアトリスがさっと皿を引き寄せた。

「だめ。あげない。自分のがくるまで待ちなさい」

フランクがベアトリスに投げつけた言葉は、女性が仲のいい女性にはまず使わないようなものばかりだった。すぐにウェイターがやってきた。クロワッサン、バター、ジャム、コーヒーが並ぶ。

「クリームがないじゃないの、ばか」フランクは追いつめられた雌ライオンのように吠えた。

そして食べ始めた。それもすごい勢いで。店内が次第に海水浴客でいっぱいになってきた。みんな太陽と海のもとですべきことをすませて、カクテルを一、二杯飲もうとやってきたのだ。そのうちアローがルッカメアといっしょに入ってきた。美しいシルクの薄物を体にぴったりそうよう片手で押さえ、できるだけ細くみせようとしている。そして頭を上げて、相手に二重あごがみえないようにしている。楽しそうに声を上げて笑っている。アローは少女になったような気分でいるらしい。ついさっきルッカメアにイタリア語で、君の目にくらべれば地中海の青なんてグリンピースのスープみたいだといわれたばかりだ。ルッカメアは、男性用のトイレにいって黒い髪を整えてくるから、五分後にここで何か飲もうといった。アローは女性用のトイレにいって頰紅と口紅を軽く塗り直した。もどってくる途中で、フランクとベアトリスがいるのに気がついた。アローは立ち止まった。自分の目が信じられない。

「嘘でしょ！」アローが大声を上げた。「ふたりとも、はしたない。豚よ、豚」アローは椅子をつかんだ。「ウェイター！」

さっきの約束はきれいに頭の中から消え去っていた。一瞬のうちにウェイターが飛んできた。

「ふたりが食べてるものを持ってきてちょうだい」

フランクは皿から、大きく重い頭を上げた。

「フォアグラのパテ！」大きな声が響いた。

「フランク！」ベアトリスが叫んだ。

「だまれ」

「いいわよ。わたしももらうから」

コーヒーが運ばれ、焼きたてのパンとクリームとフォアグラのパテがくると、三人は早速手をつけた。パテにクリームをのせて食べ、大きなスプーンでジャムをすくってほおばり、かりっと焼けたおいしいパンを口に詰めこんだ。アローに、あなたにとって恋人って何ときいたら、恋人なんてローマの宮殿か、アペニンの城を守っていればいいの、という返事が返ってきそうだ。三人とも無言だった。これほど重要なことはほかにないといわんばかりだ。真剣に、熱心に、夢中になって食べている。

「ポテトにお目にかかるのは二十五年ぶりだ」フランクが遠い過去に思いを馳《は》せるような声でいった。

「ウェイター」ベアトリスが大声で呼んだ。「フライドポテトを三人分」

「かしこまりました《トレビアン》、マダム」

ポテトが運ばれてきた。アラビアの香水をすべて集めても、この香りには勝てない。

三人は指でつまんで食べた。

「ドライ・マティーニをお願い」と、アロー。

「アロー、食事の途中でドライ・マティーニはないだろう」と、フランク。

「なんで？　だまってみてれば？」

「あ、そう。じゃあ、あたしはドライ・マティーニをダブルで」と、フランク。

「じゃあ、わたしはトリプルでいただくわ」と、ベアトリス。

　持ってこられたマティーニは威勢よく飲みほされた。三人は顔を見合わせて、ため息をついた。この二週間の誤解がすっかりとけ、相手に対する温かい気持ちが心にこみあげてきた。自分たちを固く結びつけてきた友情がもうこれきりだなどと考えたことが、とても信じられない。三人はポテトを食べ終えた。

「ここには、チョコレート・エクレアがあったかしら」と、ベアトリス。

「あるに決まってるじゃない」

　そしてもちろん、三人は注文した。フランクは大きな口を開けてひとつ丸のまま押しこんで飲みこみながら、もうひとつつまんだ。しかしそれを食べるまえに、ふたりのほうをみて、あの憎らしいリナの心臓に復讐《ふくしゅう》の短剣を突き立てた。

「だれになんといわれようと、これだけはいわせてもらうからね。リナったら、ブリツジでほんとに汚い手を使うね」
「最低よ、最低」と、アロー。
だが、ベアトリスはふと、メレンゲが食べたいなと思った。

征服されざる者

The Unconquered

ハンスがキッチンにもどってきた。男はまだ床の上で、さっきなぐられたときのまま転がっている。顔は血まみれで、うめいている。女は壁に背中をくっつけるようにして、おびえた目で、ハンスの仲間のウィリーをみつめている。ハンスが入ってくると、女ははっと息を飲み、大きくすすり泣きを始めた。ウィリーはテーブルについたまま、手にはリボルバーを持っている。飲みかけのワインのグラスがそばにある。ハンスはテーブルの前までやってくると、自分のグラスにワインを注いで、ひと息で飲み干した。

「おいおい、ずいぶん手こずりましたって顔だな」ウィリーがにやっと笑っていった。

ハンスの顔は血まみれで、鋭い爪《つめ》のあとが五本くっきり残っている。ハンスはそっと頬に手をやった。

「目をえぐられるところだった。あばずれめ。ヨードチンキでも塗っておかなくちゃな。だけど、あの女、もうだいじょうぶだ。おまえもやってこいよ」

「さあ、どうするかな？　もう遅いし」

「ばかいうな。男だろう。遅くなったからなんだ。おれたちは道に迷ったんだからさ」

　外はまだ明るく、傾きかけた日の光が、農家のいくつかの窓から射《さ》しこんでいる。ウィリーはしばらく考えた。ウィリーは小柄で、浅黒く、細面で、戦争が始まるまえは服のデザインをやっていた。ハンスになめられたくはなかったので椅子《いす》から立ち上がると、ハンスが入ってきたドアのほうにいきかけた。女はウィリーの考えていることに気づくと、悲鳴を上げて、壁際《かべぎわ》から前に飛びだした。

「ノン、ノン」女は叫んだ。

　ハンスが一歩踏み出して女の前に立ち、両肩をつかんで乱暴に押しやった。女はよろけて倒れた。ハンスはウィリーのリボルバーをつかんだ。

「ふたりとも、おとなしくしてろ」ハンスは耳障《みみざわ》りな声でいった。フランス語だが、喉《のど》の奥から発音するようなドイツ語なまりだ。それからドアのほうをみてうなずいた。

「いけよ。こいつらはおれがみてる」

　ウィリーは出ていったが、すぐにもどってきた。

「気を失ってる」

「ああ、それがどうした？」

「無理だよ。あれじゃ役に立たない」

「ばか、役に立たないのはおまえのほうだろう。アイン・ヴァイプヒェン。女々しいやつだ」

ウィリーはまっ赤になった。

「もどろう」

ハンスはばかにするように肩をすくめてみせた。

「この瓶のワインを空けてから、いこうか」

ハンスはいい気分だったし、休んでいこうと思っただけだった。朝からずっと任務に追われ、何時間もオートバイで走り回って、体中が痛かった。運良く、そう遠くまでいく必要はない。ソアソン（フランス北部の古都）までだ。十キロか十五キロくらいだろう。運良くベッドで寝られればいいけどな。まったく、あの娘がばかなことをしなけりゃ、こんなことにはならなかったんだ。ハンスとウィリーは道に迷ったので、畑で働いていた農夫をつかまえて道をきいて、だまされた。気がつくと脇道《わきみち》を走っていた。ふたりはこの農場までやってくると、また道をたずねた。それもていねいに。というのも、フランス人には、おとなしくしている限り、親切にするようにと命令されていたからだ。ドアが開き、娘が出てきて、ソアソンにいく道は知らないといった。そこでふたりはなかに押し入った。するとあの女――おそらく母親だろう――が行き方を教えてくれた。その家には農夫と、妻と娘がいて、ちょうど夕食を終えたところらしく、ワインが一本あった。それをみてハンスは、喉がからからなのに気がついた。日中、猛烈に暑く、昼から何も飲んでいなかったのだ。ハンスがワインを一本もらえるかというと、ウィリーが礼ははずむからと言い足した。ウィリーはいいやつだが、やわいところがある。だけど、おれたちは勝ったんだ。フランス軍はどこだ？　必死に逃げまわってる。イギリス軍は何もかもおっぽり出して、ウサギみたいに自分たちの島に逃げ帰った。おれたち征服者は、好き勝手に振る舞っていいはずだ。だけど、ウィリーは二年もパリの仕立屋で働いていた。フランス語がうまいし、それで今の軍務に就いたわけだが、パリで働いてどこか変わっちまった。フランス人ってのはデカダンだからな。ドイツ人がやつらと暮らしていいことなんかなんにもない。

農夫の妻がワインのボトルを二本、テーブルに置いた。ウィリーはポケットから二十フラン出して渡した。妻は礼もいわなかった。ハンスはウィリーほどフランス語はできないが、いいたいことを伝えることはできるし、いっしょのときはいつもウィリーとフランス語でしゃべっていた。間違えると、ウィリーが直してくれる。便利なやつだ。だから仲間になった。ウィリーが自分に一目置いていることも承知していた。ハンスは背が高く、ほっそりしているが肩幅は広く、カールした金髪は美しく、目はあざやかなブルーだ。ハンスはチャンスがあればいつもフランス語を練習しようとしていて、このときもフランス語で話そうとしていた。ところが、ここの三人は押し黙ったままだ。ハンスは、うちも農家で、この戦争が終わったら畑仕事にもどるつもりなんだと話した。ミュンヘンの学校にいかされたんだ。母親に商売を勉強してこいっていわれてさ。だけど、まったくつまんなくて、大学の入学資格を取って、農業大学にいったんだ。

「道をききにきたんでしょ。用がすんだら」娘がいった。「ワインを飲んで、出てって」

ハンスはそれまで娘など眼中になかった。よくみると、美人じゃないが、黒い目はきれいだし、鼻筋も通ってる。それに色白だ。服は粗末だが、それがなんとなくちぐはぐにみえる。どことなく品がある。戦争が始まると、仲間がフランス娘のことを話すようになった。ドイツ娘にはないものがあるらしい。ウィリーは、シックなんだ、といってた。なんだそれ、ときくと、自分の目でみなきゃわからない、といわれた。

もちろん、フランス女はがめつくて薄情だ、という連中もいた。まあいい、ウィリーといっしょに一週間ほどパリにいくから、そのとき確かめてこよう。司令部がおれたちの慰安所を用意してくれているらしい。

「そのワインを空けたら、いこうか」ウィリーがいった。

しかしハンスはいい気持ちになっていて、のんびりしたかった。

「農夫の娘にはみえないな」ハンスは娘にいった。

「だから？」娘がいった。

「先生なんですよ」母親がいった。

「へえ、ちゃんとした教育を受けてんだ」娘は肩をすくめたが、ハンスは機嫌よく、下手なフランス語で話しかけた。「覚えておいたほうがいいからいっとくけど、フランス人にとって、こんなに幸せなことはないんだぞ。宣戦布告したのはおれたちじゃない。そっちだ。いまおれたちは、フランスを礼儀正しい国にしてやろうとしてるんだ。秩序ある国にな。働くってことを教えてやろうとしてるんだ。従順さと規律正しさを学べ」

娘は両手をぐっと握りしめて、ハンスをみた。黒い目に憎悪《ぞうお》があふれているが、何もいわなかった。

「おい、ハンス、酔っ払ってるだろう」ウィリーがいった。

「まったく素面《しらふ》だ。おれは真実をいってる。なんでこんな簡単なことがわからないんだ？」

「そっちの人のいうとおりよ」娘が、我慢できなくなって大声を上げた。「酔っ払い。さっさと、出ていって」

「へえ、ドイツ語がわかるのか？　わかった、出ていく。だけど、そのまえにキスしてくれ」

娘は一歩下がって、ハンスを避けようとしたが、手首をつかまれた。

「父さん」娘は叫んだ。「父さん」

父親が飛びかかった。ハンスは娘の手首を放して、相手の顔を思い切り殴った。父親はあっけなく床に倒れた。ハンスは、今度は逃げられるまえに娘を抱きしめた。頬を殴られたが……にやっと笑った。

「キスしてほしいってドイツ兵を殴るとはな。思い知らせてやる」

ハンスは娘をはがいじめにすると、ドアから出ていこうとした。母親が飛びついてきて、服をつかんで引き離そうとした。ハンスは片手で娘を抱いたまま、もう片方の手のひらで母親を押しやった。母親はよろけて壁に背中をぶつけた。

「ハンス、ハンス」ウィリーが大声で呼んだ。

「うるさい。黙ってろ」

　ハンスは娘が叫ばないよう手で口をふさぐと、キッチンから出ていった。そうとも、あの娘が悪い、自業自得《じごうじとく》ってやつだ。おれを殴ったりするからだ。おとなしくキスされてりゃ、あのまま出てったんだ。ハンスは父親をちらっとみた。さっきと同じところに転がっている。その変な顔をみて、思わず吹き出した。壁の前で小さくなっている母親をみると、顔がにやけてしまう。次は自分の番だとでも思ってるのか？　冗談じゃない。ハンスはフランスの諺《ことわざ》を思い出した。

「つらいのは最初だけだ。おばさん、なにも泣くことはないって。遅いか早いかだけさ」ハンスはポケットに手を突っこんで財布を出した。「ほら、百フラン置いてってやるよ。マドモワゼルに新しい服でも買ってやりな。あの服はもうぼろぼろになっちまったからな」ハンスは札を一枚テーブルに置くと、ヘルメットをかぶった。「さ、いこうぜ」

　玄関のドアを乱暴に閉めると、ふたりはオートバイに乗った。母親は客間にいった。娘がソファの上で泣いていた。男が部屋を出ていったときと同じ格好で、泣きじゃくっている。

三ヶ月後、ハンスはまたソアソンにやってきた。占領軍とともにパリにいって、凱《がい》旋門《せんもん》をオートバイで走り抜け、それからまた軍の一員としてトゥールやボルドーにもいった。戦闘らしい戦闘はなく、捕虜以外のフランス兵は目にしなかった。フランス侵攻作戦のときは信じられないほどの激戦だったというのに。それから休戦になると、ハンスはパリで一ヶ月すごした。バイエルンの家族に絵はがきを送り、みんなにプレゼントを買った。ウィリーは、パリのことは自分の手のひらのようによく知っていたので、ほかのところにはいかなかった。しかし所属している部隊がソアソンを占領している部隊に合流することになった。町はこぢんまりとして気持ちがよく、宿舎も居心地がよかった。食べ物もたっぷりあるし、シャンパンもドイツでいえば一マルクしない。ハンスはソアソンにいくようにいわれたとき、あの娘の顔をみるのもおもしろいかなと思った。そこでシルクのストッキングを一足買った。悪気はなかったことを示したかったのだ。ハンスは方向感覚はいいほうなので、あの農家は簡単にみつかるだろうと思っていた。ある日の午後、何もすることがないので、シルクのストッキングをポケットにつっこんでオートバイに乗った。気持ちのいい秋の日で、空には雲ひとつない。のんびりとした、ゆるやかな起伏のある田舎の風景のなかを、ハンスはオートバイで走っていった。からりとした晴天続きで、もう九月だというのに、季節の移り変わりに敏感なポプラさえ、まだ夏が終わりかけている様子をみせていない。ハンスは道を間違えて遅くなったが、三十分もかからないうちに目的の場所に着いた。雑種の犬が吠《ほ》えるのを尻目《しりめ》に、玄関までいくと、ノックもせずに、把手《とって》を回して、なかに入った。娘がテーブルについてジャガイモをむいている。娘は軍服の男をみて、ぱっと立ち上がった。

「なんの用？」そういってから、娘は相手に気がついた。壁まで後ずさりながら、両手で包丁を握りしめる。「豚《コション》」

「そんなに騒ぐなって。何もしないから。ほら、シルクのストッキングを買ってきたんだ」

「いらない。持って帰って」

「ばかなことをいうなって。包丁を置けよ。そんなことしてると、けがするだけだ。ほら、怖がることはない」

「怖がってなんかいない」

娘は包丁を床に落とした。ハンスはヘルメットを脱いで、椅子に座ると、足をのばして包丁を近くに寄せた。

「きみの代わりにジャガイモの皮でもむくか」娘は口をつぐんだままだ。ハンスは体をかがめて包丁を取り上げ、ボウルからジャガイモをひとつつかむと、皮をむきはじめた。娘は顔をこわばらせ、目に敵意を浮かべ、壁にもたれて相手をみている。ハンスは愛想よくほほえんでみせた。「なんで、そう不機嫌なんだ？　おれが、そんなにひどいことしたっけ？　あれは、ちょっと興奮してただけなんだ。おれたちはみんなそうだった。だれもかれも、フランス軍は無敵だ、マジノ線（フランスがドイツ軍の侵攻を防ぐために築いた四百キロにわたる大要塞線だったが、一九四〇年、ドイツ軍の電撃作戦で突破された）があるからだいじょうぶだとかいってたけど、なんだ、あれ……」ハンスはおかしそうに笑った。「それにワインで酔っ払ってたんだ。だけど、おれが相手でよかっただろ？　女には嫌われたことがないんだ」

娘は、ハンスを上から下まで、ばかにするようにみた。

「出ていって」

「出ていきたくなったらな」

「出ていかないなら、父さんにソアソンまでいって、司令官に訴えてもらうから」

「やってみろよ。おれたちはフランス人と仲良くするようにという命令を受けてるんだ。名前は？」

娘の顔が赤くなり、目に激しい怒りが浮かんだ。ハンスには、娘が前のときよりかわいくみえた。おれは、そんなにひどいことはしちゃいない。この子はなんとなく品がある。都会育ちって感じで、田舎の子にはみえない。そういえば、母親が、教師だといってた。お嬢さまみたいにみえるから、いじめたくなるんだ。おかげで、たくましく健康になった気がする。ハンスはカールした金髪を指ですきながら小声で笑い、どんな女の子でもこの娘のようなチャンスがあれば飛びついてきたのになと思った。

ハンスは夏の間に思い切り日焼けしていたので、目は驚くほど青くみえた。

「親父《おやじ》さんとお袋さんはどこなんだ?」

「畑」

「腹がへってんだ。パンとチーズを少しと、ワインを一杯もらえないか。金は払う」

娘は思い切りばかにしたように笑った。

「チーズなんか、もう三ヶ月もお目にかかってないわ。うちで食べるパンだってろくにないし。去年、フランス軍が馬を持っていって、今はあんたたちドイツ軍が牛と豚と鶏と、そのほか全部持っていったから」

「だけど、ドイツ軍はちゃんと金を払っただろう」

「あんな紙、食べられると思う?」

娘は泣きだした。

「腹がへってるのか?」

「まさか」娘は吐き出すようにいった。「ジャガイモやパンやカブやレタスなら王様くらい食べられるし。明日は、父さんがソアソンに馬肉を買いにいってみるそうよ」

「なあ、ちょっときいてくれ。おれ、そんなに悪いやつじゃないんだ。チーズくらい持ってきてやるよ。それに少しならハムも手に入ると思う」

「いらない。豚がわたしたちから強奪したものにさわるくらいなら、飢え死にするほうがまし」

「さあ、どうかな」ハンスは陽気にいった。

ハンスはヘルメットをかぶると、「さようなら、お嬢さん《オヴォワール・マドモワゼル》」といって出ていった。

田舎をのんびりオートバイで飛ばすようなことは認められていなかったので、用事ができるまで、あの家にいくことはできなかった。十日後、ハンスは前回と同じようにずかずかと中に入っていった。今回は、母親と父親がキッチンにいた。正午近くで、母親がコンロにかけた鍋《なべ》をかき回している。父親はテーブルについて座っている。ふたりは、ハンスが入ってくると目を上げたが、驚いた様子はない。前にきたときのことを娘からきいているのだろう。ふたりとも口をつぐんだままで、母親のほうは料理を続け、父親のほうはむっつりと油布のテーブルクロスをみつめている。しかし脳天気なハンスはこれくらいではたじろがなかった。

「こんにちは、みなさん《ボンジュール・ラ・コンパーニュ》」ハンスは元気な声でいった。「プレゼントを持ってきたんだ」

ハンスは持ってきた包みをほどいて、大きなグリュイエールチーズと、豚肉の塊と、イワシの缶詰を二個みせた。母親がこちらをみると、ハンスはにやっと笑った。母親の目にはものほしげな色が浮かんでいた。父親は険しい顔で食べ物をみた。ハンスは父親にむかって陽気にほほえみかけた。

「最初、ここにきたとき、誤解があったようで、申し訳ありませんでした。だけど、あんたたちが余計な真似《まね》をするからあんなことになったんだ」

そのとき娘が入ってきた。

「何してるの？」娘が嚙《か》みつくようにいった。そしてテーブルの上の食べ物に気がつくと、かき集めて、ハンスに投げつけた。「持って帰って。帰って」

ところが母親が飛びだした。

「アネット、ばかなことといわないで」

「こんなものほしくない」

「これはみんな、あの連中があたしたちから取り上げたものばかりよ。イワシの缶詰をみてごらんなさい。ボルドー産でしょう」

母親は散らばった食べ物を取り上げた。ハンスは明るい青の瞳《ひとみ》に、からかうような笑みを浮かべてアネットをみた。

「アネットっていうのか？　かわいい名前だな。ご両親がささやかな食料をほしいというなら、邪魔することはないだろう。もう三ヶ月もチーズを食べてないっていってたじゃないか。今回、ハムは手に入らなかったけど、手は尽くしてみたんだ」

母親は豚肉の塊を両手に持って胸に押し当てた。まるでキスでもしそうだ。アネットの頬を涙が流れた。

「みっともない」アネットが奥歯を嚙みしめるようにしていった。

「おいおい、たかがチーズと豚肉じゃないか」

ハンスは椅子に座って、タバコに火をつけた。それからタバコの箱を父親に回した。父親はちょっとためらったが誘惑に負け、一本抜いて、箱をもどした。

「取っておいてください」ハンスがいった。「まだたくさんありますから」ハンスは煙を吸いこむと、鼻から雲のように吐き出した。「仲良くしませんか？　すんだことはすんだことです。戦争は戦争です。そうでしょう？　娘さんは教育を受けている。おれのことをよく思ってもらいたいんです。ドイツ軍はまだまだソアソンにいると思います。ときどき、また何か持ってきますよ。なんていうか、おれたちはみんな町の人たちと仲良くしようとしているんだけど、なんでか受け入れてくれない。道で横を通っても、知らん顔だ。それに、おれがウィリーといっしょにきたときのことは事故なんだ。怖がったりしないでほしい。おれはアネットを妹みたいに思ってるんです」

「なんでここにくるの？　ほっといてよ」アネットがいった。

　ハンスには答えようがなかった。ちょっとした人間的なつながりがほしいからとはいえなかった。ソアソンの人々の無言の敵意が神経を逆なでして、ときどき、無視して通り過ぎようとするフランス人につかみかかって殴り倒したくなることがあった。泣きだしそうになったこともある。どこか歓迎してくれるところがあれば、どんなにいいだろう。アネットに欲望を感じたわけではないといったのは本当だ。そもそもタイプではない。ハンスの好みは、背が高くて、胸が大きくて、自分のように目が青い金髪女だ。がっしりした、大柄でちょっと太り気味の女が好きだった。ああいう気取った品の良さとか、小さくて形のいい鼻とか、黒い瞳とか、色白の細面とか――そういう女の子には気後れするだけだ。だから、もしドイツ軍の戦勝気分にあおられていなかったら、もし疲労に反して気分が高揚していなかったら、もし空《す》きっ腹にワインを飲んで酔っ払っていなかったら、アネットに手を出そうなどとはこれっぽっちも思わなかっただろう。

ハンスはそれから二週間、軍務を抜けることができなかった。あの家に置いてきた食料は、きっとあの親父とお袋が平らげてしまっただろうな。あの娘は食べたんだろうか。おれが背を向けたとたん、いっしょに食べだしたかもしれない。なにしろフランス人ってのは、「ただ」に弱い。軟弱でデカダンな連中だ。おれはあの子に嫌われてる。まあな。それもかなり。だけど、豚肉は豚肉だ。チーズはチーズだ。ハンスはアネットのことをしょっちゅう考えていた。あんなに嫌われていると思うと、どうも落ち着かないのだ。ハンスは女に好かれるのに慣れていた。そのうちアネットが自分に夢中になったりするとおもしろいだろうな。おれは彼女の最初の相手だし、ミュンヘンの学生たちはビールを飲みながら、よくこういっていた。女がほれるのは最初の相手だ、それが愛ってものだ、と。おれは今まで、これと決めた女の子は必ずものにしてきた。ハンスはひとり声を上げて笑った。その目にはおもしろがっているような表情が浮かんでいた。

やがて、あの家にいくチャンスができた。ハンスはチーズ、バター、砂糖、ソーセージの缶詰、コーヒーを持ってオートバイに乗った。ところが、今回、アネットはいなかった。父親と畑に出ていた。母親が庭にいて、ハンスが荷物を持ってやってくるのをみると顔を輝かせ、キッチンに招き入れた。母親は少し手を震わせながら荷物の紐《ひも》をほどき、中身をみると目に涙を浮かべた。

「ご親切に、ありがとうございます」

「かけてもいいですか」ハンスは礼儀正しくたずねた。

「もちろんです」母親は窓の外に目をやった。アネットがもどってこないか確かめたのだろうと、ハンスは思った。「ワインでもいかがです？」

「喜んで」

ハンスはめざとく母親の食べ物への執着を見て取った。友好的とまではいかなくても、うまく付き合っていきたいという気持ちが表れている。窓の外をみたことで、ふたりは共犯者のような関係になった。

「豚肉はどうでした？」

「とてもおいしかったです」

「今度は、もっといろいろ持ってきます。アネットは喜んでくれたかな」

「あの子はなにひとつ手をつけようとしません。飢え死にしたほうがましだとかいって」

「ばかばかしい」

「わたしもそういってやったんですよ。食べ物があるっていうのに、食べないでいたって、何もいいことはないって」

ふたりは親しげに話をした。ハンスはワインを飲んだ。母親はマダム・ペリエと呼ばれていた。ハンスが、ほかにご家族は、とたずねると、母親はため息をついた。いいえ、息子がいたんですけど、戦争が始まってすぐに兵隊に取られましてね。いいえ、戦死じゃなくて、肺炎をこじらせて死にました。ええ、ナンシー（フランス北東部の町）の病院で。

「お気の毒に」

「まあ、死んでよかったのかもしれません。なにしろ、アネットといろんなところがそっくりでしてね。この敗戦には耐えられなかったでしょう」母親はまたため息をついた。「あなたがたもわたしたちも、裏切られた者同士ですね」

「なぜフランスはポーランドなんかに肩入れしたんです？　あんな国、フランスにとって、なんなんですか？」

「そのとおりですよ。こちらが手出しをしないでいれば、ヒトラーは勝手にポーランドを占領して、フランスは放っておいてくれたでしょうに」

ハンスは椅子から立って、近いうちにまたきます、といった。

「豚肉も忘れずに持ってきます」

ハンスは運良く、週に二度、その家の近所にいく任務を与えられたので、ちょくちょく訪問できるようになった。そしていくときには必ず、何か持っていくようにした。しかし、アネットに近づこうとはしなかった。ただ気に入られようと、それまでに身につけた女の子をものにする手管を使おうとした。ところが、いっそう嘲笑《ちょうしょう》を買うだけだった。アネットは唇をきつく結び、険しい顔で、まるでゴミでもみるかのようにハンスをみた。ハンスは何度か、あまりに頭にきて、アネットを両肩をつかんで死ぬまで揺すぶってやろうかと思ったくらいだ。一度、アネットがひとりきりのときにやってきたことがあった。ハンスは、アネットが出ていこうと立ち上がるのを止めた。

「待てよ。話したいことがある」

「話せば？　わたしは女で、自分を守ることもできないんだし」

「じゃあ、きけ。たぶん、おれたちはかなり長いことここにいることになる。状況はおまえたちフランス人にとってよくはならない。悪くなる一方だ。おれはおまえたちにとって役に立つ。なんでおまえは、親父やお袋とちがって、そう頑固なんだ？」

父親が態度をやわらげたのは事実だった。友好的とはとてもいえず、実際、冷ややかで無愛想だったが、礼儀正しく接してくれていた。ハンスにタバコを持ってきてくれと頼むこともあった。そしてハンスが、金はいいというと、礼をいった。父親はソアソンのニュースをきくのが好きだったし、ハンスが新聞を持ってくると喜んで受け取った。ハンスも農家の息子だったので、話を合わせることもできた。そこはいい農場だった。大きくはないが小さくもない。水に不便をすることもなかった。そこそこ大きな小川が流れていたからだ。あちこちに木立があり、耕作に適した土地があり、牧草地もある。ハンスは深い同情を顔に浮かべて耳を傾けた。父親は嘆いていた。働き手がいない、肥料がない、家畜は軍に持っていかれた。もう、どうしようもない。

「父や母とちがって、頑固な理由を知りたい？」アネットがいった。

アネットは服をぴったりくっつけるようにして腹を突き出した。ハンスは自分の目を疑った。生まれて初めての衝撃に、顔がみるみるまっ赤になっていく。

「まさか」

アネットはぐったり椅子に座ると、両手に顔を押し当てて、胸が張り裂けんばかりに泣いた。

「なんなの、これ。みっともない」

ハンスは飛びだして、抱きしめようとした。

「アネット」ハンスは大声で呼んだ。

しかしアネットは、ぱっと立ち上がって、ハンスを押しのけた。

「さわらないで。もう、ほっといてよ。まだわたしを傷つけたいの？」

アネットは部屋から駆けだした。ハンスはしばらく動けなかった。どうしていいのかわからない。考えが渦を巻いていて、そのままオートバイに乗ってゆっくりソアソンにもどった。そしてベッドに横になったが、何時間たっても眠れなかった。アネットと、あのふくらんだ腹以外なにも考えられない。アネットの哀れな姿を思い出すと、胸がかきむしられるような気がした。テーブルの前にすわって、全身で泣いていた。あのなかにいるのはおれの子だ。ハンスはうとうとしかけたが、ぎょっとして目を覚ました。突然、何の前触れもなく、いきなり頭を撃ち抜かれたような気がした。おれはアネットを愛している。ハンスは驚き、その衝撃に打ちのめされた。もちろんそれまでも大いに関心はあった。しかし、こんな気持ちではなかった。アネットをほれさせることができたら、最高におもしろいだろうという程度だった。自分が無理やり奪ったものをアネットが進んで差し出すようになったら愉快だろうという程度だ。彼女がほかの女とちがうなどとは一瞬たりとも考えたことがなかった。そもそも、おれのタイプじゃない。たいして魅力的でもない。それなのに、なんだ、いきなり、この妙な気持ちは。ちっともうれしくない。苦しいだけだ。しかしハンスは、それがなんなのかよくわかっていた。愛だ。ハンスはそれまで、これほどの幸せを感じたことはなかった。アネットを両腕に抱きしめて、愛撫《あいぶ》して、涙に濡《ぬ》れた目にキスしたい。これは、男が女に感じる欲望じゃない。彼女をいたわってやりたい。彼女にほほえみかけてほしい。不思議なことに、彼女がほほえむところを一度もみたことがない。あの目をみたい。すてきな目だ。美しくて、優しげで、温かみがある。

三日間、ハンスはソアソンを出られなかった。そして三日間、昼も夜も、アネットと彼女のなかにいる子どものことを考えた。四日目になって、アネットの家にいけることになった。ハンスは母親とふたりで話をしたいと思った。運良く、途中、家から少し離れた道で会えた。母親は森で拾った薪《たきぎ》を大きな束にして背負い、家に帰る途中だった。ハンスはオートバイをとめた。母親がみせる親密さは、食料が目当てだということくらいはわかっていたが、そんなことはどうでもよかった。礼儀正しく接してくれればそれでいいし、食べ物を持っていくかぎりそうしてくれればそれでいい。ハンスは母親に、話がしたいといい、薪をおろしてもらえないかといった。母親はいわれたとおりにした。曇りがちのどんよりした日だったが、寒くはなかった。

「アネットのこと知ってるんだ」

母親はびくっとした。

「どうしてわかったんです？　あの子は、あなたに知られないようにしていたのに」

「アネットからきいた」

「あの晩、あなたのしたことがとんでもない結果を招いてしまいました」

「知らなかった。どうしてもっと早く教えてくれなかった？」

母親は話し始めた。辛辣《しんらつ》な口調ではなく、責めるような口調でさえなく、天災を語るような、雌牛が子牛を産むときに死んでしまったとか、春の厳しい霜のせいで果樹や作物がだめになってしまったと語るような口調だった。人間として、あきらめて謙虚に受け入れなくてはならない不幸だとでもいわんばかりだった。「あの怖《おそ》ろしい事件のあった日から何日も、アネットは高熱を出して寝たきりでした。わたしたちは、てっきり、娘は頭がおかしくなったのだと思いました。何時間も叫び続けていましたから。といって、お医者さんはいません。村の先生は軍隊に取られました。ソアソンにもふたりしか残っていません。おふたりともご老人です。もしだれかに頼んで呼びにやったところで、ここまではこられやしません。町を離れてはいけないことになっているのですから。アネットは熱が下がってからも、ずっと具合が悪くて寝たきりでした。そして起きられるようになっても、しんどそうで、顔色が悪くて、かわいそうでした。あのときのショックから立ち直れなかったのでしょう。そして一ヶ月がたち、また一ヶ月がたって、生理がなかったのですが、あの子は気にしませんでした。生理が飛ぶことはよくあったのです。おかしいと気づいたのはわたしでした。そこで、アネットにきいてみました。ふたりともぞっとしました。でも、まだ確信はなかったので、夫には黙っていることにしました。それからまた一ヶ月がたって、確信しました。妊娠していたのです」

アネットの家には古いシトロエンが一台あって、この戦争のまえは週に二日、母親が畑でとれたものを積んでソアソンの朝市に持っていっていた。しかしドイツ軍に占領されてからは、車で売りにいくだけの価値のある物がなくなってしまい、ガソリンも手に入らなくなった。とはいえ、ふたりは車を出して、ソアソンまでいった。走っている車はどれもドイツ軍の軍用車ばかりで、ドイツ兵が町を歩きまわっていた。通りにはドイツ語の標識があった。公共の建物の布告はフランス語で書かれていたが、ドイツ軍司令官のサインがあった。店も多くは閉まっていた。ふたりはよく知っている老齢の医者のところにいった。医者は、まちがいないといったが、敬虔《けいけん》なカトリックだったので、力を貸してはもらえなかった。ふたりが泣くと、医者は肩をすくめた。

「今までもあったことだ」医者はいった。「耐えなさい」

ふたりは、もうひとりの医者も知っていたので、そちらにいってみた。呼び鈴を鳴らして長いこと待ったが、だれも出てこない。そのうちようやくドアが開いて、喪服を着た女性が出てきた。悲しげな顔をしている。ふたりが、診察をというと、女は泣きだした。医者はフリーメーソン（イギリスで誕生した博愛主義団体の会員で、当時、ナチスの弾圧を受けていた）だからという理由で、ドイツ軍の将校に連れていかれ、人質になった。ドイツ軍将校がよく足を運んでいたカフェに爆弾がしかけられ、将校ふたりが死亡し、数人が負傷した。期日までに犯人を引き渡さないと、医者が銃殺されるという。その女性は親切そうにみえたので、母親は相談してみた。

「獣《けだもの》ね」その女性はいった。それから思いやりのあふれた目でアネットをみた。「かわいそうに」

女性はふたりに町の産婆《さんば》の住所を渡し、わたしにいわれてきたと伝えて、といった。産婆はふたりに薬を渡した。アネットはそれをのんで具合が悪くなり、死にそうになった。しかし、薬はきかなかった。アネットは妊娠したままだった。

母親が話し終えると、ハンスは何もいわなかった。

「明日は日曜日だ。何もすることがない。またきて、話しましょう。いいものを持ってきます」

「針がなくなったの。持ってきてもらえます？」

「たぶん」

母親は薪の束を背負って、とぼとぼと道を歩いていった。ハンスはソアソンにもどった。翌日、規則上オートバイは使えなかったので、自転車を借り、それに食べ物を包んだ荷物をくくりつけた。包みが今まででいちばん大きいのは、なかにシャンパンが入っているからだ。ハンスが農家に着く頃、あたりは暗くなりかけていた。三人とも仕事を終えて家にもどっている時間だ。ハンスは暖かくて気持ちのいいキッチンに入った。母親は料理をしていて、父親は「パリ・ソワール」紙を読んでいる。アネットはストッキングを繕っている。

「こんばんは。針を持ってきました」ハンスは包みをほどいた。「そして、この生地はきみに。アネット」

「いらない」

「そうかい?」ハンスはにっこり笑った。「赤ん坊のものを準備しなくちゃいけないだろう」

「そうよ、アネット」母親がいった。「うちにはそんな材料さえないんだから」アネットは繕い物から目を上げなかった。母親はものほしげに、包みの中身をちらちらみている。「シャンパンね」

ハンスはうれしそうに笑った。

「さて、これから、なんでこんなことをしているのか話そうと思う。考えていたことがあるんだ」ハンスはちょっとためらってから、椅子を引き、アネットのほうをむいて座った。「どう切り出せばいいかわからないんだけど、アネット、あの晩のことは悪かった。あんなつもりはなかったんだ。いろんなことが重なって。許してもらえないか？」

アネットは憎しみをこめてハンスをみた。

「いいかげんにして。どうして、放っておいてくれないの？　わたしの人生を踏みにじっておいて、それでもまだ足りないの？」

「いや、そこなんだ。きみの人生を踏みにじったなんていわないでくれ。その、赤ん坊がお腹《なか》にいるときいて、なんか妙な気持ちになった。すべてが変わってしまったっていうか。すごく誇らしい気持ちになったんだ」

「誇らしい？」アネットは憎悪の表情で相手をみた。

「子どもを産んでほしいんだ、アネット。流産できなくて、よかった」

「よくも、そんなことがいえるわね」

「まあ、きいてくれ。そのことを知ってから、もうほかのことは何も考えられなくなった。半年後、戦争は終わる。来年の春には、イギリスも降伏するからね。連中に勝ち目はない。そうなれば、おれは復員してドイツに帰ることになるから、きみと結婚する」

「あなたと？　なんで？」

ハンスの日焼けした顔が赤らんだ。フランス語で告白する勇気はとてもなかったので、ドイツ語でいった。彼女にはわかるはずだ。

「愛してるんだ《イッヒ・リーベ・ディッヒ》」

「なんて？」母親がきいた。

「わたしを愛してるって」

アネットは頭をのけぞらせ、耳障《みみざわ》りな声を張り上げて笑った。笑い声は激しくなっていった。アネットは笑いがとまらず、とうとう涙が流れだした。母親がアネットの両方の頰を思い切りひっぱたいた。

「どうか、気にしないでください」母親はハンスにいった。「ただのヒステリーです。体調が体調ですから、おわかりでしょう」

アネットは苦しそうに息をつくと、やっとわれに返った。

「シャンパンを持ってきたんです。婚約を祝おうと思って」ハンスがいった。

「いやでたまらないのは」アネットはいった。「わたしたちが、こんなばかな連中に負けたってこと」

ハンスはドイツ語で話し続けた。

「思ってもなかったんだけど、妊娠しているときいて、きみを愛していることに気づいたんだ。まるで雷に打たれたみたいだった。だけど、おれはずっときみを愛していたんだと思う」

「なんていっているの？」母親がきいた。

「どうでもいいことよ」

ハンスはフランス語にもどった。両親にもきいてほしかったのだ。

「今すぐにでも結婚したいんだけど、軍隊にいるとそういうわけにもいかない。いっておくが、おれは頼りがいのある人間だ。親父はそこそこの金持ちだし、うちの一家は村でも評判がいい。おれは長男だから、きみもいい暮らしができる」

「カトリックですか？」母親がきいた。

「ええ、カトリックです」

「よかった」

「うちの村は景色がきれいで有名なんです。土も肥えてるし。ミュンヘンからインスブルック（オーストリア西部の市）にかけて、あそこほどいい農地はほかにないくらいです。それも借りてるんじゃないんです。じいさんがプロイセン・フランス戦争（一八七〇年に勃発し、次の年プロイセンが勝ち、これを機にドイツ帝国が成立する）のあとに買い取ったんです。うちには車もラジオもあって、電話も引いてます」

　アネットは父親のほうをみた。

「この人、頭がすごくいいみたい」アネットは皮肉たっぷりに大きな声でいうと、ハンスをみた。「わたしにはありがたい条件ね。私生児を抱えて征服された国からやってきた女だもの。そりゃ、幸せになるわよ。素晴らしいチャンスね」

　もともと無口な父親が初めて口を開き、ハンスに話しかけた。

「いや、立派な態度だ。わしも先の戦争に出征して、平和なときにはとてもやらないようなことをやってきた。人間の性《さが》というのはどうしようもない。しかし、うちはひとり息子が死んで、残っているのはアネットだけだ。これをよそにやるわけにはいかない」

「気持ちはよくわかります」ハンスがいった。「それに対する返事も用意してきました。おれはここに残ります」

　アネットがさっとハンスに目をやった。

「どういうことです？」母親がきいた。

「弟がいるんです。農場は弟にまかせて、父親の手助けをしてもらえばいい。おれはこの土地が気に入ってるんです。おれはじょうぶだし、いろんなことができる。この農場を素晴らしいものにしてみせます。戦争が終われば、かなりの数のドイツ兵がここに住み着くようになるでしょう。今フランスに男手が不足していることはだれでも知っていますこないだソアソンで、だれかがいってました。この国の畑の三分の一が放置されていて、それは耕す男がいないからだと」

父親と母親が顔を見合わせた。アネットは、ふたりの心が揺れているのがわかった。両親は、長男が死んで以来、ずっとそれを望んでいた。健康でたくましい男が養子にきてくれて、ふたりが働けなくなったあとをまかせたいと思っていたのだ。

「それなら話は別ね」母親がいった。「考えてみてもいいかも」

「口出ししないで」アネットは乱暴に口走ると体を乗り出し、怒りに燃える目でハンスをにらんだ。「わたしには婚約者がいるの。男子校の教師で、わたしも同じ町の学校で教えていた。戦争が終わったら結婚することになっているわ。あなたみたいに大柄でもなければ、たくましくもないし、ハンサムでもない。小柄で体が弱い。でも、ひとつだけ美しいところがある。それは顔を輝かせる知性。そしてひとつだけ強いところがある。それは心の広さ。野蛮人じゃない。教養があるの。一千年の文化を引き継いでいる。わたしは彼を愛しているの。心の底から、全身で、愛しているの」ハンスは顔を曇らせた。アネットがほかの男を好きになるなど考えたこともなかったのだ。

「いま、どこにいるんだ?」

「どこだと思う? ドイツよ。捕虜になって、飢え死にしかけているわ。あなたたちが、わたしたちの土地からとれたものをたらふく食べているときにね。いったい何度、大嫌いっていってほしいの? 許してほしいって、本気? ありえない。償いをしたいって? ばかみたい」アネットはぐっとあごをあげた。その顔には耐えがたい苦しみが刻まれている。「わたしの人生はもうめちゃくちゃ。もちろん、彼は許してくれる。優しいから。でも、不安で不安で気がおかしくなりそう。ある日、彼の心に疑いが生まれるかもしれない。アネットは本当に、無理やり犯されたのか、もしかしてバターとチーズとシルクのストッキングのために体を売ったんじゃないかって。そういう女がいないわけじゃない。それに、この子がいたら、わたしたちはどうなるかわかったもんじゃない。あなたの子よ、ドイツ人の子よ。あなたみたいに大柄で、金髪で、青い目をした子よ。なんで、わたしがこんなに苦しまなくちゃいけないの?」

アネットは立ち上がって、キッチンから駆けだした。しばらく三人とも口をつぐんだままだった。ハンスは悲しそうにシャンパンの瓶をみつめていたが、ため息をつくと、椅子《いす》から立った。外に出ると、母親がついてきた。

「結婚したいというのは、本気ですか？」母親が小声でたずねた。

「ええ、心から。彼女を愛しているんです」

「でも、連れていかないんですよね。ここに残って、この農場を継いでくださる」

「約束します」

「主人ももう年で、いつまでも畑仕事をするわけにはいきません。あなたも国に帰れば、弟さんと農場を分けなくてはならない。でも、ここなら、すべてあなたのものです」

「その通りですね」

「わたしたちは、アネットがあの先生と結婚するのにはあまり気乗りがしなかったんです。でも、そのときはまだ息子が元気でしたし、息子も、アネットが結婚したいっていうならすればいいいんじゃないかっていってましたから。アネットはべた惚《ぼ》れだったんです。でも、息子が死んでしまった今となっては話が別です。いくらアネットがそうしたいといったところで、ひとりでこの農場をやっていくのは無理ですから」

「ここを売ったりするのはもったいない。農場に対する愛着はよくわかります」

ふたりは道路までやってきた。母親はハンスの手を取って、軽く握った。

「近いうちにまたいらしてください」

味方がひとり。ハンスはそう思うとほっとして、ソアソンまで自転車を飛ばした。アネットがほかの男を愛しているというのはうれしくないが、捕虜になっているのはありがたい。解放される頃には、とっくに子どもが生まれているはずだ。子どもができればアネットも変わるかもしれない。女というのはわからない。うちの村にも、夫にぞっこんの女がいて、冗談にまでなっていたほどだったのに、赤ん坊が生まれたとたん、夫の顔をみるのもいやになった。逆のことだって起こるかもしれない。それにああやって求婚したんだ、おれがいいかげんな男じゃないってことはわかってもらえたはずだ。それにしても、頭をのけぞらせたところはほんとにかわいそうだった。それにあの罵倒《ばとう》の言葉！　話の中身もすごかった！　舞台に上がった女優だって、あれほど雄弁に自分を表現することはできないだろう。そのくせ、芝居じみたところなんかちっともなかった。くやしいけど、フランス人ってのは口が達者だ。ほんとに、アネットは頭がいい。あんなにひどい言葉を浴びせられたというのに、彼女の話しぶりときたら、きいているだけで小気味よかった。おれも教育を受けてないわけじゃないけど、くらべものにならない。本物の文明人ってやつだ。

「彼女にくらべれば、おれはロバみたいに間抜けだ」ハンスは自転車を飛ばしながら大声でいった。アネットは、おれのことを大柄でたくましくてハンサムだといった。そんなことはどうでもいいと思っていたら、わざわざ口に出していうはずがない。それに、赤ん坊はおれと同じ金髪で青い目だろうといった。おれに気のある証拠じゃないか。そうに決まってる。ハンスはくすっと笑った。「あわてるな。がまんだ。自然にまかせよう」

数週間が過ぎた。ソアソンの司令官は中年過ぎで、おおらかな性格で、春が用意してくれたものをみて、部下をそれほど働かせる必要はないと考えていた。ドイツの新聞は次のように伝えていた。イギリスはドイツ空軍の爆撃で惨憺《さんたん》たる状況で、国民はパニックに陥っている。ドイツ軍の潜水艦に商船を何十隻《せき》と撃沈され、国民は飢えている。すぐにでも革命が起こるだろう。夏前には戦争が終わり、ドイツ人が世界の支配者となる。ハンスは国に手紙を書いて、両親に、フランス人の娘と結婚して、素晴らしい農場を継ぐつもりだと伝えた。弟には、財産の取り分を前借りして土地を買って増やしておけ、戦争と為替相場のおかげで、ただ同然で買えるはずだからと書いた。ハンスはアネットの父親といっしょに農場をみてまわり、おとなしく耳を傾けてくれる父親にこういった。道具を買い足しましょう、おれはドイツ人だからコネがあります、トラクターは古いからドイツから性能のいい新しいのを買いましょう、それから耕耘機《こううんき》も、畑をやってもうけるには、新しい機械を利用しなくちゃだめです。あとで母親はハンスに、主人はあなたのことを、なかなかいいやつだし、いろいろよく知っているといっていましたよ、と告げた。母親はとても友好的で、毎週、日曜日にはうちにきていっしょに昼食をしましょうといった。そしてハンスの名前をフランス風に変えてジャンと呼んだ。ハンスのほうも、いつでも手助けをするようにしていた。やがて、アネットがいろいろできなくなると、喜んで仕事をしてくれる男がそばにいるのは、母親にとってありがたかった。

アネットはあからさまに敵意をむき出しにしたままで、態度をやわらげることはなかった。直接話しかけられたときしか話そうとしなかったし、すぐに自分の部屋にいこうとした。寒くなってきて自室にいられなくなると、キッチンのコンロのそばに座り、編み物をしたり、本を読んだりして、ハンスなどいないかのように振る舞った。体調はとてもよく、頬には赤みが差して、それがハンスには美しくみえた。臨月が近くなるにつれて、アネットには不思議な威厳のようなものが備わってきて、ハンスはそんな彼女をみると胸が熱くなった。ある日、農場にむかう道をオートバイで走っていると、母親に手を振って止められた。ハンスは急ブレーキをかけた。

「一時間ほど待ちましたよ。もうこないんじゃないかと思いました。もどってください。ピエールが死にました」

「ピエールって？」

「ピエール・ギャヴァン。アネットが結婚するつもりだった先生です」

ハンスは胸が躍った。やった！　チャンスだ。

「アネットは取り乱したりしてませんか？」

「泣いてはいないようです。わたしが話しかけたら、すごい勢いでくってかかられました。もし今日、あなたがいらっしゃったら、包丁で刺されるかもしれません」

「だけど、彼が死んだのはおれのせいじゃないし。その知らせはどこから？」

「捕虜だった人から。ピエールの友人で、スイスに逃げて、アネットに手紙を送ってきたんです。その手紙が今朝、届きました。食事の量が少なすぎるというので、収容所で暴動があったそうです。首謀者数名が射殺されて、ピエールもそのうちのひとりだったとのことです」

ハンスは黙ってきいていたが、頭の中ではこう考えていた。撃ち殺されて当然だ。いったい、収容所をなんだと思ってるんだ。リッツホテルか？

「ショックから立ち直るまで、そっとしてやってください。落ち着いてきたら、わたしが話をします。きていただいてよさそうになったら、そちらに手紙を出しますから」

「わかりました。力になってくれるつもりですよね？」

「もちろんです。どうぞ信用してください。主人もわたしも、そのつもりです。ふたりで話し合って、この状況を受け入れるしかないという結論を出しました。夫は頭のいい人で、こういっています。今フランスは協力するのが一番だ、と。とにかく、わたしはあなたのことが嫌いではありません。あの先生よりいい夫になるかもしれないと考えているくらいです。それに赤ん坊も生まれます」

「男の子だといいな」

「男の子でしょう。きっとそうです。コーヒーの出し殻でも占ってみましたし、トランプでも占ってみたんです。いつも、男の子と出ました」

「おっと、忘れるところだった。新聞を持ってきたんです」ハンスはオートバイの向きをきた方向に変えながらいった。

ハンスは「パリ・ソワール」紙を三日分渡した。父親が毎晩読んでいる新聞だ。父親がハンスが持ってきた新聞を読むと、こんなことが書かれていた。フランス人は現実的になって、ヒトラーがヨーロッパに確立しようとしている新しい秩序を受け入れるべきだ。今やドイツの潜水艦が制海権を握った。また参謀幕僚がイギリスを屈服させる作戦を最後の細かいところまで詰め終えた。アメリカはまだ準備が不十分なうえ、臆病《おくびょう》で、国内で意見が割れているため、イギリスを助けにくることは不可能だ。フランスは神のくださったこのチャンスをつかんで、ナチスドイツと信頼できる協力関係を築き、新ヨーロッパの名誉ある地位を手に入れるべきだ。記事を読みながら、父親は考えた。これを書いているのはドイツ人ではない。フランス人だ。父親はうなずきながら、金権主義者とユダヤ人についての記事を読んだ。この両方がいなくなれば、フランスの貧しい人々は本来自分のものであるべきものを手に入れることができると書いてある。その通りだ。この新聞の記者たちはじつによくわかっている、フランスはなににもまして農業国だ、そしてそれを支えているのは勤勉な農夫だと主張している。これが良識というものだ。

ピエール・ギャヴァンが死んだという知らせがきて十日後の晩、一家での夕食を終えると、母親は父親とあらかじめ打ち合わせたとおり、アネットにいった。

「二、三日前に、ハンスに手紙を書いて、明日きてもらうことにしてあるの」

「教えてくれてありがとう。わたしは部屋にこもってるから」

「アネット、聞き分けのないことをいうのはそろそろやめて。現実的に考えて。ピエールは死んだのよ。ハンスはあなたを愛していて、結婚したがっている。いい男じゃないの。どんな女の子だって喜んでいっしょになりたがるわ。あの人がいないと、農具を買うことだってできないの。ハンスはトラクターや耕耘機を買ってくれるといってくれているのよ。すんだことをいつまでも根に持つのはやめなさい」

「いくらいっても、むだよ。まえは生活費くらいはひとりで稼いでいたんだから、また稼げるわ。あんな男、大嫌い。うぬぼれやで、傲慢《ごうまん》で。殺してやりたいくらい。死んでくれれば、せいせいする。わたしが苦しんだくらい、苦しめてやりたい。わたしを傷つけたくらい、あいつを傷つける方法がわかったら、死んでもいい」

「ばかなことをいわないで」

「母さんのいう通りだ」父親がいった。「フランスは負けた。その代償は払わなくちゃならん。征服者とはできるだけうまくやっていくべきだ。われわれは連中よりも賢い。うまく立ち回れば、連中を出し抜くことができる。フランスは腐っちまった。ユダヤ人や金権主義者に食い荒らされた。新聞を読んで、その目で確かめてみろ！」

「わたしがそんな新聞に書かれていることをひと言だって信じると思う？　あの男がそれを持ってくるのは、ドイツ人むけの新聞だからよ。その記事を書いているのは、裏切り者よ、裏切り者。その記者たちが八つ裂きにされるのをこの目でみるまで生きていられますように。そいつらはひとり残らず買収されているのよ。ドイツの金でね。あいつは豚よ」

　母親はかっとなった。

「いったい、あの人の何が気に入らないの？　たしかに、無理やり――ええ、あのときは酔っ払っていたから。でも女にとって、そんなことは初めてでもなければ、最後でもない。お父さんはなぐられて、豚のように血を流した。でも、お父さんは、それを根に持ったりしてないでしょう」

「いやな事件だった。だが、忘れることにした」

　アネットはけたたましく笑った。

「父さんって、神父様だったの？　キリスト教の精神で、相手の罪を赦《ゆる》すって？」

「どうしてそれがいけないの？」母親が腹立たしそうにいった。「ハンスは赦してもらおうと、いろいろしてくれているじゃない。ここ数ヶ月、お父さんがタバコを吸っていられるのも、そのおかげよ。わたしたちがひもじい思いをしないですんでいるのも、そう」

「これっぽっちのプライドも慎みもないの？　あいつが持ってくるものなんか、投げ返してやればいいのよ」

「おまえもその恩恵を受けているでしょう、ちがう？」

「ちがう。絶対にそんなことない」

「嘘《うそ》をつきなさい。自分でもわかっているくせに。ハンスがもってきたチーズやバターやイワシの缶詰には手をつけないけれど、スープは飲むでしょう。あの中には、ハンスが持ってきてくれたお肉が入っているのよ。それに今晩食べたサラダ、ドレッシングがかかっていたでしょう。あれはハンスが持ってきてくれたオイルを使っているのよ」

アネットは深いため息をついて、片手を目に当てた。

「わかってるわ。食べまいとしたけど、どうしようもなかった。お腹《なか》がすいてお腹がすいて。ええ、あいつの持ってきた肉が入っているのを知っていて、スープを飲んだわ。ドレッシングがあいつの持ってきたオイルでできているのも知っていた。わたしは拒否しようと思った。でも、食べたくてたまらなかった。あれを食べたのはわたしじゃない。この体に巣くっている貪欲《どんよく》な獣よ」

「どちらでもいいじゃないの。あなたは食べたんでしょ」

「恥ずかしくて、何もかもいやになった。あいつらは、戦車や飛行機でわたしたちの戦力を奪って、わたしたちが無防備になると、今度は飢えさせて、魂を堕落させようとする」

「そんな大げさにいったところで、何がどうなるわけでもないのよ。おまえはちゃんと教育を受けたのに、分別が欠けている。過去を忘れさえすれば、その子に父親ができる。そのうえ、日雇いの作男ふたりぶんの畑仕事をしてくれる人も。それが分別ってものよ」

アネットが弱々しく肩をすくめると、三人とも黙りこんだ。次の日、ハンスがやってくると、アネットは不機嫌な顔で、口はきかなかったが、部屋を出ていこうともしなかった。ハンスはほほえんだ。

「逃げないでくれて、ありがとう」

「うちの両親に呼ばれたんでしょう。いまふたりは村に出かけているの。ちょうどいい機会だから、きっちり話をしたいと思う。座って」

ハンスはコートを脱いで、ヘルメットを取ると、テーブルの椅子を引いた。

「父も母も、わたしがあなたと結婚することを望んでいる。あなたはちゃっかり、お土産を持ってきたり、約束をしたりして、ふたりを丸めこんだ。ふたりとも、あなたの持ってくる新聞を読んで、書かれていることを丸のみにしている。わたしがいっておきたいのは、あなたと結婚することは絶対にないということ。今まで生きてきて、これほど自分が人間を憎むことができるなんて思ってもいなかった」

「ドイツ語で話してもいいかな。わかるんだろう？」

「まあね。教えていたし。二年間、シュトゥットガルトで住みこみの家庭教師をして、女の子ふたりをみていたから」

ハンスはいきなりドイツ語で話し始めたが、アネットはフランス語のままだった。

「愛しているだけじゃない。感心してるんだ。きみはとても個性的で、品がある。おれにはわからないものを持っている。尊敬しているんだ。今、おれと結婚したくないのはわかってる。だけど、ピエールは死んだんだろう」

「その話はしないで」アネットが激しい口調でいった。「自分をおさえられなくなるから」

「いや、ただ、気の毒だったといいたいだけだ」

「ドイツ人の冷酷な看守に撃ち殺された」

「そのうち悲しみも癒《い》えるって。好きな人が死ぬと、立ち直れないと考えるけど、実際は、立ち直るもんだ。なら、その子のために父親がいたほうがいいと思わないか？」

「ほかのことはともかく、あなたがドイツ人で自分がフランス女だってことをわたしが忘れられると思う？　あなたが最低のドイツ人なみのばかでないなら、わたしが子どもをみるたびに恥辱を感じることくらい、わかるでしょ？　わたしには友だちがいないとでも思ってる？　ドイツ兵の子どもを連れて、どんな顔でみんなに会えばいいの？　あなたに頼みたいのはひとつだけ。屈辱に打ちのめされているわたしを、放っておいて。ここから消えて。出ていって、二度ともどってこないで」

「だけど、おれの子だ。父親になりたい」

「あなたが？」アネットは驚いて声をあげた。「酔っ払って獣になったときはらませた私生児が、あなたになんの意味があるの？」

「アネット、きみはわかってない。おれはすごく誇らしくて、すごく幸せな気持ちなんだ。きみが身ごもっていると知ったとき、きみを愛していることに気づいた。最初は、自分でも信じられなかった。びっくりしたよ。いってること、わかるかい？　これから生まれるその子は、おれにとってのすべてなんだ。ああ、なんていったらいいんだろう。その子のことを考えると、自分でもよくわからない感情がわいてくるんだ」

　アネットはハンスを真剣な目でみつめた。目に奇妙な輝きが浮かんでいる。勝利の喜びにもみえる。アネットは短く笑った。

「あなたたちドイツ人の残虐《ざんぎゃく》さを憎めばいいのか、あなたの感傷を笑えばいいのかわからない」

ハンスにはアネットのいったことがきこえなかったようだ。

「きみのお腹にいる男の子のことが片時も頭を離れないんだ」

「男の子に決めたの？」

「おれにはわかるんだ。この腕に抱きたい、歩き方を教えてやりたい。大きくなったら、おれの知ってることを全部教えてやりたい。乗馬、射撃。ここの小川に魚はいるのかい？　釣りも教えてやりたい。だれよりも息子自慢の父親になりたいんだ」

アネットは鋭くきつい目でハンスをみた。表情は厳しく、頑《かたく》なだった。恐ろしい考えが頭の中で形作られているかのようだった。

ハンスは相手を安心させるようなほほえみを浮かべた。

「どんなにおれがおれたちの息子を愛しているかわかったら、きみもおれを愛してくれるようになると思う。おれは、いい夫になる」

アネットは何もいわない。ただむっつり、ハンスをみつめるだけだった。

「優しい言葉のひとこともないのか？」

アネットは、ぱっと顔を赤らめ、両手をきつく握りしめた。

「ほかの人たちに軽蔑《けいべつ》されるのはかまわない。でも、わたしは、自分が自分を軽蔑するようなことは決してしない。あなたはわたしの敵よ。これからもずっと。わたしが生きているのは、この目でフランスの解放をみたいから、ただそれだけ。その日はくる。来年ではないかもしれないし、再来年でも、三十年後でもないかもしれない。でも、きっとくる。ほかの人が何をしようと勝手だけど、わたしは絶対に、この国を侵略した連中とつきあったりはしない。わたしはあなたが憎い、あなたのせいでできたこの子が憎い。ええ、わたしたちは負けた。でも、この戦争が終わるまえに、わたしたちは征服されてなんかいないことを思い知らせてやる。さあ、いって。わたしの心は決まっているんだから。何があっても、それは変わらないわ」

ハンスは一、二分、黙っていた。

「医者はもう決めたのか？　費用は全部、おれが持つ」

「わたしたちが、こんな恥を村中に広めたいとでも思ってるの？　必要なことはすべて母がやってくれるわ」

「だけど、もし何かあったら？」

「よけいなお世話よ！」

ハンスはため息をついて立ち上がり、家を出て玄関のドアを閉めた。アネットは、彼が小道を道路のほうに歩いていくのをみつめていた。アネットは怒りを感じながらも、ハンスのいったことの何かが、自分の感情をかきたてたことに気づいていた。それはそれまで彼に対して感じたことのないものだった。

「神様、どうか、力をお与えください」アネットは叫ぶように祈った。

そのとき、歩いているハンスに、その農場で何年も飼われている老犬が走ってきて吠《ほ》えたてた。ハンスは何ヶ月もずっと、その犬を手なずけようとしてきたが、なんの効果もなかった。なでてやろうとすると、犬は後ずさって、うなり声を上げ、歯をむき出すのだ。そして今回は、突進してきた。ハンスはむしゃくしゃしてどうしようもなく、思い切り乱暴に蹴飛《けと》ばした。犬は茂みのほうまで飛ばされ、弱々しく吠えながら足を引きずって逃げていった。

「獣」アネットはののしった。「嘘つき、嘘つき、嘘つき。わたしは心が弱い。あんなやつのことを、もう少しでかわいそうに思うところだった」

ドアの横に姿見がかかっていた。アネットはその中の自分に気がつくと、胸を張って立ち上がり、映っている像にほほえみかけた。しかしそれは微笑というよりは、悪魔のような渋面だった。

三月になり、ソアソンの守備隊はあわただしくなった。何度か視察があり、集中訓練があった。噂《うわさ》が広がった。どこかほかのところにいかされるらしい。ただ、兵士には行き先がまったく知らされていなかった。ついにイギリス上陸作戦に送りこまれると思う者もいれば、バルカン諸国だろうと考える者もいれば、ウクライナじゃないかという者もいた。ハンスもずっと忙しく、第二日曜日の午後になってやっと、農場にいくことができた。寒い日で、空はどんよりして、みぞれが雪に変わって激しい風とともに降ってきそうだった。あたりはどこまでも暗く陰鬱《いんうつ》だった。

「まあ！」ハンスが入っていくと、母親が声を上げた。「てっきり、亡《な》くなったと思ってました」

「今まで、どうしても抜けられなくて。もうすぐ移動らしいんですが、いつなのか、まったく、見当がつかなくて」

「今朝、生まれました。男の子です」

ハンスは心臓が飛び跳ねたのがわかった。母親を抱きしめて、両の頬にキスをした。

「日曜日に生まれた子だ、きっと運もいい。シャンパンを開けましょう。アネットは？」

「とても元気です。安産でしてね。昨晩、陣痛が始まって、今朝の五時には生まれてました」

父親はパイプをふかしながら、コンロのできるだけ近くに座っていた。ハンスの喜ぶ様子をみて、にっこりほほえんだ。

「初めてさずかった子だ、うれしさも格別だろう」父親がいった。

「髪の毛もふさふさで、あなたと同じ金髪なんです。それに、あなたのいった通り、目も青くて。あんなにかわいい赤ん坊はみたことがありません。父親そっくりになりますよ」母親がいった。

「すごい、信じられないくらいうれしい」ハンスは大声でいった。「世界って、なんて美しいんだ！　アネットに会いたい」

「アネットが会いたがるかどうか。あまり動揺させたくないんです。母乳が出なくなるといけないので」

「いや、まさか、動揺させたりしませんよ。会いたくないなら、それでかまいません。だけど、ひと目、その子に会わせてもらえませんか？」

「ちょっとみてきましょう。できれば、抱いてきます」

母親は部屋を出ていった。ふたりの男は、重い足音が階段をのぼっていくのをきいていた。ところが、すぐに、駆け下りてくる音が響いて、母親がキッチンに飛びこんできた。

「いないの。アネットが部屋にいないの。赤ん坊も」

父親もハンスも驚いて声を上げると、母親といっしょに階段を駆け上がった。冬の午後のわびしい日の光が粗末な家具を照らしている。鉄のベッド、安物のワードローブ、整理ダンス、どれも陰気でみすぼらしい。部屋にはだれもいない。

「どこにいったの?」母親が悲鳴を上げて、狭い廊下に飛びだし、部屋のドアを開けては、娘の名前を呼んだ。「アネット、アネット。気でもちがったの?!」

「もしかしたら、居間かも」

三人は下におりて、いつもは使っていない居間にいった。ドアを開けると、氷のように冷たい空気が待っていた。三人は食料の貯蔵室のドアを開けてみた。

「外に出たんだわ。なんだか胸騒ぎがする」

「どうやって出たんでしょう?」ハンスは不安で、いてもたってもいられなかった。

「玄関からにきまっているでしょう」

父親が玄関にいった。

「そうらしいな。かんぬきが抜いたままになっている」

「ああ、もう、いったい、いったい、何を考えているのよ」母親が叫んだ。「死んじゃうじゃないの」

「さがしにいきましょう」ハンスがいった。ハンスは反射的に、いつも出入りしていた勝手口に駆けもどった。ふたりもついてきた。

「どっちへ？」

「小川」母親が、はっと息をのんだ。

ハンスはぎょっとして石のように固まった。おそるおそる母親の顔をみる。

「いや！」母親が悲鳴を上げた。「いや、いや！」

ハンスはドアを押し開いた。まさにその瞬間、アネットが入ってきた。寝間着の上に、薄いレーヨンの化粧着をはおっている。ピンクで、薄いブルーの花柄がついている。アネットはずぶ濡《ぬ》れで、乱れた髪もぐっしょり濡れて頭に貼《は》り付き、束になって肩からたれている。死人のように青ざめている。母親は飛びだして、抱きしめた。

「どこにいっていたの？　かわいそうに。こんなに濡れて。いったい、何考えてるの」

アネットは母親を押しやり、ハンスをみた。

「ちょうどいいときにきたわね」

「赤ちゃんは？」母親が大声できいた。

「ひと思いにやってしまわなくちゃいけなかった。少しでもためらったら、勇気が失《う》せてしまいそうだった」

「アネット、いったい、何をしたの？」

「すべきことをしただけ。小川までいって、沈めたの。死ぬまで」

ハンスが悲鳴を上げた。瀕死《ひんし》の獣のような叫びだった。ハンスは両手で顔をおおうと、酔っ払いのように足をもつれさせながら、玄関から飛びだした。アネットはぐったり椅子に座り、握りしめた両手の上に顔を押しつけて、号泣した。

キジバトのような声

The Voice of the Turtle

わたしはしばらく、ピーター・メルローズの作品についての評価は保留していた。彼は処女作を発表したところで、これが評判になっていた。この小説を持ち上げたのが、退屈だがそれなりに影響力のある連中、それも才能のありそうな新人にすぐに飛びつく連中だった。昼食パーティに顔を出すほかにたいしてすることもない年配の紳士たちは、女の子のような熱狂ぶりで賞賛し、夫とうまくいっていない小柄でやせぎすの女性たちは、将来を約束する作品にちがいないと考えた。わたしは書評をいくつか読んだが、いっていることが食い違っていた。この小説で、作者はイギリス文学界の最前線に躍りでたという批評家もいれば、酷評する批評家もいた。わたしは読まなかった。長年の経験から、センセーショナルな話題作は一年ほど待ってから読んだほうがいいのがわかっていたからだ。一年後、読む必要のなくなる本の多さには驚くしかない。ところが、たまたまある日、わたしはピーター・メルローズに会うことになった。気の進まないシェリー・パーティの招待を受けてしまったのだ。場所はブルームズベリにある改装したばかりの屋敷の最上階。階段を上がって五階に着いたときは、少し息が切れていた。迎えてくれたのはふたりの女性。ふたりともかなり大柄で、中年にさしかかったばかりだ。自動車の構造をよく知っていて、雨に濡《ぬ》れた陽気な浮浪者のように紙袋から直接ものを食べるのが好きで、それでいてとても女らしい、そんな種類の女性だった。応接間を、ふたりは「わたしたちの仕事場」と呼んでいたが、どちらも十分に裕福で仕事などしたことはない。応接間は大きくて、ほとんど家具らしいものはない。ステンレスの椅子《いす》がいくつかあるが、どれも所有者の重量を支えるには心許《こころもと》ない。それから天板がガラスのテーブルがいくつかと、シマウマの毛皮の大きなソファがひとつ。壁には本棚がいくつか。ほかに、セザンヌやブラックやピカソの模倣で有名なイギリス人画家の絵がかけてある。本棚にはずらっと十八世紀の「好色本」（ポルノ小説は古びることがない）が並び、ほかは現代作家の本しかない。そのほとんどが初版だ。そういえば、わたしはサインをしてほしいといわれて、このパーティに呼ばれたのだった。

パーティはこぢんまりしたものだった。女性は主人側のふたりのほかにひとりいるだけで、その人はふたりの妹らしい。というのも、ふたりほどではないが体格はがっしりしていて、ふたりほどではないが背も高く、ふたりほどではないがほがらかだったからだ。名前はききそびれたが、ブーフルと呼ばれると、返事をしていた。わたし以外の男性はひとりきりで、それがピーター・メルローズだった。彼は若く、二十二か三で、中肉中背だがスタイルが悪いせいで、ずんぐりしてみえる。骨に赤みがかった皮膚を貼《は》りつけたような顔、ユダヤ人でもないのにユダヤ的な鼻、用心深そうに動く緑の目、その上に太い眉《まゆ》。褐色の髪は短く刈りあげてあったが、ふけが目立つ。茶色のツイードの上着を着て、グレイのフランネルのズボンをはいている。チェルシーのキングズロードをうろついている帽子もかぶっていない美大生のような格好で、見苦しい若者といった感じだ。振る舞いも無礼といえば無礼だった。自己主張が強く、理屈っぽく、すぐにかっとなる。仲間の作家をとことん軽蔑《けいべつ》していて、それを歯に衣《きぬ》着せずまくしたてる。わたしも、世間が騒ぎすぎだと思うものの、慎重に口をつぐんでいる作品に対する、彼の痛烈な攻撃は快かった。しかしわたしが席を外したとたん、わたしの悪口をいうのだろうと思うと、その快感も半減した。口は達者で、話は面白いし、ウィットに富んだ言葉もときどき飛び出す。彼の皮肉たっぷりの発言にはついしら声を上げて笑いたくなったが、三人の女性がわけもなく笑い転げるのをみると、大声をあげてしまった。三人は、彼のいったことが面白くても、面白くなくても、て笑うのだ。内容のない話も多かったが、ひっきりなしにしゃべっていれば、それも仕方がない。しかし、ときどきはっとするような鋭いこともいう。自分なりの価値観を持っているのだ。それは未熟で、本人が考えているほど独創的なものではなかったが、真摯《しんし》な思いがうかがえた。しかし最も印象的だったのはすさまじいまでのバイタリティだ。燃えさかる炎のようで、まわりにいる人間までがその熱を感じるほどだった。彼には何かがあった。もっとも、ただそれだけかもしれない。だが、帰りぎわ、この若者がどうなるのか、ちょっと気になったのは確かだ。才能があるのかどうかはわからない。多くの若者が才気を感じさせる作品を書く——が、それはたいしたことではない。しかし、人間として、彼はほかの人とはちがうように思えた。三十歳くらいになって、とげとげしいところがなくなり、経験を積んで、自分は自分で考えているほど頭のいい人間ではないと自覚すると、おもしろくて付き合いやすい男になるのではないだろうか。とはいえ、これきり彼と会うことはないだろうと思っていた。

驚いたことに、二、三日後、彼から小説が、それもていねいな献辞を添えて送られてきた。読んでみると、明らかに自伝的な作品だった。舞台はサセックスの小さな町で、中流の上の人々が貧しいながらも、体裁を取り繕おうと必死になっている。ユーモアが残酷で粗野なところが気になった。年老いた貧しい人々をただそれだけの理由で馬鹿《ばか》にしている部分が多かったからだ。ピーター・メルローズには、そういう不運がどんなにつらいかわかっていない。それでも必死に生きている人々を嘲笑《ちょうしょう》すべきではない、同情すべきなのだ。しかし町や村、部屋に飾られている小さな絵、田園の印象などはじつにうまく描写されていた。やさしさがうかがえたし、物に備わった精神的な美しさが感じられた。素直な文体で、気取りなく書かれていて、言葉の響きも快かった。しかし、何より強烈なのは――それはこの本が話題になっている理由でもあるのだが――作品の柱になっているラブストーリーに横溢《おういつ》する情熱だ。描き方は現代風で、かなりあからさまな描写があり、これまた現代風に、エンディングを多少あいまいにしてあって、結末らしい結末はなく、すべてが最初とほとんど同じまま終わっている。しかしとても印象的なのは、若者の愛、理想主義的だが強烈にセクシュアルな愛だ。じつに生き生きと描かれ、胸に迫ってきて、息苦しくなるくらいだ。まるで印刷されたページが生きて脈打っているような気さえする。あからさまな書きっぷりだった。不条理で、スキャンダラスで、美しい。肉体的な力とでもいえばいいだろうか。つまり、情熱だ。これほど感動的で魂をゆさぶるものはほかにない。

わたしはピーター・メルローズに手紙を書いて、感想を述べ、ランチでもいっしょにどうかと誘った。次の日、彼から電話があって、会うことになった。

彼は信じられないほど内気だった。わたしたちはあるレストランでテーブルをはさんで座っていた。わたしは彼にカクテルをひとつ注文した。彼はよくしゃべっていたが、緊張しているのはすぐにわかった。そのときこんな感じがした。彼の過度の自信は、おそらく自分を苦しめている自信の欠如を自分から隠すためのポーズなのではないか。話しぶりはぶっきらぼうで、ぎこちない。しょっちゅう、ずけずけと物をいっては神経質そうに笑って気まずさをごまかそうとした。自信たっぷりにみせようとする一方、いつも相手の反応をうかがっている。相手をいらいらさせたり、相手が怒りそうなことをいったりするのは、相手に認めてほしいからだ。口に出していってもらわなくてもいいが、自分は自分が理想とする素晴らしい人物だと認めてほしいのだ。彼は文学者仲間の意見などばかばかしいという振りをしながら、それを何より重要に思っている。わたしは彼のことをいやな若者だとは思ったものの、あまり気にはならなかった。賢い若者はそういうものだ。自分に才能があるのはわかっているくせに、その使い方を知らない。そして自分の才能を認めようとしない世間に歯ぎしりする。自分に与えるものを持っているのに、それをくれと手を伸ばしてくれる人がいない。自分に与えられるべきだと考えている名声がほしくてたまらない。わたしは、そういういやな若者が嫌いではない。逆に、いかにも好ましい若者には同情しないよう注意することにしている。

ピーター・メルローズは自作については驚くほど謙虚だった。赤みがかった顔をさらに赤くしながら、わたしのほめ言葉をきいていたし、わたしの批判を素直にきく態度は、こちらが気まずくなるくらいだった。彼が本で得た収入は少なく、出版社から月々わずかな金額をもらっているが、それは次作の前払い金だった。彼は次作に取りかかったばかりで、どこか落ち着いて執筆できるところにいきたいと考えていた。わたしの家がリヴィエラにあることを知っていて、海水浴ができて安く住める静かな場所があったら教えてほしいといった。わたしは、じゃあ二、三日うちにくるかい、そのあいだに適当な家がみつかるかもしれないといってみた。彼はその提案に緑の目を輝かせ、顔を赤くした。

「お邪魔じゃありませんか？」

「いや。わたしは仕事をするから。きみに提供できるのは日に三度の食事と、寝る部屋だけだ。退屈でしょうがないかもしれないが、好きなことが自由にできる」

「すごい、嘘《うそ》みたいです。いくことにしたらご連絡していいですか？」

「いいとも」

別れてから一、二週間後、わたしはリヴィエラにもどった。五月のことだ。そして六月の初めに、ピーター・メルローズから手紙を受け取った。このあいだお会いしたときに、数日うちにこないかといってくださったのですが、もし本気で誘っていただけたのであれば、〇月〇日にうかがおうと考えています、いかがでしょう、という内容だった。たしかに、あのときは本気で誘ったのだが、いま、一ヶ月ほどたってみると、彼は傲慢《ごうまん》で育ちの悪い若者で、まだ二度しか会ったことがなく、どうでもいい相手だ。ちっともそんな気になれなかった。とことん退屈な相手に思えた。それにわたしはとても静かな生活を送っていて、ほとんど人に会わない。彼がきたら、いらいらしてしまいそうだ。なにしろ、記憶にある限り、彼はずうずうしいが、こちらは招いた手前、怒るわけにもいかない。わたしは自分がかんしゃくを起こして、ベルを鳴らして召使いを呼び、彼の服をまとめて、三十分以内に車を呼んで連れだせと命令しているところが頭に浮かんだ。しかし、どうしようもない。ここにくれば、彼も宿泊費と食事代が節約できるし、手紙に書いているように疲れて落ちこんでいるなら、いい気晴らしになるかもしれない。電報を打つと、すぐに彼はやってきた。

駅で会ったとき、彼はいつものグレイのフランネルのズボンとツイードの茶色の上着を着ていて、とても暑そうで、薄汚れてみえた。しかしプールでひと泳ぎして白のショートパンツとポロシャツに着替えると、びっくりするほど幼くみえた。イギリスから出たのは初めてで、とてもうれしそうだ。彼の喜ぶところをみて、わたしはうれしくなってしまった。彼は見慣れない環境で、それまでの自分を忘れ、純朴で少年っぽく、おとなしくなったようだ。うれしい発見だった。日が落ちて、夕食が終わり、わたしたちは庭の椅子に座っていた。静寂を破るのは小さな緑色のカエルのしゃがれた声だけだ。彼は書いている小説のことを話し始めた。若い作家と有名なプリマドンナのロマンスらしい。内容的にはウィーダ（イギリスの女性作家。日本では『フランダースの犬』が有名。一八三九〜一九〇八年）が書きそうなもので、このハードボイルドな若者が書くようなものにはとても思えなかった。わたしはくすぐったいような気がした。奇妙なものだ、流行がひと回りして、何度も同じテーマが繰り返される。ピーター・メルローズが現代的な手法で書くつもりなのはわかっていたが、それにしても、十八世紀に三巻本で出版されてセンチメンタルな読者をとりこにしたのとまるで同じ物語だ。舞台は、一九〇一年から一九一〇年まで続いたエドワード七世時代の初め。若い彼にとっては、遠い過去のファンタスティックな時代なのだろう。彼は延々と語った。それはきいていて決して不快ではなかった。彼は自分では気づいていないが、その作品で自分自身の夢を、コミカルで感動的な夢を描こうとしているのだ。魅力もなければ取り柄もないひとりの青年が、信じられないほど美しく、才能にあふれたすばらしい女性に愛され、みんなから賞賛を浴びるという夢だ。わたしはウィーダの愛読者だったし、ピーターの構想は悪くないと思った。彼は描写の才能に恵まれているし、素直な目で、あざやかに物、たとえば、布地、家具、壁、木々、花々をとらえることができる。それに、生の情熱や、彼を興奮させ不格好な体をふるわせる愛の情熱を表現する力もある。ひょっとしたら、とんでもなく豊潤で、不条理で、詩的な作品が生まれるかもしれない。しかし、わたしは彼にひとつたずねた。

「実際に、プリマドンナに会ったことは？」

「残念ながら、ありません。でも自伝や回想録は片っ端から読みました。徹底的に読みこみました。そして表面的なことだけでなく、いろんな細々したことも調べて、作品に奥行きを持たせる細かい描写や、伏線に使えそうな逸話も考えてあります」

「それで、必要なものはそろった？」

「そう思います」

彼はヒロインについて語り始めた。若く、美しく、強情で、かんしゃく持ちだが、寛容。スケールの大きい女性だ。音楽を心から愛している。音楽が響いているのは声だけではない。仕草にも、心の奥深くの気持ちにも響いている。人をうらやむことなく、音楽を深く理解していて、ひどい目にあわされても、その相手が上手に役を歌いきると許してしまうようなところもある。驚くほど寛大で、不幸な話にやさしい心を動かされると、持っているものをなんでも相手にあげてしまう。愛こそ命と考えていて、愛する男のためなら世界を捧《ささ》げてもいいと思っている。知的でいろんな本を読んでいる。やさしく、利己的なところがなく、私欲がない。つまるところ、あまりに非現実的な女性だ。

「一度、プリマドンナに会ってみたほうがよくはないか」彼が話し終わると、わたしはいった。

「でも、どうすれば会えるんですか？」

「ラ・ファルテローナという名前をきいたことは？」

「もちろん、あります。回想録も読んでます」

「この海岸をいったところに住んでいるんだ。電話をして、夕食に呼ぼう」

「え、本当ですか？ すごい」

「ただ、期待はずれかもしれない。そのときは、わたしを責めないように」

「ぼくは真実を知りたいんです」

ラ・ファルテローナの名前をきいたことのない人はいないだろう。メルバ（オーストラリアのソプラノ歌手。一八六一～一九三一年）でさえ、あれほどの評判をとったことはない。もうオペラで歌うのはやめたが、声は依然として素晴らしく、世界中どこのコンサートホールでも満席にすることができる。毎年冬になると長いツアーに出て、夏は海辺の別荘で休養する。リヴィエラでは、四、五十キロ以内に住んでいれば隣人で、わたしはここ数年、よくラ・ファルテローナに会っていた。情熱的な女性で、歌の才能だけでなく、恋愛の才能にもたけていた。色恋についてはなんでも話してくれた。わたしはしょっちゅう、何時間もその話にきいっていた。彼女はユーモアたっぷりに——これこそ彼女の最も素晴らしい特技だと思っているのだが——王族や金持ちの崇拝者たちとの色っぽい体験を語ってくれた。わたしは、それらの話に多少の真実さえ混じっていれば満足だった。彼女はいずれも短期間だったが、三度か四度結婚したことがあり、そのうちの一度は相手がナポリの公爵《こうしゃく》だった。彼女はラ・ファルテローナという名前が、ほかのどんな称号よりいいと考えていたので、公爵夫人とは名乗らなかった（これに関しては彼女にその権利はない。というのも、公爵と別れたあと別の男と結婚したのだから）。ところが彼女の銀器、ナイフやフォーク、正餐《せいさん》用食器には仰々しく、公爵の紋章と王冠の飾りがついていた。召使いたちには「公爵の奥方様」と呼ばせた。ハンガリー出身だといっていたが、英語は完璧《かんぺき》だ。ときどき思い出したかのようにちょっとなまりが混じることもあったが、そのイントネーションはカンザスシティのものだと、だれかからきいた。彼女によれば、父親が政治亡命をして、彼女が幼い頃、アメリカに逃げたからだという。しかし父親が優秀な科学者で自由主義的な考えのために問題になったのか、マジャール人の貴族だったが皇女と情を通じて皇帝の怒りを買ったのかは、彼女にもよくわからないらしい。というのも、それはその場その場で、つまり彼女が抜きんでた音楽家であるか、貴族の娘であるかによって変わるからだ。

彼女はわたしの前では、ありのままの自分をみせなかった。もっとも、そうしようとしてもできなかっただろう。しかし、ほかのだれに対してよりも、正直に話してくれた。また、芸術全般について、自然で健康的な軽蔑を抱いていた。それらすべてをひっくるめて巨大な詐欺《さぎ》だと思っていて、心の奥底では、そういったもので一般人を欺《あざむ》くことのできる人々すべてをおもしろく思い、仲間意識を持っていた。わたしは正直いうと、ピーター・メルローズとラ・ファルテローナを引き合わせることに意地の悪い喜びを期待していたのだ。

彼女はわたしのところで食事をするのが好きだった。それは、料理がおいしいことを知っているからだ。彼女は夕食しかとらない。それはスタイルをとても気にしているからだ。しかし一日に一度の食事は滋養のあるものをたっぷり食べるのが好きだった。わたしは、九時にくるよう伝えてあった。彼女はそれ以前だと食欲がわかないのだ。そして食事は九時半に出すようにしてあった。彼女がやってきたのは十時十五分前。アップルグリーンのサテンのドレスは胸元が大きく開いていて背中がなく、大粒の真珠を連ねたネックレスをして、高価な指輪をいくつもはめ、左の手首から肘《ひじ》までダイヤモンドとエメラルドのブレスレットを何個かはめていた。ふたつか三つは本物にちがいない。カラスの羽根のような髪にはダイヤモンドの細い輪がひとつあしらってある。かつてスタッフォード・ハウスの舞踏会にいったときでも、こんな豪華な格好はしなかっただろう。わたしとピーターは白いキャンバス地のズボンをはいていた。「ずいぶんきらびやかな格好だね」わたしはいった。「パーティじゃないといっておいたのに」

彼女は大きな黒い目を輝かせて、ピーターをみた。

「立派なパーティよ。だって、お友だちは才能のある作家さんなんでしょ。あたしなんか譜面通りに歌うだけ」彼女は一本の指で、きらきら光るブレスレットをなでた。「今夜の装《よそお》いは、創造的な芸術家に対する、あたしなりの敬意の印よ」

わたしは昼まで出かかった冷やかしの短い言葉を飲みこんで、彼女の好きなカクテルを勧めた。わたしは彼女をマリアと呼んでもいいことになっていた。一方、彼女はわたしを「先生」と呼んでいた。それにはふたつの理由がある。第一に、そう呼べばわたしがばかにされた気がするのを知っているからで、第二に、二、三歳しか年が違わないのに、世代がひとつ下だとまわりにはっきり知らせることができるからだ。しかし、ときどき彼女はわたしのことを、いやな豚と呼ぶこともあった。その夜の彼女は三十五歳といっても通っただろう。顔の作りが大きいせいで、若くみえるのだ。ステージではもちろん美しいのだが、日常生活でも、鼻も口も顔も大きいのに、美人なのだ。小麦色のメークをして、暗めの頬紅を塗っていたが、唇は鮮やかな赤だった。みるからにスペイン女性で、彼女自身もそのつもりでいるように思えた。というのも、食事が始まったときの言葉にセビリアなまりが混じっていたからだ。わたしは彼女に話してもらいたかった。ピーターがここまでくるのに使った費用の分くらいは、元を取ってほしいと思ったからだ。彼女に話せることは、世の中にひとつしかない。事実、彼女は頭が悪くて、中身のない話をまくしたてることしかできない。初めて会った人間は彼女のことを、見た目通りの利発な女性だと思うが、そのうちそれはただの演技にすぎず、彼女自身、自分のいっていることがわかっていないだけでなく、そんなことにはまったく興味がないことがばれてしまう。本など一冊も読んだことがないはずだ。世の中の出来事で知っているのは、イラスト入りの新聞の写真から得たことだけだ。音楽に対する情熱もいいかげんなものだ。一度、いっしょにコンサートにいったことがあるが、交響曲第五番の最初から最後まで寝ていた。そして感心したのは、途中の休憩時間だ。彼女は会った人にこういったのだ。ベートーベンの五番ってとっても感動的でしょ、ききにくるのをやめようかなって思っちゃったくらい、だって、あの素晴らしい主題が頭の中に鳴り響いて、一晩中、一睡もできないんだもの。わたしは、そりゃそうだろうと思った。演奏中にあれだけぐっすり寝入ってしまったら、朝まで眠れるはずがない。

ところが、そんな彼女が興味をもってやまないテーマがひとつだけある。それについて話す彼女は疲れるということを知らない。どんな障害が現れようと、このテーマにもどっていく。偶然の言葉であれ、関係のない言葉であれ、それに飛びついて、このテーマに帰っていく。そして見事にやってのける。だれひとり、彼女にそんな知力があるとは思ってもいないと思う。この手の話になると、彼女は機知にあふれ、闊達《かったつ》で、哲学的で、悲劇的で、創造的になる。自分の持つ創意工夫の才能をいかんなく発揮するのだ。話はどこまでも枝分かれし、変化していく。そのテーマとは彼女自身だ。きくほうは楽なもので、いったんきっかけさえ与えてやれば、あとは適当なときにひと言、ふた言、言葉をはさめば十分。その晩、彼女はとても機嫌がよかった。わたしたちはテラスで食事をしていて、前に広がる海の上には義理堅く、満月が出ていた。

まるで自然がこの場に合わせてくれたかのように、セットは完璧だった。両側に高くそびえる二本の黒い糸杉が情景を切り取り、まわりにはオレンジの花が咲き誇って、頭がくらくらするような香りを放っている。風はなく、テーブルの上のキャンドルのやさしい火はじっと動かない。まるでラ・ファルテローナのために燃えているかのようだ。彼女はわたしたちふたりの間に座り、食べたいだけ食べ、シャンパンを味わい、じつに楽しそうに、月をみあげている。海の表には銀色の大きな道がのびている。

「もう、うっとり。こんな景色をみていると、いわれなくたって歌いたくなっちゃう。歌というものは、歌えといわれて歌うものじゃないと思う。ほら、コヴェントガーデンのセットなんて最低。こないだあそこでジュリエットを歌ったとき、あたし、いってやったの。あの月をなんとかしてくれないと、もう絶対、歌わないからって」

ピーターは黙ってきいていた。彼女の言葉を咀嚼《そしゃく》していたのだ。彼女は、わたしが期待していた以上の価値があったらしい。彼女はシャンパンにもちょっと酔っていたが、自分の言葉にも酔っていた。話をきいていると、彼女がおとなしくて内気な女の子で、まわりの世界が結託して悪いことをたくらんでいるような気がしてくる。彼女の人生は、絶望的な運命との長く苦しい闘いだった。マネージャーにはひどい扱いを受け、興行主にはとことんだまされ、ほかの歌手たちには蹴落《けお》とされそうになり、敵に買われた批評家たちにはスキャンダラスなことを書かれ、すべてを犠牲にしてつくした恋人には利用されるだけ利用されて裏切られた。しかし彼女は自らの才能と機転で奇跡的に、すべてを乗り越えてきた。とても楽しそうに、目を輝かせながら、彼女はわたしたちに、いかにして連中のたくらみを打ち砕いたか、そして自分の前に立ちはだかった連中にどんな不運が降りかかってきたかを語った。わたしには、ああいう恥知らずな話をする神経が信じられない。彼女は自分のしていることがまったくわかっていないのだ。自分がいかに執念深く、嫉妬《しっと》深く、無慈悲で、信じられないほど虚栄心が強く、利己的で、陰謀家で、金に弱いかをさらしているだけなのだ。わたしはときどきピーターの顔をみた。そして彼が味わっているはずの混乱を想像して、にやにやしていた。彼が心に描いていたプリマドンナの理想像と非情な現実とのあまりの違いに驚いているにちがいない。彼女には人間らしい心がない。そのうち彼女が帰ると、わたしはピーターをみて、にやっと笑った。

「どうだい、いい素材が得られただろう？」

「ええ、何から何まで、ぴったりです」彼は興奮して答えた。

「ぴったりだった？」わたしは戸惑って、思わず声を上げた。

「思ったとおりの方でした。お会いするまえから、ぼくがすでにヒロインのキャラクターを考えていたといっても、あの方には信じてもらえないかもしれません」

　わたしはあっけに取られ、相手の顔をまじまじとみてしまった。

「音楽にかける情熱。あの無欲さ。あの方は、ぼくが心の目でみていた気高い魂そのものです。心の狭い人間や、興味本位の人間や、下劣な人間に行く手を邪魔されながらも、そういった連中を払いのけてつき進んでいく。理想を追求する偉大さ、音楽をめざす純粋さがひしひしと感じられました」彼はうれしそうに軽く笑った。「まったく驚きました、人間は信奉する芸術に似るんですね。ぼくは誓います。あの方をそっくりそのまま描いてみせます」

　わたしは口を開きかけたが、思いとどまった。肩をすくめてみせたいのはやまやまだったが、じつは、心を動かされていたからだ。ピーターは、彼女の中に自分のみたいものをみていたのだ。彼の想像の中には美にとても近いものがある。彼は彼なりに詩人なのだ。わたしたちは寝ることにした。それから二、三日後、彼は好みのペンションをみつけて、去っていった。

　やがて彼の本が出版された。若い作家の二作目というのはたいがいそうだが、そこそこの評判にとどまった。処女作をほめすぎた批評家たちは、今回は不当に厳しかった。もちろん、自分のことや子どもの頃から知っている人物を書くのと、自分の創造した人物を書くのはまったくちがう。今回のピーターの作品は長すぎた。言葉による描写の才能を不用意に使いすぎているし、前作と同様、ユーモアが粗野だ。しかしあの時代をうまく再現しているし、このラブロマンスには、前作でわたしが感動した、ぞくぞくするようなリアルな情熱が息づいている。

あの夕食以来、わたしはラ・ファルテローナには会っていなかった。もう一年以上になる。彼女は南アメリカに長いツアーに出かけていて、リヴィエラにもどってきたのは夏の終わりだった。ある晩、彼女から食事の誘いがきた。席にはわたしたちふたりのほかにもうひとり、彼女の友人であり秘書でもある女性がいた。ミス・グレイザーというイギリス人女性だ。ラ・ファルテローナはこの女性をからかったり、罵倒《ばとう》したり、なぐったり、怒鳴ったりしていたが、彼女なしではやっていけなかった。ミス・グレイザーは五十代で、がりがりにやせていて、白髪まじりで、顔は血色が悪く、しわだらけ。不思議な人物だった。ラ・ファルテローナのことで知っておくべきことはすべて知っていた。そして彼女を崇拝し、嫌悪《けんお》していた。ラ・ファルテローナのいないところでは、彼女をだしにして客を大笑いさせた。それから、この大歌手の取り巻き連中を前にして、こっそり彼女の真似《まね》をして歌ってみせることもあり、これがとびきりおかしかった。しかし、母親のようにラ・ファルテローナのことを気づかっていた。なだめすかしたり、単刀直入に忠告したりして、ラ・ファルテローナになんとか人間的な振る舞いをさせてきたのは彼女だ。それから、この大歌手の驚くほど不正確な回想録を書いたのも彼女だ。

ラ・ファルテローナはペールブルーのサテンの（彼女はサテンが好きだった）パジャマ姿で、おそらく髪を休ませるためだろう、絹製の緑のウィッグをつけていた。指輪を二、三個と、真珠のネックレスと、ブレスレットを二個と、腰につけたダイヤモンドのブローチ以外、宝石類は身につけていない。わたしを相手に南アメリカでの成功を延々と話した。話の種はつきることがなかった。あんなにいい声で歌えたのは初めてよ。あんなにすごいオベーションも初めてだったし。どこにいっても、コンサートのチケットはすべて売り切れ。大金持ちになっちゃった。

「ねえ、そうよね、グレイザー」ラ・ファルテローナは、きつい南アメリカなまりでいった。

「まあ、だいたいは」ミス・グレイザーは答えた。

ラ・ファルテローナは、友人を名字で呼ぶという悪い癖があった。ただ、ミス・グレイザーのほうもずいぶん前から気にしなくなっていたので、たいしたことではない。

「だれだったっけ、ほら、ブエノスアイレスで会った男の人」

「どの男の方です?」

「また、そんなことといって、ばかね、グレイザーったら。ちゃんと覚えているくせに。ほら、わたしが一度、結婚したことのある人」

「ペペ・ザパタです」ミス・グレイザーはにこりともしないで答えた。

「破産しちゃってね。ずうずうしいことに、あたしにくれたダイヤモンドのネックレスを返してくれなんていってきたの。母親のものだからって」

「返してあげてもよかったんじゃありませんか。一度も使ったことがないんだから」

「返す?」ラ・ファルテローナが叫んだ。よっぽど驚いたのだろう、純粋な英語にもどっている。「返す?　頭おかしいんじゃない?」

ミス・グレイザーをみる目は、急性躁病《そうびょう》の発作でも起こしたのかといわんばかりだ。彼女は席を立った。もう食事は終わっていた。

「外にでましょう」彼女はわたしにいった。「あたしに天使なみの忍耐がなかったら、あんな女、とっくに首にしてるわ」

わたしたちは外に出て、ミス・グレイザーは部屋に残った。わたしたちはベランダの椅子に腰かけた。庭には一本、見事な杉の木があって、その黒々とした枝が星空を背景に影絵のようにみえる。海はすぐ前まできていて、驚くほど静かだ。突然、ラ・

ファルテローナがはっと息を飲んだ。

「忘れるとこだった。グレイザー、あんた、ほんとにばかね」彼女は大声でいった。「あなたに、すごく怒ってるの」

「なんで、さっき、いってくれなかったのよ」それからわたしに向かっていった。

「食事がおわるまで忘れていてくれてよかった」

「あなたの友だちが書いた本のこと」

わたしは彼女がなんのことをいっているのか、すぐにはわからなかった。

「友だち？　本？」

「知らないふりしないで。てかてかした顔のぶさいくな背の低い、スタイル最低の男。あたしのこと書いたじゃない」

「ああ、ピーター・メルローズか。しかし、あれはあなたのことじゃない」

「あたしに決まってるわ。あたしのこと、ばかだと思ってる？　あの男ったら、あつかましいことに、本を送ってきたの」

「礼状くらいは出したんだろうね」

「大衆作家が本を送ってくるたびに礼状を出すほどあたしが暇だと思う？　まあ、グレイザーが書いてくれてると思うけど。それにしてもあんな男に会わせるためにあたしを呼び出すなんて、どういうつもり？　あたしはあなたにこいといわれたからいったのよ。だって、あなたはあたしのことを好きだってわかってるから。利用するために呼ばれたなんて知らなかった。もう、最低よ、古くからの親友なら紳士らしく振舞ってくれると思ってたのに、その信頼を裏切るなんて。これから死ぬまで、あなたとは食事はしない。絶対に、絶対にしないから」

彼女がいつものかんしゃくを起こしかけたので、わたしは手遅れにならないうちになだめることにした。

「まあ、落ち着いて。そもそもあの本の女性歌手だが、あなたがいっているのはあの……」

「あたしが家政婦のことをいっているとでも思ってた？」

「いや、あの女性歌手の原型は、あなたに会う前から彼の頭の中にあったんだ。それに、ちっとも似てないじゃないか」

「それ、どういうこと？　あたしに似てない？　友だちは全員、あたしだってわかったわよ。生き写しじゃない」

「メアリー」わたしはいさめようと思っていった。

「あたしの名前はマリア。それはあなたがだれよりもよく知っているはずよ。あたしをマリアと呼べないなら、マダム・ファルテローナか公爵夫人と呼んで」

わたしは取り合わなかった。

「ちゃんと読んだのか？」

「もちろん。会う人会う人、みんながあれはあたしだっていうんだもの」

「だが、あの青年が恋するプリマドンナは二十五歳だ」

「あたしのような女性はいつまでも変わらないの」

「彼女は指の先まで音楽が響いている。鳩《はと》のようにやさしく、奇跡のように無欲で、素直で、忠実で、私欲がない。自分のことをそんな人物だと思っているのかい？」

「あなたは、どう思ってるの？」

「冷淡で、とことん残酷で、生まれついての策略家で、だれにもまして利己的な女。そんなところかな」

そのとき彼女がわたしに浴びせた悪口雑言は、女性なら、何があっても、どんな悪漢に対しても、口にしないものだった。しかし、目を怒らせてはいたものの、ちっとも怒ってなどいないことはわかっていた。彼女は、わたしにあいわれて、喜んでいたのだ。

「じゃあ、あのエメラルドの指輪のエピソードは？　あれもあたしが話したことじゃないっていうの？」

エメラルドの指輪のエピソードというのは、こうだ。ラ・ファルテローナはある大国の皇太子と熱烈に愛し合っていたことがあって、そのとき皇太子がとんでもない値段のエメラルドの指輪をプレゼントした。ある晩、ふたりはけんかをした。激しい言葉が飛び交い、その指輪のことで言い合いになり、彼女はそれを指から抜いて暖炉に放りこんだ。皇太子は倹約家だったので、驚きの声を上げ、膝《ひざ》をつき、暖炉の石炭を搔《か》きだして、指輪を拾った。ラ・ファルテローナはばかにしたように、相手がはいつくばっているのをながめていた。彼女自身、決して気前のいい人間ではなかったが、けちな人間が大嫌いだったのだ。彼女はこの話を、次のような言葉で見事にしめくくった。

「それ以後、あたしはあの人を愛せなくなってしまったの」

この事件はとてもドラマティックなので、ピーターも想像力をかきたてられたのだろう。じつにうまく作品に使っていた。

「この話をしたのは、あなたたちを信頼していたからよ。ほかにはだれにもいってないもの。それを小説に使うなんて、裏切り行為もいいとこよ。あなたにも、あの人にも弁解の余地はないわ」

「いや、その話はもう何十回もあなたの口からきいたことがある。それに、フロレンス・モンゴメリーから、彼女とルドルフ皇太子の話としてきいたこともある。彼女はあの話が大好きだった。ローラ・モンテスからは、彼女とバイエルン国王の話としてきいたし。おそらく、ネル・グウィンも、彼女とチャールズ二世の話として話したんじゃないか。世界でも古くから語り継がれている話だ」

彼女は言葉に詰まったが、すぐに復活した。

「一度あることは二度三度あるものよ。だれでも知っているけど、女は情熱、男は吝嗇《りんしょく》、でしょ。そのエメラルドの指輪、みせてあげましょうか。あとで修理してもらったんだけど」

「ローラ・モンテスの場合は、真珠だったけどね」わたしは皮肉たっぷりにいった。

「真珠だとかなり傷《いた》んだと思う」

「真珠?」彼女はいつもの輝くような笑顔をみせた。「そういえば、ベンジー・リーゼンボームと真珠の話、したかしら? ひとつ短編が書けるわよ」

ベンジー・リーゼンボームは大金持ちで、だれでも知っているが、ずいぶん長いことラ・ファルテローナといい関係だった。実際、彼女にこぢんまりしているけれどぜいたくな別荘を買い与えたのも彼だ。そしてその別荘で、今わたしたちが話している。

「彼ったら、ニューヨークでとっても素敵な真珠のネックレスを買ってくれたの。メトロポリタンで歌ってたとき。そしてシーズンが終わると、いっしょにヨーロッパにもどった。あの人と会ったことはないわよね」

「ないね」

「いい人なんだけど、すっごく嫉妬深くて、あるとき船でけんかになったの。若いイタリア人の船長があたしに親切にしてくれるっていうのがその理由。あたしは世界中で一番付き合いやすい女だけど、男に偉そうにされるのだけは絶対にいや。だって、自尊心ってものがあるから。それで、あの人に、どなたさまでいらっしゃいました、って——いいたいことはわかるわよね——いってやったの。そしたら、顔を引っぱたかれちゃって。それも甲板で。もう激怒よ、激怒。首からネックレスを引きちぎって、海に放りこんでやった。『五万ドルしたんだぞ』って、あの人ったら、息が止まりそうだったわ。まっ青になってた。あたしはつんとしていってやったの。『あれを大切にしてたのは、あなたを愛していたからよ』って。それから、ぷいっと後ろを向いてやった」

「ばかなことをしたもんだ」

「それから二十四時間、ひと言も口をきいてやらなかった。そうしたら、犬みたいに従順になっちゃって。パリに着くと、まっ先にカルティエのお店にいって、同じくらい素敵な真珠のネックレスを買ってくれたの」

彼女はくすくす笑った。

「さっき、ばかなことをしたって、いったわね。本物のネックレスはニューヨークの銀行に預けてあったのよ。次のシーズンもニューヨークにいくってわかってたから。海に捨てたのはイミテーションよ」

彼女は声を上げて笑った。その愉快で楽しそうなことといったら、まるで子どものようだった。こういういたずらが、とにかく大好きなのだ。おかしくてたまらないといわんばかりに笑っていた。

「男って、ほんとにばか」彼女は息をつきながらいった。「あなたもね。だって、本物を海に捨てたと思ったでしょう？」

彼女は笑い続けた。そのうちやっと笑いやんだが、まだ興奮していた。

「歌いたくなっちゃった。ねえ、グレイザー、伴奏して」

客間から返事があった。

「あんなに食べたあとで、歌えるわけがないでしょう」

「余計なお世話よ、おばあちゃん。何か弾いてちょうだいったら」

返事はなかったが、すぐにミス・グレイザーがシューマンの歌曲の最初の部分を弾き始めた。楽に歌える曲だ。さすが、ミス・グレイザーはこういうときに選ぶべき曲がわかっている。ラ・ファルテローナが歌いだした。最初は控えめだったが、唇から流れる声が美しく澄んでいるのを確かめると、思う存分のびのびと歌い続けた。やがて歌が終わり、静寂があたりを包んだ。ミス・グレイザーはラ・ファルテローナの声の調子がとてもいいのを耳で確かめ、もう一曲歌いたそうなのに気づいた。プリマドンナは窓の前に立ち、部屋の明かりを背に受け、暗く輝く海をみつめている。杉の木が夜空を背景に美しい模様を作っている。夜はやさしく、穏やかだ。ミス・グレイザーはピアノで二小節弾いた。わたしは背筋がぞくっとした。ラ・ファルテローナはなんの曲かわかると、軽く体を震わせ、気持ちを引き締めたようにみえた。

やわらかく、おだやかな、あの人のほほえみ
目をそっと、開くさま

イゾルデの歌う「愛の死」だ。彼女は喉《のど》に負担をかけるのが心配でワーグナーのオペラに出たことはないが、この曲は何度もコンサートで歌ったことがあるのだろう。

オーケストラの伴奏ではなく、ピアノの伴奏なら、その心配はない。まさに天上の音楽が静かな空から下りてきて、海の表を流れていった。ロマンティックな風景をながめながら、星空の下でこれをきくと、胸が震えてくる。ラ・ファルテローナの声は、今でも最高に魅力的で、ふくらみがあって、澄んでいる。驚くほど感情豊かで、やさしく、悲劇的で美しい苦しみがひしひしと伝わってきて、わたしは心臓が溶けてしまいそうな気がした。歌が終わると、喉に大きく熱いものがこみあげてくるのをどうしようもなかった。みると、彼女の頬を涙が伝っていた。わたしはこの静寂を破りたくなかった。彼女はじっと立って、いつまでも変わることのない海をながめている。

まったく、不思議な女性だ！　わたしはふと思った。ピーター・メルローズが彼女を非の打ち所のない女として描いてしまう前に、ひどい欠点だらけの現実の彼女を描いてやればよかった。きっとおもしろい作品になっただろう。しかし、わたしがそんなことをすれば、まわりから責められるに決まっている。だが、わたしは物わかりのいい人間より、ちょっと面倒な人間のほうが好きなのだ。彼女はいうまでもなくいやな女だが、あらがいがたい魅力があるのはまちがいない。

マウントドラーゴ卿《きょう》

Lord Mountdrago

オードリン医師はデスクの置き時計に目をやった。六時二十分前。おや、めずらしい。診察の予約時間を過ぎている。マウントドラーゴ卿《きょう》は時間に遅れないのが自慢だった。卿はいつも仰々しい話し方をするので、普通の言葉までが格言めいてきこえる。そんな卿の口癖のひとつが、「時間厳守は、賢者にはほめ言葉、愚者には非難の言葉」だ。マウントドラーゴ卿の予約は五時三十分だ。

オードリン医師には一見、とりたてて目を引くところはない。背が高く、やせぎみで、肩幅はなく、少し猫背。髪は灰色で薄く、顔は細長く、血色が悪いうえに深いしわが刻まれている。五十歳ちょっとだが、老《ふ》けてみえる。目は薄い青で、かなり大きく、しょぼしょぼしている。しばらくいっしょにいると、目がほとんど動かないことに気づく。じっと相手をみつめているのだ。しかし表情がないので、不快に感じることはない。目を輝かせることはほとんどない。いくら目をみても、何を考えているのかはわからないし、どんなことを話していても目に変化はない。観察力のすぐれた人なら、普通の人よりまばたきの回数がずっと少ないことに気づくだろう。手は大きいほうで、指はほっそりして長く、柔らかいが肉付きはよく、ひんやりしているがべとついてはいない。医師が何を着ているかも、よく目をこらさないとわからない。服は黒で、ネクタイも黒。着ている物のせいで血色の悪いしわだらけの顔がよけいに青白くみえ、青い目がよけいに疲れてみえる。みた感じ、まさに重病人のようだ。

オードリン医師は精神分析医だった。ただ、この職業についたのは偶然で、この仕事を続けているあいだ、ずっと不安につきまとわれていた。大戦が勃発《ぼっぱつ》したときは、まだ医師の経験は浅く、いくつかの病院で研修を積んでいるところだったが志願し、その後しばらくしてフランスに派遣された。そしてこのとき、不思議な能力に気がついた。肉付きのいいひんやりした手で触れると、患者のある種の痛みがやわらぎ、話しかけると、不眠症の患者が眠れるようになるのだ。医師はゆっくりしゃべる。声は、これといった特徴はなく、どんなことを話していても口調は変わらなかったが、音楽のようで、柔らかく、気持ちをしずめる力を持っていた。兵士たちに、休みなさい、くよくよするのはやめなさい、眠りなさいというと、兵士たちは疲れ切った体が休まり、冷静な気持ちが不安を追いやって、混んだ場所で座る場所をみつけた人のような気になり、耕したばかりの畑に降る春の小雨のように、疲れたまぶたにそっと眠気がおりてくる。オードリン医師は気づいた。自分の低く単調な声で話しかけ、薄い青の無表情な目で見つめ、ほっそりした肉付きのいい手で疲れた額をなでてやると、相手の不安をやわらげ、狂気の原因を取り除き、日々を苦痛と感じさせる恐怖を消し去ることができるのだ。ときには奇跡のような効果をあげることもあった。砲撃で地中に生き埋めになったショックで口がきけなくなった患者をしゃべれるようにしたり、飛行機の墜落事故で全身麻痺《まひ》になった患者を治療したこともある。ただ自分自身、その力がなんなのかわかっていなかった。懐疑的な性格で、こういう能力に関しては、なにより自分を信じることが重要だといわれるが、どうしても信じることができなかった。どんなに猜疑心《さいぎしん》の強い人間も認めざるを得ない成果があるから、しかたなく認めているだけだ。しかしその力は、どこから生じているのかもわからない、あいまいで不確かなもので、自分にどうしてそんなことができるのか説明することもできなかった。大戦が終わると、ウィーンにいって研究をして、その後、チューリッヒにいった。それからロンドンに落ち着き、不思議な力を使う仕事を始めた。それから十五年、その特殊な治療はとても有名になっていた。その驚くべき効果は口から口に伝わり、治療費が非常に高いにもかかわらず、診きれないほどの患者が押しよせるようになった。

オードリン医師は自分でもよく承知していたが、これまでに驚くべき成果をあげてきた。多くの人々を自殺から救い、精神病院から救い、有意義な人生に巣くう悲しみをやわらげ、不幸な結婚を幸福な結婚に変え、異常な性癖を根治し、多くの人々を恐ろしい束縛から解放し、心を病む人に健康を取りもどさせた。これらすべてをなしとげたにもかかわらず、心の片隅には、自分は詐欺師《さぎし》とほとんど変わらないのではないかという後ろめたさがひそんでいた。

自分でもよくわからない力を使うということがそもそもいやだったし、自分が信用していない力を信用してやってくる患者から金を取るということにも良心が痛んだ。今ではもう働かなくても食べていけるくらい裕福になっていたし、治療は疲れるので、もうやめようと考えたことは何度もあった。フロイトやユング、その他の精神分析医の著作は読んで知っていた。しかし納得してはいなかった。そしてこの手の理論はすべてあやしいという直感的な確信があった。しかし、その手の治療は、なぜかわからないものの、はっきりした成果があがっている。オードリン医師はこの十五年間、人間の性質というものをいやになるほどみてきた。それもウィンポール・ストリートのみすぼらしい部屋で。患者がときにうれしそうに、ときに恥ずかしそうに、ひかえめに、いらだちまぎれに口にする相談にも、ずいぶんまえから、驚かなくなってしまった。どんなことをきかされても平然としていた。十分すぎるほどわかっていたのだ。人間は嘘《うそ》つきで、虚栄心が異様に強い。いや、それくらいならまだましなほうだ。だが、それを自分が裁いたり断罪したりするべきでないこともわかっていた。とはいえ、長年、こういうあからさまな告白をきかされているうちに、少しずつ顔色が悪くなり、しわが深くなり、青い目も表情を欠いていった。ほとんど笑うこともなくなったが、気晴らしに小説を読むときは、たまに苦笑することがあった。作家ときたら、こんな男や女がいると本気で思っているのだろうか。もう少しわかってほしいものだ。人間ははるかに複雑で予想外で、魂には矛盾した要素を抱え、暗く皮肉な争いに苦しんでいるのだ！

六時十五分前。今まで相談にきた患者のなかで、マウントドラーゴ卿ほど不思議な患者はいない。まず、きわだった人物だ。才能があり、有名でもあった。四十歳にならないうちに外務大臣に指名され、任について三年だが、その立案能力は高く評価されている。保守党のなかで最も実力のある政治家との評判だ。ただ、父親が貴族なので、父親が死ぬと爵位《しゃくい》を継ぐことになり、首相をねらうことはできなくなる。しかしこの民主的な時代において、イギリスの首相が上院の席に座るのは論外だとしても、保守党が優勢な現在、マウントドラーゴ卿が外務大臣を務め、自国の対外政策の舵取《かじと》りをするのはいっこうに差し支えない。

マウントドラーゴ卿は多くの美点を持っていた。知的で勤勉。世界を広く旅していて、数ヶ国語を流ちょうに話す。若い頃から外交政策に専門的な関心を寄せ、他国の政治的経済的状況に詳しかった。勇気、洞察力、決断力にたけている。また演説の場でも議会でも雄弁で、発言は明快で、適確で、しばしばウィットに富んでいた。議論にも強く、とくに機転のきいた反論が評判だった。見た目もいい。背が高く、顔立ちがよく、髪が薄くて太ってはいるものの、そのせいで堅実さと貫禄《かんろく》が際《きわ》だっている。若いときはスポーツにも秀《ひい》でていて、オクスフォードのボート部にいたし、射撃の腕は国内でも有名だ。二十四歳のとき結婚。相手は十八歳で、父親は公爵、母親はアメリカ生まれで莫大《ばくだい》な遺産を相続していて、家柄もよく財産もあった。ふたりの間にはふたりの息子が生まれた。ここ数年、別居しているが、公《おおやけ》の席にはいっしょに出るので、体面は保たれていたし、ふたりともほかに愛人はいなかったので、ゴシップがささやかれることもなかった。マウントドラーゴ卿は野心家で大の仕事好きで、さらに愛国者だったため、経歴を傷つけるような誘惑にかられることはなかった。簡単にいえば、人気を集めて成功する資質には事欠かない人物だった。ただ、大きな欠点もいくつかあった。

恐ろしく家柄を鼻にかけていた。もちろん、父親が初めて伯爵になったとかいうのであれば、そう驚くことではない。たとえば爵位を与えられた、弁護士や工場主やウイスキー蒸留業者の息子が滑稽《こっけい》なほど爵位を自慢したがるのはよくわかる。しかしマウントドラーゴ卿の父親の爵位はチャールズ二世（在位一六六〇～八五年）に与えられたもので、初代伯爵が男爵になったのはバラ戦争（一四五五～八五年）の時代にまでさかのぼる。つまり三百年にわたって途切れることなく、イギリス有数の貴族たちと姻戚関係を結んできたのだ。ところがマウントドラーゴ卿は、成金が金を自慢するように、家柄を自慢したがった。そしてことあるごとに、それを人にみせつけた。卿はその気になればじつに礼儀正しく振る舞うことができたが、それは自分と同等と思われる相手の前でだけだ。社会的な身分が下の者に対しては冷ややかで偉そうだった。召使いには横暴で、秘書には横柄《おうへい》。卿は政府の部署をいくつか移ったが、どこにいっても部下からは恐れられ、憎まれていた。その傲慢《ごうまん》さときたらすさまじいほどだった。相手がだれであれ、たいていは自分のほうが数段頭がいいと承知していて、ためらうことなく相手にそれを思い知らせた。また、人間にありがちの欠点にもがまんならないたちだった。自分は命令すべく生まれてきたと考えていて、自分に意見をしようとか、自分の決定の理由をききたがる相手には腹を立てた。驚くほど自分勝手な人物だったのだ。何かしてもらっても、それは自分の地位と有能さを考えれば当然であって、感謝の気持ちなどまったくわかなかった。他人のために何かしようという発想はまったくない。敵も多く、そのすべて軽蔑《けいべつ》の対象だった。自分の援助や同情や共感に値する相手はいない。友人もいない。尊大で、無礼だからだ。忠実だと思われなかったからだ。党での人気もない。上司の信頼もなかった。しかし非常に有能だったし、愛国心も並みではなかったし、頭もよかったし、物事を処理する能力は抜群だったので、目をつむってもらっていたのだ。そんなことが可能だった理由はもうひとつあった。ときに魅力的だったからだ。自分と同等と思える相手や、自分が関心を引きたい相手、外国の名士や高位の女性を前にしたときは、明るく、機転をきかせ、親切になった。そんなときの振る舞いは、チェスターフィールド伯爵（有名な政治家、外交官。一六九四〜一七七三年）の血を引いていることを思い出させる。気の利《き》いた話をして、気取らず、良識的で、考え深いところをみせることもあった。相手は広い知識と趣味のよさに驚き、ぜひ懇意になろうと思う。昨日、ばかにされたことを忘れ、明日、他人のふりをされることも忘れて。

マウントドラーゴ卿はオードリン医師の患者になりそこねるところだった。秘書が医師に電話をして、卿が診察をお願いしたいので、明日の午前十時にこちらにきていただければありがたいのですがと伝えた。オードリン医師は、そちらにうかがうことはできませんが、明後日の午後五時にこちらにきていただければ診てさしあげますと答えた。秘書はそれをきくと、またすぐに電話をかけ直してきて、ぜひこちらにきていただきたい、往診料はいくらでもかまいませんとのことですと伝えた。オードリン医師は、診察室でしか診察はしません、申し訳ないのですが、こちらにこられないのであれば、診察はしかねますと答えた。十五分後に電話がかかってきて、短く用件が伝えられた。明後日はいけないので、明日の午後五時にお願いします。

マウントドラーゴ卿は診察室に通されると、中には入らず、ドア口で立ち止まり、偉そうに医師を上から下までながめた。オードリン医師は相手が腹を立てているのに気がつき、何もいわず、無表情な目で見返した。そこに立っているのは大柄でがっしりした男で、白髪まじりの髪が額から後退しているせいか、貴族らしい顔にみえる。はれぼったい顔は、整っているが大作りで、高慢な表情を浮かべている。どことなく十八世紀のブルボン王朝の王のだれかに似ている。

「先生にお会いするのは首相に会うのと同じくらい難しいらしい。わたしはとても忙しいんですがね」

「おかけください」医師がいった。

その顔に変化はない。マウントドラーゴ卿の言葉はなんの影響も与えなかったようだ。オードリン医師は机にむかって椅子《いす》に座っている。卿はまだ立ったまま、さらに顔をしかめた。

「いっておきますが、わたしは外務大臣です」卿がいやらしい言い方をした。

「おすわりください」

マウントドラーゴ卿の体が動きかけた。背を向けて出ていこうとしたのかもしれない。もしそうだとしても、考え直したらしく、椅子に座った。オードリン医師は大きなノートを広げて、ペンを取ると、患者のほうをみないで書き始めた。

「お年は？」

「四十二」

「結婚なさってますか？」

「ああ」

「何年目です？」

「十八年」

「お子さんは？」

「息子がふたり」

オードリン医師はひとつひとつ書きとめていく。医師の質問に、マウントドラーゴ卿はぶっきらぼうに答えていく。そのうち、医師は椅子の背にもたれて、卿をみた。何もいわず、ただ真剣に、薄い青の動かない目でみつめた。

「なぜ、いらしたんですか？」しばらくして医師はたずねた。

「ここのことを耳にしたもんで。カヌート夫人がここにかかっているそうですね。夫人は、ずいぶんよくなったといっていました」

オードリン医師は返事をしなかった。じっと卿の顔をみているが、目にはまったく表情がなく、卿がみえていないのではないかと思うくらいだ。

「奇跡を起こすことはできません」しばらくして医師がいった。ほほえんではいないが、それらしいものが目に浮かんでいる。「できたとしても、王立医師学会が認めてくれないでしょう」

マウントドラーゴ卿は軽く笑った。敵意が薄れたらしく、少し親しげな話しぶりになった。

「ずいぶん評判がいいようですね。だれもが、腕は確かだといっています」

「なぜ、いらしたんですか？」オードリン医師がまたたずねた。

今度はマウントドラーゴ卿が黙る番だった。答えようとして答えづらいことに気づいたといった感じだ。オードリン医師は待った。そのうちようやく、卿は決心して話すことにした。

「健康にはまったく問題ありません。いつものことですが、先日、かかりつけの医師の検診を受けたところです。オーガスタス・フィッツハーバート先生です。おそらくご存じだと思います。先生には、三十歳の若さだといわれました。どんなに仕事をしても、決して疲れたことはないし、仕事を楽しんでいます。タバコはほんの少したしなむ程度で、酒は適量しか飲みません。運動も十分にしているし、じつに規則正しい生活をしています。申し分なく、じょうぶで、正常で、健康です。先生はきっと、そんな人間がここにくるなど、ばかばかしい、子どもじゃあるまいしと、お思いでしょう」

オードリン医師は、相手が話しやすくなるようにしなくてはと思った。

「お役に立てるかどうかはわかりませんが、やってみましょう。何が問題なのですか？」

マウントドラーゴ卿は眉《まゆ》を寄せた。

「わたしの職務は非常に重要なものです。わたしにゆだねられている決定はわが国の運命、いや世界の平和さえ、たやすく変えてしまうようなものなのです。したがって、わたしの決断はかたよることがなく、頭脳は明晰《めいせき》でなくてはなりません。ですから、判断力が鈍るような要因は、どんなものであれ排除しなくてはならないと思っています」

オードリン医師は卿から目を離すことは一度もなかった。多くのことを読み取った。患者の大仰で傲慢な態度の裏に、払拭《ふっしょく》できない不安が隠れている。

「ここにきていただきたいといったのは、経験上の判断からです。このみすぼらしい診察室のほうが、慣れ親しんだ環境より気楽に話せるでしょう」

「たしかに、みすぼらしい部屋ですね」マウントドラーゴ卿は皮肉をこめていうと、黙りこんだ。自信にあふれ、迅速な決断ができ、決して迷うことのない男が、いまこの瞬間、どうしていいかわからなくなっていた。卿は平気なところをみせようとほほえんだが、目には不安が表れていた。そしてまた口を開くと、今度は不自然なくらいに明るい口調で話しだした。

「それがまったくつまらないことで、先生をこんなことでわずらわせていいのかと思うくらいなのです。ばかばかしい、貴重な時間をむだにさせないでくれといわれそうで」

「どんなにつまらなく思えることでも重要な意味を持っていることがあります。深いところに混乱の兆候が隠れていることもあります。それに時間はたっぷり取ってあります」

オードリン医師の声は低く、真剣だった。単調な話しぶりが不思議と相手の気をしずめた。マウントドラーゴ卿はやっと、正直に話すことにした。

「じつは、最近、うっとうしい夢をみるようになったのです。そんなことを気にするなど愚かだとはわかっているのですが――正直にいうと、それが神経にさわっているような気がするのです」

「ひとつ、話してもらえませんか?」

マウントドラーゴ卿はほほえんだ。しかし、強がって浮かべるほほえみは痛ましい。

「本当にばかげた夢で、話す気にもなれないのですが」

「かまいませんよ」

「その、最初は、一ヶ月ほどまえでした。コネマラ邸で開かれているパーティに出席している夢でした。公式のパーティで、国王夫妻もいらっしゃることになっているため、勲章をつける必要があり、わたしは小綬章《しょうじゅしょう》と星章をつけていました。クロークルームのような部屋にいって、コートを預けようとしたところ、小柄な男がいました。オーウェン・グリフィス、ウェールズの議員です。正直、驚きました。なにしろ、彼は平民ですよ、平民。思わずつぶやきました。『リディア・コネマラときたら、なんてことをするんだ。次はいったいだれを招くつもりなんだ』グリフィスがおもしろそうにこちらをみているような気がしたのですが、わたしは気にしませんでした。というより、あんな平民には目もくれず、二階にあがっていきました。先生は、コネマラ邸にいらっしゃったことはありませんよね」

「ええ」

「そうでしょう。先生のような方のいきたがる場所ではありませんから。ずいぶん悪趣味な屋敷です。ただ、あそこの大理石の階段はすばらしい。二階ではコネマラ夫妻が客を迎えていました。わたしが握手をしようとしたら、夫人が驚いた顔をして、くすくす笑いだしたのです。わたしは気にしませんでした。夫人は頭も育ちも悪く、マナーときたら、爵位を安売りしたチャールズ二世が公爵夫人の位をさずけた先祖程度のものですから。コネマラ邸の客間はじつに立派なものです。わたしは中に入って、大勢の客たちに会釈《えしゃく》をしたり握手をしたりしていたのですが、ドイツ大使がオーストリア大公と話しているのが目にとまりました。ドイツ大使とはぜひ話したいと思い、そちらにいって手を差しだしたのです。ところが大公はわたしをみたとたん、吹きだして、大声で笑ったのです。わたしはかっとなって、相手をにらみつけました。ところが、大公はよけいに大声で笑うしまつで、わたしはきつく問いただしてやろうかと思ったのですが、そのときあたりがしんとなって、国王夫妻が到着なさったのがわかりました。わたしは大公に背を向けると階段を下りかけて、はっとしました。ズボンをはいていないのです。絹の短いパンツにまっ赤な靴下留めという格好です。コネマラ夫人がくすくす笑ったのも、大公が大笑いしたのも当然です！　そのときの気持ちはどういっていいのか。死ぬほどの恥ずかしさでした。わたしは冷や汗をかいて目を覚ましました。夢だったことがわかったときは、心底ほっとしました」

「そう珍しい夢ではありませんね」オードリン医師がいった。

「ええ、そう思います。ところが、次の日、奇妙なことが起こったのです。下院のロビーにいると、グリフィスのやつがゆっくり歩いてきて、これみよがしにわたしの脚に目をやって、それからわたしの顔をじっくりみて、まちがいなく、ウィンクしたような気がしたのです。とんでもない考えが頭に浮かびました。こいつは昨日の晩、あそこにいて、わたしが無様な姿をさらしたのをみていて、おもしろがっているのではないかと思ったのです。もちろん、そんなことはありえません。あれは夢だったのですから。わたしがにらみつけると、やつは歩いていってしまいました。ところがいかにもおかしそうに笑っていたのです」

マウントドラーゴ卿はポケットからハンカチを取りだすと、両手の汗をぬぐった。

もう自分の気持ちを隠そうともしない。オードリン医師はそんな様子をじっとみていた。

「ほかの夢の話をしてください」

「次の日の晩のことです。さっきのよりさらにばかげた夢でした。わたしは下院にいました。外交問題についての議論がかわされていて、これはわが国だけでなく、世界が大きな関心を持って見守っている事柄でした。政府は政策の重大な変更を決定し、これはわが帝国の未来を大きく左右することは間違いありません。まさに歴史的決定をめぐる議論です。下院は立錐《りっすい》の余地もありません。各国の大使がひとり残らず出席していましたし、傍聴席も満員です。その夜の答弁はわたしがすることになっていて、準備は万端でした。わたしのような人間に敵はつきものです。なにしろこの年でこの地位についているのですから、当然です。有能な同輩がそれほど重要でない地位に甘んじていますからね。わたしはこの場にふさわしいだけでなく、一切の反論を封じるような答弁を考えていました。正直、わくわくしていました。全世界がわたしの話に耳を傾けているような気分でした。わたしは立ち上がりました。先生が下院にいらっしゃったことがおありでしたら、討議の最中に議員がひそひそ話をしたり、書類や報告書をめくったりして、うるさいのをご存じでしょう。しかし、わたしが話し始めると、あたりは墓場のように静かになりました。そのとき、ふとみると、あの不愉快きわまりない、成り上がり者のちびが、むかいの席に座っているではありませんか。ウエールズの議員、グリフィスです。こちらにむかって舌を突き出しています。先生が、「ふたり乗りの自転車」というミュージックホールの下品な歌をご存じかどうかは知りません。ずいぶんまえにはやった歌です。わたしは、おまえは本当にばかだなあ、という気持ちをこめて、それを歌いだしました。一瞬、驚きの沈黙があったのですが、わたしが一番目の歌詞を歌い終わると、「いいぞ、いいぞ」という声がいくつも反対側の席から起こりました。わたしは手を上げて、静かにと合図すると、二番目の歌詞をうたったのです。まわりは石のような沈黙で、あまり受けていないのがわかりました。おいおい、なんだ、それは、と思いました。わたしの声はほれぼれするバリトンなのです。そこで、本気で歌うことにしました。ところが三番目の歌詞を歌い始めたとたん、笑い声が起こり、またたくまに広がったのです。大使も、傍聴席の人も、婦人席の婦人も、新聞記者も、体をふるわせ、大きな笑い声を上げ、腹を抱えて、転げ回っているのです。だれもが笑い転げているなか、わたしの後ろに座っている正面席の大臣だけは別でした。あの信じられない、前代未聞《みもん》の騒ぎのなかで、固まっているのです。わたしはそちらをちらっとみて、ぞっとしました。とんでもないことをしてしまったと気づいたのです。全世界の笑いものです。みじめなんてものじゃありません。辞職する以外ないでしょう。そこで目がさめて、夢だとわかったのです」

話が進むにつれてマウントドラーゴ卿の尊大な態度は影をひそめた。そして話し終わる頃には、顔は青ざめ、体は震えていた。しかし卿はなんとか気を取り直し、震えている口元に笑いを浮かべてみせた。

「最初から最後まで、まったくナンセンスな夢で、自分でもおかしくなったくらいです。そのまま忘れてしまいました。次の日の午後、下院におもむいたときはとても元気になっていました。討議は退屈でしたが、そこにいなくてはならず、重要な書類に目を通していました。ふと顔を上げると、グリフィスが質問か反論をしているところでした。風采《ふうさい》の上がらない、不快なウェールズなまりの男が、きく価値のあることを話しているとは、とても思えません。そこでふたたび書類に目をもどそうとしたとき、やつが「ふたり乗りの自転車」の歌詞を二行、口にしたのです。わたしは思わずやつの顔をみました。グリフィスもこちらをじっとみて、ばかにしたような笑いを浮かべています。わたしはちょっと肩をすくめてやりました。だって、滑稽でしょう、ちびでみすぼらしいウェールズ出身の議員があんな顔でわたしをみるなんて。奇妙な偶然です。あの男は、わたしが夢の中で歌って大惨事を招いた歌の二行を口にしたのです。

わたしはふたたび書類に目を落としました。ただ、正直いって、集中できませんでした。いささか頭が混乱していたのです。オーウェン・グリフィスは最初の夢に出てきました。コネマラ邸のパーティに出席した夢です。そのあと、やつがわたしの無様な姿を知っているような気がたしかにしたのです。やつがあの歌詞を二行引用したのは、偶然の一致だろうか？　やつはわたしがみた夢と同じ夢をみているのだろうか？　しかし、いうまでもなく、そんなことはありえません。わたしはそれきり考えないことにしました」

　話がとぎれた。オードリン医師は卿をみつめ、マウントドラーゴ卿は医師をみつめ返した。

「他人の夢はきわめて退屈です。妻もときどき夢をみては、次の日、わたしにそれを詳しく話していたのですが、腹立たしいばかりでした」

　オードリン医師はちょっとほほえんだ。

「あなたの夢は退屈ではありません」

「もうひとつ、お話しします。その数日後にみた夢です。ライムハウス（ロンドンのイーストエンドにある港湾地区。倉庫などが多い）のパブに入っていく夢でした。いままでライムハウスにいったことは一度もありません。パブも、オクスフォードの学生のときにいったきりです。ところがわたしは、通りをみて、その店に入ったのです。まるでよく知っているような感じでした。わたしの入ったのは上客のための、ラウンジ・バーとか、プライベート・バーとか呼ばれる部屋で、暖炉と大きな革のアームチェアが片側にあり、そのむかいに小さなソファがありました。カウンターが部屋の端から端までのびていて、そのむこうに立ち飲みのパブリック・バーがみえます。入り口近くには天板が大理石の丸テーブルとアームチェアがふたつありました。土曜の晩で、店はこんでいました。照明は明るいのですが、タバコの煙がすごくて、目が痛いほどでした。わたしはラフな服装で、キャップをかぶり、スカーフを首に巻いていました。客は全員酔っ払っているようで、わたしは、おもしろいなと思いました。蓄音機かラジオかはわかりませんが、音楽が流れていて、暖炉の前で女がふたり、気味の悪いダンスを踊っています。まわりにちょっとした人だかりができていて、笑ったり、はやしたてたり、歌をうたったりしているのです。わたしもみにいってみると、男が『ビルじゃないか、一杯飲めよ！』と声をかけてきました。テーブルの上にはグラスが並んでいます。なかには黒い飲み物が入っていました。ブラウン・エールというビールでしょう。男はわたしにグラスをひとつ渡しました。わたしは目立たないようにしようと、飲み物に口をつけました。すると踊っていた女がもうひとりの女をおいてやってくると、わたしからグラスを取りあげてこういうのです。『ちょっと、どういうつもり？　これ、あたしのよ』『ああ、申し訳ない。あちらの人に飲めと渡されたんで、おごりかと思ったんだ』と答えると、『じゃあいいわ。気にしないで。そのかわり、あたしと踊って』断る間もなく、わたしは引っぱっていかれて、ダンスをはじめました。それから気がつくと、アームチェアに座っていて、膝《ひざ》にのった女とふたりで一杯のグラスのビールを飲んでいたのです。いっておきますが、いままで自分にとってセックスはけっして大きな意味を持っていませんでした。若くして結婚したのは、わたしのような地位にある者は結婚していたほうがよいからですが、セックスという問題をさっさと片付けたかったからでもあるのです。息子がふたりほしいと思い、ふたり生まれたので、セックスはおしまいにしました。ずっと忙しくて、そんなことにかまけている暇が惜しかったのです。それに公的な場に出ることが多いので、スキャンダルを起こすなど自殺行為です。政治家にとって最大の強みは、女に関して清廉《せいれん》潔白でいることです。女のことで経歴をだいなしにする男は最低です。軽蔑あるのみです。膝にのっている女は酔っ払っていました。美人でもなければ、若くもない。実際、だらしのない年増《としま》の娼婦《しょうふ》でした。女をみて、わたしはげっそりしました。それなのに、女が唇を寄せてキスをすると、ビールくさいうえに、虫歯だらけで、うんざりしたというのに、女がほしくなった。ほしくてたまらなくなったのです。いきなり、声がきこえてきました。『やあ、あんたか、たっぷり楽しみな』顔をあげると、オーウェン・グリフィスです。わたしはアームチェアから跳ね起きようとしましたが、おぞましい女が放してくれません。『あんなやつほっときましょう。ほんとにお節介なんだから』『遠慮するなって。モールのことはよく知ってるんだ。払ったぶんだけは楽しませてくれるぜ』いいですか、あんな醜態をみられてむっとしたのは確かですが、それ以上に、『あんた』と呼ばれたことがむかついたのです。わたしは女を押しのけて立ちあがり、やっと向きあいました。『おまえなんか知らないし、知りたくもない』といってやりました。やつは『おれはあんたのことをようく知ってるけどな』というと、女のほうを向いて、『モリー、ひとつ忠告だ。ちゃんと金をもらうんだぞ。こいつは食い逃げが得意だからな』そばのテーブルの上にビール瓶がありました。わたしはとっさに瓶の首をつかむと、思い切りやつの頭をなぐりつけたのです。その激しい動作で、目がさめました」

「その種類の夢は、説明がつかないこともありません」オードリン医師がいった。「自然の復讐《ふくしゅう》とでもいいますか、非の打ち所のない人間に、自然が復讐するのです」

「ばかばかしい話ですが、これは前置きで、問題はこのあと、次の日に起こったことなのです。急いで調べなくてはならないことができて議会図書館にいきました。そして目当ての本をみつけて読み始めたのです。椅子に座ったときは気づかなかったのですが、グリフィスがすぐそばに座っていました。仲間の労働党の議員がやってきて、やつのほうに近づいていきました。『よお、オーウェン。今日はずいぶんと具合が悪そうじゃないか』『頭痛がひどくてさ。なんか、瓶で頭をなぐられたみたいなんだ』」

マウントドラーゴ卿の顔は苦しげで、青ざめていた。

「そのときわかったのです。一度思いついて、ありえないと否定した考えが事実だったのです。グリフィスはわたしの夢をみていて、わたしと同じようにそれを覚えているのです」

「それもまた偶然だったのかもしれませんね」

「やつは、仲間にむかってではなく、わたしのほうにむかってそういったのです。不機嫌な、いまいましそうな顔で」

「いつも同じ男が夢に出てくる理由について、何か思い当たりませんか？」

「いいえ、まったく」

オードリン医師は患者の顔をずっとうかがっていた。そして相手が嘘をついていることに気がついた。医師は鉛筆を取って、インクの吸い取り紙に一、二本、でたらめな線を描いた。患者に本当のことを話させるには時間のかかることがよくある。しかし患者のほうも、本当のことをいわないと、医師は何もできないことがわかっている。

「さっきの話は、三週間以上まえにみた夢ですね。それ以後も夢をみるのですか？」

「毎晩」

「そして、そのグリフィスという男が必ず出てくる？」

「はい」

医師は吸い取り紙にさらに数本、線を描いた。診察室の静けさと、単調さと、薄暗い照明がマウントドラーゴ卿の感覚に作用するのを待っていた。卿は椅子の背にぐったりもたれ、医師の真剣な目を避けるように顔をそむけた。

「オードリン先生、どうにかしてください。もう耐えられません。このままだと、気が狂ってしまいそうです。寝るのがこわくて。二晩か三晩、寝ていないんです。遅くまで本を読んで、眠くなるとコートを着て、くたくたになるまで散歩をしました。しかし寝ないわけにはいきません。抱えている仕事をこなすには、心身共に健康でなくてはなりません。すべての能力を最大限に使える状態でいないと。わたしには休息がないのです。眠りは役に立ちません。眠ったとたん、夢が始まり、必ずやつが出てくるのです。あの下司《げす》で下品なちびが出てきて、にやにやしながら、わたしをからかって、ばかにするのです。地獄のような拷問《ごうもん》です。先生、夢の自分はわたしではありません。夢で判断しないでください。だれにでもきいてくださってけっこうです。わたしは正直で、まっすぐで、やましいところはありません。だれひとり、わたしが公私ともに清廉潔白であることに異を唱える人間はいません。わたしは国につくし、わが国の偉大さを維持すること以外、なんの望みもないのです。賄賂《わいろ》がきかない男だとほめられたところで、うれしくもありません。これだけははっきりいえます。どんな名誉も、利益も、私欲も、わたしを本来の義務から髪の毛一筋、遠ざけることはできません。わたしはすべてを犠牲にして、いまの自分を作ってきたのです。偉大な人物と呼ばれたい、これがわたしの悲願です。そこまであと一歩のところまできているというのに、いま、気がくじけてしまいそうなのです。わたしは、あのおぞましい小男の目に映っているような、卑小で、卑劣で、臆病《おくびょう》で、好色な人間ではない。夢を三つお話ししましたが、ほかの夢にくらべればずっとましなものです。やつが夢でみたわたしは、じつに浅ましく、下品で、恥知らずなことをしていて、それがどんなことかは、殺すと脅かされても口にできるものではありません。そしてやつはそれを覚えているのです。やつの目に浮かぶ嘲《あざけ》りと嫌悪《けんお》感をみると気持ちがなえて、しゃべることもできなくなるのです。自分が何をいっても、この男は、きいてられないね、と思うに決まっているからです。なにしろ、やつは目にしているのです。わたしが、多少なりとも自尊心のある者なら絶対にしないようなことをするところを。政界から放り出され、長期拘禁刑を宣告されるようなことをするところを。やつは、わたしの野卑な言葉をきき、わたしの滑稽でいまわしい姿をみているのです。やつはわたしを軽蔑していて、それを隠そうともしません。先生、なんとかしてください。さもないと、自分を殺すか、やつを殺すかしかありません」

「わたしがあなただったら、相手を殺したりはしませんね」オードリン医師はなだめるような口調で、さらりといった。「この国では、人を殺すと、あとが大変ですから」

「お言葉ですが、やつを殺したところで、死刑になることはありません。わたしが殺したと、だれにわかりますか？　あの夢がいいヒントをくれました。さっき話しましたが、やつはわたしにビール瓶で頭をなぐられたとき、ろくに物がみられないくらいの頭痛に襲われました。自分でそういっていました。ということは、寝ているときに体に起こったことが、目ざめても続いているということです。今度はビール瓶など使いません。そのうち、夜、夢をみているとき、わたしは手にナイフを握っているか、ポケットにピストルを入れていることでしょう。きっとそうです。必死に願っているのですから。そしてチャンスをねらって、やつを豚のように刺し殺すか、犬のように撃ち殺してやります。心臓をねらいます。夢の中でね。そうすれば、この地獄のような責め苦から逃れることができます」

マウントドラーゴ卿のことを気が触れていると思う人もいるだろう。オードリン医師は長年、精神を病んだ患者をみてきて、正気と狂気をへだてているのが、ほんの細い線だということを知っていた。どこからみても健康で正常な人間、幻覚などとは無縁にみえる人間、日々の仕事をきちんとこなしてまわりの評判もよく人々の役に立っている人間、そういう患者がいったん医師を信用すると、世間にたいしてつけていた仮面を脱いで、恐ろしい異常性だけでなく、信じられないような奇想や妄想を打ち明けることがある。まさに、その点においては、狂人と呼ぶほかはないようなことを。もしそういう人間をすべて収容するとしたら、世界中の精神病院を集めても足りない。それに、奇妙な夢をみて神経がすり切れそうになっているからといって、狂人のレッテルを貼《は》るわけにもいかない。この患者の症状はたしかに珍しいが、これまでに診てきた症例が極端に進んだものと考えれば納得がいく。しかし、医師は、いままで何度も効果をあげてきた治療法がこの患者に効くかどうか自信がなかった。

「ほかの専門医にかかったことがありますか？」

「オーガスタス先生だけです。先生には、悪夢に悩まされているとだけ話しました。

すると、過労でしょう、船旅でもしてみなさいといわれました。それは論外です。いま、外務省の仕事を放り出すわけにはいきません。国際情勢から一時《いっとき》も目が離せない状況ですから。わたしがいないと困ったことになります。まちがいありません。この転換期にどう動くか、それにわたしの未来がかかっているのです。オーガスタス先生は鎮静剤を処方してくれましたが、効果はありませんでした。すると強壮剤を処方してくれたのですが、効かないどころか、症状は悪化しました。あの医者は信用できません」

「何か理由を思いつきませんか？　なぜ、その男がしつこく夢に出てくるのか」

「まえにも同じ質問をされました。そのときにお答えしたはずです」

その通りだったが、オードリン医師は卿の返事に満足していなかった。

「さっき、責め苦といわれましたが、なぜオーウェン・グリフィスはあなたを責めているのでしょうね？」

「見当もつきません」

マウントドラーゴ卿の目がちらっと動いた。オードリン医師は、相手が嘘をついているのがわかった。

「ひどいことをしたおぼえは？」

「ありません」

マウントドラーゴ卿は身動きもしなかったが、オードリン医師は、相手が少し縮んだような気がした。目の前にいる大柄で尊大な男は、そんな質問は無礼だといわんばかりの態度をしているが、内心おどおど、びくびくしているようにみえる。まるで、罠《わな》につかまっておびえている獣のようだ。オードリン医師は体を乗りだし、鋭い目で相手の目をとらえた。

「ほんとうに、ありませんか?」

「あるはずがない。おわかりになっていないようだが、われわれはまったく違う道を歩んでいるのです。くどいようですが、わたしは外務大臣です。やつは労働党の下《した》っ端《ぱ》議員です。社会的にわれわれが接触する機会などありません。やつはじつに低い階層の出です。わたしが出入りするような家で顔を合わせることもありません。政治的には正反対の立場にいるわけで、共通のものはなにひとつないといっていい」

「包み隠さず本当のことを教えてもらわないかぎり、わたしには何もできません」

マウントドラーゴ卿が眉をつり上げ、声を荒げた。

「先生、嘘つき呼ばわりは心外です。もしそのようにお考えであれば、おたがい時間のむだです。どうぞ、診察費を秘書にお伝えください。小切手を送ってよこすはずです」

オードリン医師の顔にはなんの表情も浮かんでいない。マウントドラーゴ卿の言葉など耳に入っていなかったかのようだ。医師はじっと相手の目をみつめながら、真剣に、低い声でたずねた。

「相手にうらまれそうなことをしたおぼえはありませんか？」

マウントドラーゴ卿は言葉に詰まった。目をそむけたが、オードリン医師の目にあらがいがたい力があるかのように、視線をもどした。そしてしぶしぶ答えた。

「もし、やつがろくでなしの、二流の小物であれば、そう思ったかもしれません」

「さっきから、そういう人間だとおっしゃっているではありませんか」

マウントドラーゴ卿はため息をついた。降参の合図だ。オードリン医師には、ようやく相手が隠してきたことを吐き出すつもりになったのがわかった。これ以上、追いつめる必要はない。医師は下を向いて、また吸い取り紙に意味のない幾何学模様を描き始めた。二、三分、沈黙が続いた。

「どんなことであれ、役に立ちそうなことはすべて話すつもりです。これを話さなかったのは、じつにささいなことで、夢と関係があるとはまったく思えなかったからです。グリフィスは前の選挙で当選したかと思うと、早速、出しゃばった真似《まね》を始めました。父親は炭鉱夫で、やつも子どもの頃は炭鉱で働いていました。このあいだまで、公立小学校の教員をやったり、新聞記者をしたりしていました。未熟で、うぬぼれの強いインテリで、ろくでもない知識を頭に詰めこみ、よからぬことを考え、できもしないことをたくらむような人間です。義務教育の普及で労働者階級からああいう連中が出てくるようになりました。体つきは貧相で、血色の悪い、ひもじそうな顔をして、いつもだらしない格好をしています。たしかに最近は議員たちもあまり服装に気を使わなくなりましたが、やつの服装ときたら、下院の面汚《つらよご》しです。みすぼらしいだけでなく、シャツの襟は垢《あか》まみれで、ネクタイはゆがんで、一ヶ月くらい風呂《ふろ》に入ってないようだし、手はいつもよごれています。労働党も最前列に座っている二、三名はそこそこ有能ですが、残りはかすばかりです。盲目の人の国では片目が王様です。グリフィスは口が達者で、様々なことについて表面的な知識を持っているため、労働党の幹部連中が、機会さえあれば、やつに発言させるようになってきました。そして本人は、外交事情にもそれなりの見識があるとうぬぼれているようで、ひっきりなしにわたしに愚かで退屈な質問をしてくるのです。遠慮なくいわせてもらいますが、あまりに不見識な質問をしたときには思い知らせてやりました。最初からわたしは、あのしゃべり方や、妙に鼻にかかった声や、下品な口調が大嫌いでした。あの神経質なわざとらしさがかんにさわってしょうがなかったのです。恥ずかしそうに、おどおどと、まるでしゃべるのは苦痛なのだが、内なる情熱につき動かされてしかたなくといわんばかりで、そのうえ、しばしばまことに不用意な発言もするのです。たしかに、ときには雄弁に熱っぽく語ることもあります。それを、労働党のつまらない連中が喜ぶわけです。やつの熱弁に感動するのでしょう。メロドラマはやめてくれ、吐き気がすると、わたしならいうところですが、そうではないのです。もちろんある種のメロドラマは議会の討議では、通貨のようなものです。どの国もみな利己的な動機で動いているのですが、それがほかの国のためなのだというふりをしなくてはなりませんから。そして政治家は当選するために、受けのいいきれいごとを並べて、自分の考える政策こそが自国の利益になり、ひいては人類全体の幸福につながるのだと主張するのです。グリフィスのような連中のおちいりやすい過《あやま》ちは、そういった俗受けのするきれいごとを真に受けてしまうことです。やつは変わり者です。それも有害な変わり者なのです。理想主義者を自称し、インテリたちがわれわれを長年うんざりさせてきた実のない言葉をしょっちゅう口にする。無抵抗。人類愛。どうしようもないたわごとばかりじゃありませんか。情けないのは、労働党だけでなく、わが保守党の愚鈍な連中がそれに賛同するようになってきたことです。こんな噂《うわさ》を耳にしました。グリフィスは、労働党が政権を取ったときには、大臣になるかもしれないというのです。それも、外務大臣かもしれないと。考えるだけで吐き気がしますが、ありえないことではありません。ある日わたしは、グリフィスが口火を切った外交問題をまとめる役にあたりました。やつは一時間ほどしゃべりました。わたしは、身の程を知らせてやるのに絶好の機会だと思い、それを実行したのです。やつの主張を徹底的に論破してやったのです。論理的な整合性の欠如と、知識不足を指摘しました。下院における最強の武器は嘲笑《ちょうしょう》です。わたしはぞんぶんに、やつをからかって、ばかにしてやりました。その日のわたしは絶好調で、議場は笑い声で揺れんばかりでした。わたしはそれに気をよくして、さらに攻めたてました。労働党の連中はむっつり黙りこんでいましたが、一、二度、こらえきれずに笑い声があがりました。党内のライバルにとっては仲間がばかにされるのも、それほど不快ではないのでしょう。そしてたしかに、わたしはグリフィスをばかにしていました。やつはそれこそ椅子にすわって小さくなり、まっ青になり、そのうち両手で顔をおおってしまいました。わたしが着席するころには、瀕死《ひんし》の状態でしたね。やつの威信は地に落ちたも同然です。労働党が政権を取ったところで、警備の警官が外務大臣になることはあっても、やつがなることはないでしょう。あとできいたのですが、そのときグリフィスの父親が、年老いた炭鉱夫ですが、母親といっしょにウェールズから選挙区の仲間といっしょに、わざわざ傍聴にきていたらしいのです。きっと、息子が華々しい活躍をするところを期待していたのでしょう。それが大恥をかかされるところをみてしまったわけです。そもそもやつは選挙のとき、ぎりぎりで当選したのです。あんなことがあっては、次の選挙は見事に落選するでしょう。しかし、そんなことはわたしの知ったことではありません」

「言葉が過ぎるかもしれませんが、あなたは彼の将来をふみにじったわけですね？」

「お言葉通りです」

「つまり、致命的な打撃を与えた」

「自業自得《じごうじとく》です」

「気がとがめたことは一度もないのですか？」

「両親がきていることを知っていたら、多少は手控えたかもしれませんね」

オードリン医師は、これ以上たずねることはなかった。あとは症状が軽くなるように治療をするだけだ。目がさめたら夢のことは忘れるように、ぐっすり眠って夢をみないように暗示をかけてみた。ところがマウントドラーゴ卿の精神的な反発が強くて、どうしても暗示がきかない。一時間ほどして、帰すことにした。それ以後、マウントドラーゴ卿は五、六回、やってきた。しかし治療の効果は上がらなかった。毎晩、恐ろしい夢が続き、あわれな患者を責めさいなんだ。卿の健康状態は急速に悪くなっていった。やつれ、怒りをおさえられなくなった。治療の効果がないことに腹を立てながらも通ってきたのは、それが唯一《ゆいいつ》の希望だったからであり、すべてを話せて安心できたからでもあった。やがてオードリン医師はある結論にいたった。マウントドラーゴ卿をこの苦しみから解放する方法はひとつしかないが、卿がすすんでそれを受け入れることは絶対にありえない。この差し迫った破滅を回避するには、その強い選民意識と自負とは決して相容《あいい》れない一歩を踏み出すように、卿の背中を押してやらなくてはならない。ぐずぐずしていては命取りになる。医師は暗示による治療を進めていたが、数回それを繰り返すうちに、患者が反応するようになってきたのがわかった。ついに、なんとか暗示によって眠らせることができた。医師は低い声でやさしく淡々と話しかけて、卿のささくれた神経をなだめた。同じ言葉を何度も何度も繰り返した。マウントドラーゴ卿は静かに横たわっている。目を閉じ、呼吸は規則正しく、全身リラックスしている。オードリン医師はそれまでと同じおだやかな口調で、準備しておいた言葉を口にした。

「オーウェン・グリフィスのところにいって、こういいなさい。ひどいことをしてすまなかった、できる限りのことをして、その償いをしようと思う」

マウントドラーゴ卿は顔を鞭《むち》で打たれたような衝撃を受けた。催眠状態からさめ、いきなり椅子から立ち上がった。目を怒らせ、オードリン医師にむかって、医師がきいたこともない罵倒《ばとう》の言葉を投げつけ、ののしり、わめきちらした。卿の言葉は驚くほど野卑だった。医師はその手の言葉には慣れていて、清純で地位の高い女性の口からきかされることもあったが、卿がよくそんな言葉を知っているものだと感心するくらいだった。

「あの薄汚いちびのウェールズ野郎に謝れ？　自殺したほうがましだ」

「それしか、健やかな精神状態にもどる方法はありません」

オードリン医師も、とりあえず正気と思われる人間がこれほど憤慨するのをみたことはあまりなかった。顔をまっ赤にし、目をむいて、激怒している。口のまわりには泡が散っている。医師は相手を冷静に観察しながら、怒りの嵐《あらし》がおさまるのを待った。やがて、何週間もの緊張に疲れ果てていた卿は、がくっと首をたれた。

「おすわりください」医師がすかさずいった。

マウントドラーゴ卿は椅子にくたっと座った。

「くそっ、疲れた。ちょっと休ませてください。すぐに帰ります」

五分ほど、ふたりは何もいわずに座っていた。マウントドラーゴ卿は鼻持ちならない権威主義者だったが、紳士でもあった。ふたたび口を開いたときは、しっかり自制心を取りもどしていた。

「じつに無礼なことをしてしまいました。先生にむかってあのような言葉を発したことを心から恥じています。これきり診察はしないといわれても当然だと思いますが、できれば治療を続けていただきたい。ここに通ってくるだけでも、わたしの助けになっているのです。先生だけが最後のチャンスなのです」

「さっきのことはお気になさらないでけっこうです。たいしたことではありません」

「ただ、ひとつだけ、いくら勧められてもできないことがあります。グリフィスにあやまるということです」

「あなたの症状についてあれこれ考えてみました。すべてが理解できたわけではないのですが、あなたが解放されるチャンスは、いまお勧めしたことを実行に移すことのみだと思います。わたしの持論ですが、われわれはみな、ひとつの自我からできているのではなく、いくつもの自我からできているのです。あなたの場合、そのうちのひとつが、あなたがグリフィスに与えた侮辱に憤《いきどお》り、頭の中でグリフィスという形をとってあのときの残酷な仕打ちを責めているのです。もしわたしが神父か牧師であれば、こういうところでしょう。あなたの良心があの男の姿となってあなたを鞭打ち、悔いて償え、と呼びかけているのです」

「わたしの良心にくもりはありません。あの男の将来を踏みにじったとしても、それはわたしの落ち度ではないはずです。いってみれば、庭のナメクジを踏みつぶしたようなもので、なんの後悔もありません」

このあいだの診察のとき、マウントドラーゴ卿はその言葉を残して、去っていった。


いま、オードリン医師はマウントドラーゴ卿を待ち、カルテを読みながら考えていた。いつもの治療法は失敗してしまった、どうすればあの患者に、これしかないと思われる解決法を受け入れさせることができるだろう。置き時計をみると、六時だった。珍しい、マウントドラーゴ卿が遅刻するとは。卿がくるつもりでいるのはわかっていた。今朝、秘書から電話があって、いつもの時間にお願いしますといわれたのだ。仕事に追われてこられないのかもしれない。そう思ったとき、医師はふとほかのことに考えがいった。今のマウントドラーゴ卿に仕事をまかせるのはあぶない、国家の重要な事柄を処理できる状態ではない。首相か外務事務次官に連絡を取って、マウントドラーゴ卿は精神状態が非常に不安定で、重要な仕事をまかせるのは危険ですと伝えるべきだろうか。いや、やめておこう。せっかく骨を折っても、無用な問題を起こしたと、怒鳴られてとがめられるのがおちだ。医師は肩をすくめた。

「まあいい。二十五年間、政治家たちがいろいろやってくれたおかげで、世界は目も当てられない有様だ。いまさら、狂気だ正気だと騒ぐこともないだろう」

医師はベルを鳴らして召使いを呼んだ。

「もしマウントドラーゴ卿がみえたら、わたしは六時十五分から次の予約があるので、申し訳ないが、お会いできないと伝えてくれ」

「かしこまりました」

「夕刊はまだきていないか?」

「みてまいります」

召使いがすぐに夕刊を持ってもどってきた。大一面に大きな見出しがあった。「外務大臣、無残な死」

「まさか!」オードリン医師は思わず声を上げた。

さすがの医師も、これにはいつもの落ち着きを失った。ショックだった。恐ろしいほどのショックだったが、そこまで驚いてはいなかった。何度か、マウントドラーゴ卿が自殺するのではないかと考えたことはあって、今回の死は、きっと自殺だろうと思ったのだ。新聞の報道の内容は次のようなものだった。マウントドラーゴ卿は地下鉄の駅のホームの端で待っていたが、列車が入ってきたとき、線路に落ちた。突然、気を失ったものと思われる。マウントドラーゴ卿はこの数週間、職務に追われて疲労困憊《こんぱい》していたが、休もうとしなかった。この逼迫《ひっぱく》した国際情勢において果たすべき重責を意識してのことである。現在、重要な役割をになっている政治家たちは過重な負担を強いられており、その犠牲者がまたひとり出てしまった。新聞には小さな記事があり、マウントドラーゴ卿がいかに才能豊かで勤勉で、愛国心が強く、将来への知見を備えていたかが簡単にまとめられており、そのあとには、首相が次の外務大臣にだれを指名するかについての様々な意見が紹介されていた。オードリン医師はそれらすべてに目を通した。医師はマウントドラーゴ卿を好きではなかったが、自分は何もできなかったという無力感は残った。

マウントドラーゴ卿の主治医と連絡を取るべきだったのかもしれない。医師は落ちこんでいた。治療に失敗して良心が痛むときはいつもこうなる。そして自分が職業としている経験療法の理論と実践に懐疑的になった。自分が治療に用いている力は暗く神秘的なもので、人間にはとても理解できないものではないだろうか。自分は目隠しをされて、手探りで、方向もわからないまま歩いているようなものだ。医師は何気なく新聞をめくっていくうち、ふいに身震いして、ふたたび大声をあげた。目は、ある欄の下にある小さな記事に釘付《くぎづ》けになっている。「下院議員急死」とある。本日午後、某地区選出のオーウェン・グリフィス議員はフリート・ストリートにおいて急病で倒れ、チャリングクロス病院に運ばれたが、すでに息はなかった。自然死とみられるが、検死が行われる予定。オードリン医師は自分の目が信じられなかった。昨日の晩、ついにマウントドラーゴ卿が、望んでいたようにナイフかピストルを持って夢に現れてグリフィスを殺害し、それがビール瓶で殴打《おうだ》した次の日に激しい頭痛をもたらしたように、目をさまして数時間後のグリフィスの命を絶ったのだろうか。いや、もしかしたら、さらに不思議で恐ろしいことだが、マウントドラーゴ卿が死に休息を求めたのを知ったグリフィスが、それでもなお残酷な仕打ちをゆるすことができず、命を捨て、あの世にいって卿を苦しめているのかもしれない。奇妙といえば奇妙な事件だ。常識的に考えれば、偶然の一致だろうが。オードリン医師はベルを鳴らした。

「ミルトン夫人に、申し訳ないが、今晩の予約は取り消してくださいと伝えてくれ。どうも気分が悪い」

嘘《うそ》ではなかった。医師はマラリアにでもかかったかのように震えていた。一種、霊感のようなものにとらわれ、荒涼とした恐ろしい空間を目の前にしたような気がしたのだ。かつて十字架のヨハネが「魂の闇夜《やみよ》」と称した深い憂鬱《ゆううつ》に飲みこまれ、奇妙な、原始の恐怖を感じていたが、それがなんなのか、まったくわからなかった。

良心の問題

A Man with a Conscience

サン・ローラン・デュ・マロニはこぢんまりした美しい町だ。清潔で整然としている。フランスの多くの町で名所になりそうな市役所と裁判所がある。通りは広く、両側に等間隔に並ぶ木々が気持ちのいい影を落としている。どの家もみな、ペンキを塗ったばかりにみえる。あちこちの家にはささやかな庭があって、庭にはヤシの木やカエンボクが植えられている。カンナが明るい色を競い、クロトンが種類の豊富さを競っている。紫や赤のブーゲンビリアが咲き乱れ、ハイビスカスが奔放にあでやかな花をつけている。サン・ローラン・デュ・マロニはフランス領ギアナ（南米東北部、大西洋に面した熱帯地域）にある流《る》刑地《けいち》の中心で、船が着く波止場から百メートルほどのところに刑務所の大きな門がある。熱帯の草木が植えられた庭に並ぶ小さくてきれいな家は刑務所の職員の住居。通りがこぎれいで清潔なのは、掃除をする受刑者がいくらでもいるからだ。ある日、わたしは知り合いと散歩の途中、男をみかけた。丸い麦わら帽子をかぶり、ピンクと白の横縞《よこじま》の囚人服を着て、つるはしを片手に道ばたに立っていた。何もしていない。

「何をなまけている?」わたしの知り合いが声をかけた。

男は相手をばかにしたように肩をすくめた。

「そこに一本生えてる雑草がみえるか?」男はいった。「そいつを抜くのに二十年かけたっていいんだ」

サン・ローラン・デュ・マロニという町は、いくつもの刑務所の中心になっている。店はすべて刑務所のおかげで成り立っている。中国人の経営するいくつかの店は、看守や、医師や、刑務所に勤務する多くの職員の必要なものを売っている。通りは静かで、人気《ひとけ》がない。公文書のケースを脇《わき》にはさんだ受刑者に出会うこともある。役所で働いているのだ。かごを持った受刑者に出会うこともある。どこかの家で召し使いとして雇われているのだ。看守が受刑者のグループを連れていることもある。受刑者は監視されることもなく、しょっちゅう刑務所から出たり入ったりしている。門は一日中、開けっ放しで、受刑者たちは自由に出入りできるのだ。囚人服を着ていない人間がいたら、それは刑期を終えて自由になったものの、ここで生きていくしかなく、かといって仕事もなく、食べるものもろくに食べられず、そのうちタフィアという安くて強い蒸留酒を飲んで死んでしまうたぐいの連中だ。

サン・ローラン・デュ・マロニにはホテルが一軒あって、わたしはここで食事をするうち、すぐに数人の常連と顔見知りになった。常連たちはやってくると、めいめい小さなテーブルにつき、黙々と食事をして出ていく。ホテルを営んでいるのは黒人の女だった。女といっしょに暮らしている元受刑者がひとりでボーイをやっていた。しかし首都カイエンヌにいるギアナの総督が、自分の別荘を使わせてくれたので、わたしはそこで寝泊まりしていた。別荘の管理は年寄りのアラブ人がやってくれた。敬虔《けいけん》なムスリムで、一日のうち何度かはお祈りがきこえてきた。ベッドを整えさせたり、部屋を掃除させたり、使い走りをさせるために、刑務所の所長が受刑者をもう一人つけてくれた。ふたりは殺人罪で終身刑を宣告されていたが、所長によれば、どちらも信用していいとのことだった。ふたりともとてもまじめだから、どんなものを置いて出てもなくなることはないというのだ。ただ正直にいうと、夜ベッドに入るときには必ずドアには鍵《かぎ》をかけて、鎧戸《よろいど》にはかんぬきを差しておいた。ばかばかしいことはわかっていたが、そのほうがぐっすり眠れたのだ。

紹介状を持ってきていたので、サン・ローランの市長も刑務所の所長も、わたしの滞在を快適に、実りあるものにしようと手を尽くしてくれた。わたしは見聞きしたことすべてを書くつもりはない。わたしは新聞記者ではない。フランスが犯罪者を扱うのにふさわしいと考えていた制度を批判するつもりもなければ、弁護するつもりもない。それにこの流刑という制度は廃止されることになった。近いうちに、受刑者がフランス領ギアナに送られることはなくなる。多くの受刑者がこの気候と、マラリアのはびこるジャングルでの労働のせいで病気になり、言葉では表せないほどの屈辱をしのび、希望を失い、朽ちて、死んできたが、今後こういうことはなくなる。ここで肉体的な暴力が行使されるところは目にしなかった。ただ、刑期を終えた受刑者をまっとうな市民に更正させる努力もなされていなかった。また精神面の配慮もなされていなかった。教育のための授業もなければ、気晴らしのためのスポーツやゲームもなく、一日の労働が終わって読む、本を借りる図書室もなかった。わたしが目にした受刑者の状況は、超人的に強靱《きょうじん》な人間でもないかぎり、とてもまともに生きていけるようなものではない。それはじつに残酷で、ごく少数の者以外はすべて無気力と絶望に陥るにちがいない。

こんなことはすべて、わたしにとってどうでもいい。自分が改善できるならともかく、何もできないことで悩んでもしょうがない。わたしの役割は物語を語ることだ。唯一《ゆいいつ》たしかよく思うのだが、人は人間というものを完璧《かんぺき》に理解することはできない。

なのは、人間にはいつもびっくりさせられるということだ。わたしが刑務所を初めて訪れたときは、当惑と驚きと恐怖に打ちのめされたものだが、それから立ち直ると、ここには調べればおもしろいことがあるという確かな予感がしてきた。ひとついっておくと、サン・ローラン・デュ・マロニに送られる受刑者のうち四分の三が殺人犯ということだ。これは公式な数字ではないし、わたしが誇張している可能性もある。受刑者は全員、小さい手帳を持っていて、それに罪状、刑期、懲罰、その他、当局が必要と考える情報が書かれている。わたしはかなりの数の手帳をみせてもらって、四分の三くらいだろうと見当をつけたのだ。わたしは軽いショックに襲われた。これがイギリスだったらどうだろうと考えてみたのだ。ここの店で働いたり、刑務所のベランダでぶらぶらしたり、通りを散歩している受刑者よりはるかに多くの受刑者が絞首刑《こうしゅけい》に処せられている。わたしは、ここの受刑者たちが自分たちの犯した犯罪についてなんの抵抗もなく話してくれることに気づいた。そこであるとき、ほぼ一日がかりで愛情がらみの犯罪の取材をしてみた。男が妻を、あるいは恋人を殺す動機はいったいなんなのか、それが知りたかったのだ。その結果、嫉妬《しっと》や自尊心ばかりが動機ではないことがわかった。いくつか興味深い答えがあり、そのうちのひとつは、ユーモラスに思えた。それは大工をしていた男の話で、男は妻の喉《のど》を切り裂いて殺した罪でここに送られていた。わたしが、なぜそんなことをしたのかときくと、彼は肩をすくめてフランス語で「マンク・ダンタンテ」と答えた。そのそっけない口調からすると、「おたがい気が合わなかったんだろうな」とでも訳すところだろうか。もし多くの男がこれをもっともな理由と考えるとすれば、妻は命がいくらあっても足りない。それはともかく、多くの受刑者にあれこれきいた結果、次のような結論にいたった。この手の犯罪のほとんどすべての根底には経済的な原因があるらしい。妻や愛人を殺す理由は、相手の不貞に対する嫉妬だけでなく、金がからんでいることが多い。たとえば、女の浮気が経済的な出費を招いて、その結果、男が凶行におよぶとか。あるいは男のほうがほかの女に夢中になって金が必要になり、妻が邪魔になってその犠牲になるとか。もちろん、女にふられたから、自尊心が傷ついたからという理由で男が女を殺すことはないと主張するつもりはない。わたしはただ、ここで知り得た個々のケースが人間の側面を知るための興味深い参考例になるのではないかと思っているだけだ。そこから一般論を導くつもりはない。

また別の日、わたしは良心についてたずねてみた。モラリストたちは、良心こそ人間の行動を左右する最も大きな要因のひとつだと主張する。現代、人は理性的になりセンチメンタルになってきたせいで、地獄の業火《ごうか》で脅かすようなことは野蛮だと考えるようになった。多くの善良な人間は良心こそが最強の砦《とりで》であって、それが人類を正しい方向に導くと思っている。かつてシェイクスピアは、良心は人を臆病《おくびょう》にするといった。小説家も劇作家も、悪人が味わう苦しみを描き、良心の呵責《かしゃく》と、それがもたらす不眠の苦しみをこれでもかといわんばかりに描いてきた。そういった作品では、登場人物はどんなことも楽しいとは思えず、ついに生きるのがつらくてたまらなくなり、犯罪が発覚して罰を受けることが救いとなる。わたしは昔から、本当にそうなのだろうかと思うことがよくあった。モラリストは常にひとつのことを心がけていて、モラルを押しつけようとする。そして、何度もくりかえしていえば、相手はそう信じるようになると考えている。彼らの主張は、そうあってほしいという願望にすぎない。許されない罪を犯すと、結局は死で償うことになるというが、だれでも、そうとばかりは限らないことくらい知っている。書き手、つまり劇作家や小説家は、おもしろそうなテーマをみつけると、それが人生の真実とちがっていても、平気で利用する。人間性に関するいくつかの考察は、実際、共有財産のようなもので、自明なこととして受け入れられている。それは芸術でも同じで、はるか昔から、影は黒く塗られてきた。しかし印象派の画家たちが先入観を捨てて影をみて、それをそのままに描いたとき、われわれは影には色があることを知った。わたしはときどき、こう考える。良心というのは高度に発達したモラルを体現したもので、その恩恵をこうむるのは、倫理観が強く、自分に恥ずかしいようなことはできない人々だけではないのか。一般には、殺人というのは悪逆非道の犯罪であって、殺人犯は、ほかの犯罪者とはくらべものにならないくらい後悔の念にさいなまれると考えられている。殺した相手にとりつかれて、寝ては恐ろしい悪夢におびえ、起きては恐ろしい殺人の記憶に悩まされる。わたしはこれが真実なのかどうかを確かめる機会を得た。もちろん、話そうとしない相手や、暗く落ちこんでいる相手に質問するつもりはなかったが、話をしたなかにそういう受刑者はひとりもいなかった。何人かは、ああいう状況になったら、また同じことをするだろうといった。いってみれば、彼らは自覚のない運命論者たちで、自分の行動は運命によって決められたものであって、どうしようもないと考えているらしい。また何人かは自分がやったのではなく、見も知らない他人がやったように考えていた。「若気の過《あやま》ちってやつですよ」といって、首を振る人もいれば、恥ずかしそうに笑う人もいた。

もしこんな目にあうとわかっていたら、絶対にあんなことはしなかっただろうという人もいた。しかし、自分たちが暴力的に命を奪った相手にもうしわけないと思っている人間はひとりもいなかった。自分たちが殺した相手に対しては、仕事で殺した豚以上の感情は持っていないようだった。犠牲者に哀れみを感じるどころか、こんな遠く離れた刑務所に放りこまれる羽目になったことで恨みを持っている者もいた。ただ、ひとりだけ、良心らしいものを持っていると思える男がいた。その男の話はとても面白かったので、書く価値があると思う。というのは、この事件では、わたしが考える限り、犯罪の動機が後悔だったからだ。たしか受刑者には番号が割り振られていて、ピンクと白の囚人服の胸に書かれていたはずだが、忘れてしまった。だが、それはたいしたことではない。男の名前も知らない。教えてくれなかったし、わたしもたずねなかった。とりあえず、ジャン・シャルヴァンと呼ぶことにしよう。

その男に会ったのは、初めて刑務所を訪れて所長に中を案内されて、中庭を歩いていたときだった。中庭のまわりをぐるりと独房が囲んでいた。それは懲罰房ではなく、模範囚のうちの希望者が入れるもので、一部屋に数人押しこまれる監房がいやな受刑者のための房だ。どの独房も、ほとんどがからっぽだった。みんないろんな仕事に出かけているのだ。ジャン・シャルヴァンは独房で仕事をしていた。小さなテーブルに向かって書き物をしていた。ドアは開けたままだ。所長が声をかけると、外に出てきた。わたしは独房の中をのぞいてみた。固定式のハンモックがあり、薄汚れた蚊帳《かや》がかけてある。その脇の小さなテーブルには細々したものがのっている。ひげ剃《そ》り用の泡を塗るブラシやカミソリ、ブラシ、ぼろぼろになった本が二、三冊。壁には立派な格好をした人々の写真や、イラスト入り新聞の切り抜きなどが飾ってある。ジャンはベッドに座って書き物をしていて、テーブルには書類が所狭しと並んでいた。どれも計算書か勘定書きのようなものだ。ジャンは感じのいい男だった。背が高く、やせていて、姿勢がいい。目は黒く輝いていて、顔は彫りが深く、整っている。まず気づいたのは、ほっそりした形のいい頭と、焦《こ》げ茶色の癖毛の髪だった。ほかの受刑者とちがうのが一目でわかった。というのも受刑者は髪を短く刈っているからだ。それも刈り方が下手で、虎刈《とらが》りになっているせいで、人相が悪くみえる。所長はジャンと仕事のことでしばらく話をしてから、そこを去るとき、親しげな口調でいった。

「おまえの髪はのびるのが早いな」

ジャン・シャルヴァンは赤くなって、笑った。少年ぽく、魅力的な笑いだった。

「元通りになるのには、まだしばらくかかりそうです」

所長は、じゃあな、と声をかけて、わたしたちはそこをあとにした。

「品行方正なやつなんです」所長がいった。「いま会計部の仕事をやらせていて、髪を伸ばす許可を与えてやりました。とても喜んでますよ」

「なんでここに送られてきたんですか」

「妻殺しです。しかし刑期はたった六年でしてね。頭がいいし、よく働きます。これからもしっかりやっていくでしょう。いい家の出で、立派な教育を受けています」

それきりジャン・シャルヴァンのことは忘れていたのだが、次の日、道でばったり出会った。むこうから歩いてくるジャンは、黒い書類カバンを腕に抱えていた。ピンクと白の囚人服と、豊かな髪を隠す不格好な丸い麦わら帽子がなければ、裁判所にいく途中の若い弁護士と見間違えそうだ。長い脚で、大股《おおまた》でゆっくり歩くところは、ほれぼれするほど様になっていた。ジャンはわたしに気づくと帽子を取って、おはようございますと挨拶《あいさつ》した。わたしも何かいわなくてはと思い、どこにいくのかたずねた。すると、行政官の事務所から書類を預かって、銀行に届けにいくところですという返事だった。その顔はとても素直そうで好感が持てたし、目はとても美しく輝き、善良そうにみえた。若さと活力がみなぎっていて、受刑者としてこんな環境にいても、しっかり生きている、いや、生きるのが楽しいのだろうと思ったくらいだ。悩みなど何もない若者がここにいる、そんな気がした。

「明日、サン・ジャンにいらっしゃるそうですね」

「そうなんだ。朝早く出発しなくちゃいけないらしい」

サン・ジャンはサン・ローランから十七キロ離れたところにある刑務所で、そこに収容されているのは常習犯だった。何度も入所を繰り返したあげく、送られてきた連中だ。罪状は窃盗、詐欺《さぎ》、偽造、ぺてん、などなど。重罪を犯して送られてきたサン・ローランの受刑者たちは、連中をばかにしていた。

「きっと楽しいと思います」ジャン・シャルヴァンは、素直で魅力的なほほえみを浮かべていった。「ただ、札入れのボタンはしっかり留めて置いたほうがいいと思います。少しでもすきをみせると、着ているシャツでも盗んでいきますから。まったく、どうしようもない連中です！」

その日の午後、暑さがやわらぐのを待とうと、寝室から出てベランダの椅子《いす》に座り、本を読んでいた。すだれの日よけをおろすと、なんとかしのげる程度にはなる。年寄りのアラブ人が素足で二階に上がってくると、たどたどしいフランス語で、所長からの使いです、会いたいそうですといった。

「ここにきてもらってくれ」

すぐに男がやってきた。ジャン・シャルヴァンだった。所長から、明日のサン・ジャンへの旅行について伝言があるという。わたしは伝言をきき終わると、ジャンに、座って一服していかないかといった。ジャンは安物の腕時計をみた。

「何分か余裕があります。喜んで」ジャンは座って、わたしの差しだしたタバコに火をつけると、やさしい目でこちらをみてほほえんだ。「座っていけといわれたのは、判決を受けて以来初めてです」ジャンはタバコの煙を吸いこんだ。「エジプトタバコですね。三年ぶりだ」

受刑者たちは、四角い青箱で売られている強い安タバコの葉を紙で巻いて吸う。受刑者に何かしてもらって金を払うことは禁じられていたが、タバコを渡すことは許されていたので、わたしはこの安タバコをたくさん買いこんであった。

「どうだい、味は?」

「人間はなんにでも慣れるものです、正直言って、舌がだめになってしまいました。いつものタバコのほうがおいしいですね」

「じゃあ、二箱あげよう」

部屋にもどってタバコを持ってもどると、ジャンはテーブルの上の本をみていた。

「本は好きかね」

「大好きです。ここにきて何がつらいといって、本が自由に読めないことほどつらいことはありません。何冊か手に入ったのですが、それを繰り返し読むしかないんです」

わたしのような読書好きにとって、本が読めない状況は死ぬほどつらい。

「バッグに何冊かフランス語の本が入っているんだ。よりわけておくから、よかったら、持っていくといい。今度またここに立ち寄れるかい？」

もちろん親切心からだが、一度ゆっくり話してみたいと思ったのだ。

「本は、所長にみせることになっています。受刑者のモラルをそこなうことがないと判断されない限り、読ませてもらえないんです。でも所長はいい人だから、難しいことはいわないと思います」

そういったときのジャンのほほえみには、少しだけずるそうな表情がのぞいていた。ジャンは所長の人のいい良心的なところをよく知っていて、うまく取り入るこつをつかんでいるらしい。しかし責めることはない。機転をきかせて、うまく立ち回ったせいで少しでも生きやすくなるならそれでいい。

「所長は、きみのことをとてもほめていたよ」

「いい方ですよね。とても感謝しています。ぼくのためにいろいろしてくれました。ぼくは会計士だったんです。それで所長は、会計部に回してくれました。ぼくは数字が大好きで、数字を扱っていると本当に満足できるんです。ぼくにとっては生き物みたいなものです。一日中、数字と付き合えることになって、もとの自分に返ったような気がします」

「独房をもらえてよかったね」

「はい、以前とは大違いです。大勢のどうしようもない連中と同じ部屋に詰めこまれていたんです。一分たりともひとりになれなくて。やっていられませんでした。最低です。国ではルアーヴルに住んでいたんですが、アパートを借りていました。もちろんささやかなものですが、わが家です。昼間はメイドがきてくれました。まともな暮らしをしていたのです。そのせいで、ほかの受刑者よりずっとつらい思いをしました。ほかの連中はほとんどが、きたなくて、不潔で、ごみごみしたところで暮らしてきたんですから」

わたしが独房についてジャンにたずねたのは、大きい房での暮らしを知りたかったからだった。夕方五時から次の日の朝五時まで出られない。その十二時間、そこは受刑者だけの世界になる。看守は入れることになっているが、命の保証はない。八時に消灯になると、彼らはサーディンの缶詰の缶と、わずかな油と布切れでランプを作り、手元がなんとかみえるほどの明かりでトランプをする。そして賭《か》けに夢中になる。好きだからではなく、体のあちこちに隠している金が目当てだ。乱暴でどうしようもない連中なので、ひっきりなしに激しいけんかが起こる。けんかにけりをつけるのはナイフだ。朝方、房が開くと、死体がみつかることも珍しくない。しかし、どんなに脅そうが、どんな約束をしようが、だれがやったのか、口を割る者はいない。ジャン・シャルヴァンからほかにもいろいろきいたが、ここには書けないことばかりだ。フランスから同じ船でやってきた若者と友だちになったことも話してくれた。顔立ちのい い若者だったらしい。彼はある日、所長の所にいって、独房に入れてもらえないかと頼んだ。どうしてかとたずねられ、説明したところ、所長はリストに目を通して、今はすべてふさがっているが、空きができ次第、入れるようにしようと答えた。次の日、房が開くと、その若者はハンモックで死んでいた。腹から胸元まで切り裂かれていたという。

「残忍な獣みたいな連中ですから。ここにくるまえはそうでなくても、ここにきてしまうと、奇跡でもなければ、だれでもほかの連中と同じようになってしまいます」

ジャン・シャルヴァンは腕時計をみて立ち上がると、少し離れてから、気持ちのいいほほえみを浮かべてこちらを振り返った。

「そろそろいかなくては。本の件、ありがとうございます。所長から許可がもらえたらいただきにきます」

ギアナでは受刑者とは握手をしない決まりになっていて、気の利《き》く受刑者は、別れの挨拶をするとき、握手のできないところまで離れるのを習慣にしておく。そうすれば、自分がうっかり手を差しだしても、相手は断らずにすむ。わたしは握手をするのはいっこうにかまわなかった。わたしが困らないよう気遣ってくれたジャン・シャルヴァンに申し訳ないような気になったくらいだ。

サン・ローランに滞在中、あと二度、ジャン・シャルヴァンに会った。そして身の上を話してもらった。これからその話を彼の言葉ではなく、わたしの言葉で書くことにする。というのも、二回に分けて話してもらったことをつなぎあわせる必要があるし、きき忘れたところは想像力で補わなくてはならないからだ。だからといって、本筋を見誤るようなことはないと思う。いってみれば、五文字のうち三文字を教えてもらって、その単語を当てるようなもので、まず間違うことはない。

ジャン・シャルヴァンはルアーヴルの大きな港町で生まれ育った。父親は税関でいい地位についていた。ジャンは学校を出ると、軍役につき、その後、職を探した。ほかの大勢のフランスの若者と同じで、一攫千金《いっかく》の危険な職に就くよりは、安全で安定した生活を選んだ。もともと数字が好きだったので、すぐに大きな輸出商の会計部で働き口をみつけることができた。自分の属する階級にふさわしい、贅沢《ぜいたく》ではないが快適な生活を送れる程度の収入を得られることになった。勤勉で素行はよかった。同世代の多くのフランスの若者と同じで、スポーツが好きだった。夏には水泳やテニス、冬には自転車。健康のために、一週間に二晩は二時間ほどジムで運動をした。子ども時代、青春時代、そしてその後もずっと、ひとりの親友といっしょだった。とりあえず、彼の名前をアンリ・ルナールとしておこう。アンリの父親も税関で働いていた。ジャンとアンリはいっしょに学校にいき、いっしょに遊び、いっしょに試験勉強をし、家族同士でつきあっていたので、いっしょに休日を過ごした。女の子と深い仲になるのもいっしょで、地方のテニス大会に出るときはペアを組み、兵役もいっしょにつとめた。けんかをしたことは一度もない。いっしょにいるときがいちばん楽しく、何かを別々にするなど考えられないほどだった。仕事も同じ会社でということになったが、そう簡単ではなかった。ジャンは就職のきまった輸出商でアンリも雇ってもらおうとしたが、これはうまくいかなかった。そして一年後、ようやくアンリにも職がみつかった。ところがその頃のルアーヴルはほかの街と同様、不況で、数ヶ月後、職にあぶれてしまった。

アンリは陽気な若者で、暇な時間を楽しんでいた。ダンスをしたり、海で泳いだり、テニスをしたりといった調子だ。そのうちルアーヴルに引っ越してきた娘と知り合いになった。父親は植民地駐留軍の大尉《たいい》だったが亡《な》くなり、それを機に母親が生まれ故郷のルアーヴルにもどってきたのだ。娘の名前はマリー・ルイーズ。十八歳だった。

生まれてからほとんどずっと、フランス領インドシナのトンキンで暮らしてきた。そのせいで、フランスから一度も出たことのない若者たちにとってはエキゾチックな魅力があった。そしてまずアンリが、それからジャンが彼女を好きになった。それはどうしようもないことだったが、間違いなく不運なことだった。マリーは育ちがいいうえにひとり娘で、母親は年金もあったし、ささやかだが自分の財産も持っていた。マリーと付き合うとしたら、結婚を前提としてでないとまずいのは明らかだ。アンリはしばらくの間、父親に頼る以外になく、マリーの母親、マダム・ムーリスが認めてくれそうな申し出をすることは不可能だった。しかしアンリは一日中暇だったので、ジャンよりはるかに多くの時間マリーと会うことができた。一方、マダム・ムーリスも体の具合があまりよくなくて臥《ふ》せがちで、マリーは育ちも年頃も同じくらいの娘よりは時間が自由になった。マリーは、アンリとジャンがふたりとも自分を愛していることに気づいていて、自分もふたりのことが好きだったし、ふたりにかまってもらうのがうれしかった。ただ、その態度をみるかぎり、ふたりを本気で愛しているのかどうかはわからなかった。そして、どちらが好きなのかもわからなかった。マリーは、アンリが結婚を申しこめる状況でないことがわかっていた。

「どんな感じの女の子だった？」わたしはジャン・シャルヴァンにたずねた。

「小柄で、スタイルがよくて、目は灰色で大きくて、色白で、やわらかいネズミ色の髪をしていました。小さなハツカネズミみたいでした。美人ではなかったけれど、ちょっと変わっていて、古風な品の良さがかわいい子でしたね。とても魅力的な子だったんです。すぐに打ち解けることができて、純朴で、気取ったところがない。とても信頼できて、いい妻になるだろうなと思いました」

ジャンとアンリはおたがいに隠し事をしなかったので、ジャンはマリーが好きなことをすぐに打ち明けた。しかし最初に彼女と会ったのはアンリだったので、ふたりの邪魔をするつもりはなかった。それはどちらも承知していた。そのうちマリーは気持ちを決めた。ある日、アンリは、ジャンが会社から帰るのを待ち構えて、こういった。マリーが結婚してくれるといってくれたんだ、職がみつかり次第、父がマリーの母親に会いにいって、申しこむことになっている。ジャンにはショックだった。もともと興奮しやすいアンリが夢中になって、将来の計画を語るのを喜んできく気にはなれなかった。だが、かけがえのない親友をうらむつもりはなかった。それにアンリが魅力的なことがわかっているので、マリーを非難するつもりもなかった。ジャンは必死に努力して、友情という祭壇の上の犠牲になることをいさぎよく受け入れようとした。

「マリーはなぜ、きみではなく、アンリを選んだんだろう？」

「アンリは若さのかたまりみたいでした。あれくらい元気で、楽しいやつには、まずお目にかかれません。それにあのはつらつとした気持ちが伝染するんです。そばにいると、こちらまで楽しくなってくる」

「はつらつとした青年だったわけだ」

「それに、信じられないほど人をひきつけるところがありました」

「外見がよかった？」

「いえ、それほど。ぼくより背が低かったし、やせていて、ひょろっとしていました。でも、ほんとに素敵な、感じのいい顔なんです」ジャンはうれしそうに笑った。「自慢するわけじゃありませんが、ぼくのほうがずっとハンサムです」

ところがアンリは仕事にありつけなかった。父親は、息子がぶらぶらしているのにうんざりして、考えつくところすべてに手紙を書いた。フランス中の家族や親戚《しんせき》や友人に、なんでもいいから、アンリに仕事はないかと問い合わせたのだ。そしてようやく、リヨンに住んでいる親戚から手紙がきた。絹織物関係の仕事をしている人で、こんな内容だった。いま会社が、カンボジアのプノンペンにいってくれる若者をさがしている、支社があるので、そこで現地の絹糸を買いつける仕事を頼みたい、もしアンリがいきたいというなら、世話をしてもいい。

フランスの親はみんなそうだが、アンリの両親も息子を外国に働きに出すのをいやがった。ただ、ぜいたくはいっていられない。結局、手当は少ないが、いくことになった。アンリ自身はいやがってはいなかった。カンボジアは、マリーが暮らしていたトンキンからあまり遠くないので、マリーもそこでの生活にはなじんでいるはずだ。何度もそのころの話をきかされていたので、アンリはマリーも喜んでいっしょにくるだろうと考えた。ところが困ったことに、絶対にいやだといわれてしまった。第一、母を置いていけない、この頃はとくに元気がない、それにやっとフランスに落ち着けたのだから、二度と離れるつもりはない、というのがその理由だった。アンリには悪いが、これはゆずれないという。アンリは、ほかに職がない以上、父親にいきたくないといっても聞き入れてもらえないのはわかっていた。仕方なくプノンペンにいくことになった。ジャンは親友と離ればなれになるのがいやでたまらなかったが、アンリからこの残念な知らせをきいたとき、胸が高鳴った。運命の女神がほほえんでくれたと思ったのだ。アンリは最低でも五年は帰ってこない。よほど無能でないかぎり、そのまま東南アジアにいる可能性もある。こうなった以上、マリーは自分と結婚する気になるだろうと思ったのだ。自分の方はちゃんとした職についていて、ルアーヴルにいる。ということは、マリーも母親といっしょにいられるということだ。となれば、当然、自分との結婚を考えるようになるにちがいない。そしてアンリの魅力という呪《じゅ》縛《ばく》から解放されたら、自分への好意は愛に変わるはずだ。ジャンの人生が大きく変わった。何ヶ月もみじめな思いをしてきたが、いままた目の前が明るくなってきた。ほかの人にはけっしていわなかったが、将来のために大きな計画を考えられるようになったのだ。マリーを愛していけない理由がなくなったのだから。

そんな希望が突然、粉々に砕け散った。ルアーヴルにある別の商船会社に空きができ、早速アンリが応募して、採用されそうになったのだ。その会社にいる友人がいうには、まちがいないだろうということだった。決まればすべてがうまくいく。その会社は古くて保守的で、入社したら定年までというのが普通だ。ジャンはがっかりした。そして最悪なのは、それをだれにも打ち明けられないことだった。ある日、ジャンの勤めている会社の社長から使いがきた。

ジャンはここまで話すと、黙りこんだ。目にどうしようもなく暗い表情が浮かんだ。

「これから話すことは、まだだれにもいったことがありません。ぼくは嘘《うそ》がつけないし、道に外れたことは嫌いな人間です。ですが、今までたった一度、過《あやま》ちを犯しました」

ここでもう一度繰り返しておくが、ジャン・シャルヴァンはピンクと白の横縞の囚人服を着ていて、その胸のところには受刑者番号が打ってあった。妻殺しの罪でここに送られてきたのだ。

「なんの用で呼ばれたのかまったく見当がつきませんでした。部屋に入ると、社長はデスクについて座っていて、ぼくをさぐるような目でみました。『ひとつ、重要なことをききたいんだ』というのです。『このことは決して口外しないでほしい。わたしも、きみのいったことは口外しない』

黙っていると、社長は続けました。

『きみはうちの会社に勤めだしてから、かなりになる。きみの仕事ぶりには十分満足している。きっと、これから昇進していい地位につけると思う。きみのことは心から信頼しているんだ』

『ありがとうございます。これからもそのように努めます』

『きてもらったのは、ほかでもない、アンテル氏が自分の会社でアンリ・ルナールくんを採用したいといっている。ただ、アンテル氏は社員の人となりにはとてもうるさい人でね、とくに今回の人事は慎重に行いたいといっている。というのも、アンリ・ルナールくんの仕事のひとつに、船員の給料の支払いがある。つまり何十万フランという金をまかせることになるわけだ。きくところによれば、きみは彼と親しいし、家族ぐるみのつきあいをしているそうじゃないか。そこできみを信頼して相談するわけだが、彼を雇うことに関して、どう思う?』

ぼくはすぐに、この質問の持つ意味がわかりました。もしアンリが就職すれば、ここにいられてマリー・ルイーズと結婚することになる、もしカンボジアにいかなければ、ぼくはマリーと結婚できない、ということです。誓っていいますが、そのときその質問に答えたのはぼくじゃありません。ぼくの靴をはいて立っていた、ぼくと同じ声の別人です。ぼくの口から出た言葉は、ぼくの言葉じゃなかったんです。

『そうですね』ぼくは話し始めました。『アンリとは子どもの頃からずっといっしょでした。一週間と離れて過ごしたことはありません。いっしょに学校にいって、小遣いもいっしょに使って、年頃になってできた女の子もそうでした。軍隊もいっしょに入ったくらいです』

『そうらしいな。きみはだれよりもよく彼を知っている。だから、きてもらって、きいているんだ』

『それはあんまりです。ぼくに親友を裏切れというのですか? そんなこと、できるわけがない。その質問には答えられません』

社長はぼくをみて、にやっと笑いました。うまく答えを引き出したと思ったんでしょう。

『立派な答えだが、それですべてわかったよ』そういって、やさしくほほえみました。ぼくは青ざめていたと思います。それに少し震えていたんでしょう。『しっかりしろ。動揺しているようだな。気持ちはよくわかる。人生、たまに、真実と友情の板挟みになることがある。どちらをとるか、ためらってはいけない。まあ、つらいことだが。この件で、きみのとった態度はよく覚えておく。アンテル氏にかわって礼をいう』ぼくは部屋から出ました。次の日の朝、アンリは会社から不採用の通知を受け取り、一ヶ月後、極東に出発しました」

六ヶ月後、ジャン・シャルヴァンはマリー・ルイーズと結婚した。早々に結婚したのは、マリーの母親の容体が悪化したからだ。母親は先が長くないのを知り、死ぬまえに娘の花嫁姿をみたいといった。ジャンは事情を書いてアンリに送り、アンリからは温かい祝福の言葉が返ってきた。ぼくのことで心を痛めたりしないでくれ、フランスを出発するとき、マリーとの結婚はあきらめたんだ、だから、きみが結婚するときいてうれしい、プノンペンもなかなかいいところだ。アンリからの手紙はとても明るい内容だった。最初からジャンは自分にこういいきかせていた。アンリはもともと気まぐれなやつだから、すぐにマリーのことなんか忘れるだろう。そして手紙を読んで、ほっとした。ぼくは取り返しのつかないことをしてしまったわけじゃない、あれでよかったんだ。もしぼくがマリーを失っていたら、死んでいただろう。ぼくにとってマリーとの結婚は生か死かの問題だったんだ。

それから一年ほど、ジャンとマリーはとても幸せに過ごした。マリーの母親は亡くなり、マリーは二十万フランの遺産を継いだ。しかし不況の最中だったし、フランの相場も不安定だったので、ふたりは、経済がもう少し安定するまで子どもはつくらないことにした。マリーは倹約家でいい主婦だった。愛情が細やかで、愛想がよく、不満をいうことがなかった。穏やかな女だった。結婚するまえ、ジャンはこのことを魅力的だと思っていたのだが、時がたつにつれて、その穏やかさは単に情熱が欠如しているだけだとわかってきた。その裏に深みを隠しているわけでもない。以前、ジャンはマリーのことを小さなハツカネズミのようだと思っていた。引っこみ思案で控えめで、細かいことに奇妙にこだわるところがあり、どうでもいいことにいつまでもかかずらわっている。マリーは自分に興味のあるささやかな世界を持っていて、かわいらしい小さな頭にはそれ以外のことは入らないかのようだった。ときどき小説を書き始めるが、書きあげることはほとんどない。ジャンは不本意ながらも、マリーはあまり頭がよくないと思わざるをえなかった。そしていまわしい疑問がわいてきた。こんな女のためにあんなひどいことをする必要があったのか。そんな疑問にジャンはさいなまれるようになった。アンリのことがなつかしくてしょうがない。起こったことは起こったことだ、あのときの自分は本当の自分じゃなかったんだ、と自分にいいきかせようとした。しかし良心の痛みは消えなかった。あのとき、社長にあんな答え方をしなければよかったと後悔していた。

そして恐ろしいことが起こった。アンリが腸チフスにかかり、高熱を出して死んだのだ。ジャンにとっては耐えがたいショックだった。マリーもショックを受け、アンリの両親を訪問して、悔やみの言葉を述べた。ところが相変わらず食欲は旺盛《おうせい》で、夜もぐっすり眠った。ジャンは、平然としているマリーをみて、腹立たしくてしょうがなかった。

「ほんと、かわいそう。あんなに陽気だったのに」マリーはいった。「死ぬのはいやだったでしょうね。でも、なんであんなところにいっちゃったのかしら？　あそこの気候は最悪だって教えてあげたのに。父もあの気候で死んだから、わたしにはよくわかっていたの」

ジャンは自分がアンリを殺したような気がしていた。もし社長に、世界中で自分しか知らないアンリのいいところを話していたら、きっと就職できて今も元気に暮らしていただろう。

「自分を決して許せない」ジャンは思った。「もう二度と幸せにはなれない。なんてばかなことをしたんだ。この人でなし！」

ジャンはアンリを思って泣いた。マリーはジャンをなぐさめようとした。やさしく小さなハツカネズミなりに、ジャンのことを愛していたのだ。

「そんなに思い詰めないで。もう五年も会ってなかったじゃない。会っても、ずいぶん変わってしまっていて、共通するものなんてなくなっていたかもしれないわ。他人みたいに思えたかも。わたし、そういう例をたくさんみてきたの。大喜びで旧友に会ったというのに、三十分後には、もうおたがい話すことが何もなくなっているの」

「ああ、そうかもしれない」ジャンはため息をついた。

「あの人はすぐに気が散るほうで、生きていてもたいした人物にはなれなかった。あなたはちがう。まじめだし、頭がよくてしっかりものを考える人よ」

ジャンにはマリーの考えていることがよくわかった。もしアンリについてインドシナにいったらどうなっていただろう、二十一歳で夫をなくし、二十万フランの遺産だけを頼りに生きていかなくてはならないなんて。そんな運命をまぬがれることができてよかった、これって賢明な判断をしたってことよね。ジャンは、なんといってもわたしの自慢の夫だし、しっかり稼いできてくれるもの。一方、ジャンは後悔にさいなまれていた。これまでの苦しみは今の苦しみにくらべれば、なんでもない。自分の裏切りがもたらした結果を思うと、心臓にナイフを突き立てられるより強烈な痛みに襲われた。それは突然、仕事の最中にも襲ってきて、すさまじい力で心臓をねじりあげた。ジャンはなんとかしてその苦しみから解放されたいと思ったが、強靱な意志の力で、マリーにすべてを打ち明けることだけはなんとか避けていた。だが、打ち明けたところで、マリーがどういうかは見当がついていた。きっと、たいしたショックも受けないだろうし、ジャンの裏切りを賢い判断と考えるだろう、いや、自分のためにそんなことをしてくれて、うれしいとさえ思うかもしれない。マリーは自分の救いにはなりえない。そのうちジャンはマリーのことをきらいになり始めた。自分があんな恥ずべきことをしたのは彼女を手に入れるためだったのに、こいつはなんだ？　平凡で、なんの取り柄もない、ただの計算高い、つまらない女じゃないか。

「なんてばかなことをしたんだ」ジャンはまたつぶやいた。

ジャンにはもう、マリーがかわいいとさえ思えなくなっていた。救いがたいほど愚かな女だ。だが、彼女を責めるのは間違っている。親友を裏切ったのは自分なのだから。ジャンは自分をおさえ、それまで通り、マリーに親切にやさしくした。マリーは何かほしいとき、ほしいといいさえすれば、ジャンにできることならなんでもかなえてもらえた。ジャンはマリーをあわれな存在だと思って、寛大になろうとした。そして自分にこういいきかせた。彼女は彼女なりにいい妻だし、几帳面《きちょうめん》だし、無駄づかいはしない、作法も、着る物も、容姿も、若い夫の相手として申し分ない。どれも嘘ではない。が、アンリが死んだのは彼女のせいだ、そう思うと、ジャンは嫌悪《けんお》感でぞっとした。マリーの相手をするのが退屈で、頭が変になりそうだった。ジャンは何もいわなかったし、やさしく、親切で、寛容だったが、何度も彼女を殺しかけたことがあった。ところが、実際に殺したとき、殺すつもりはなかった。それはアンリが死んで十ケ月後、アンリの両親が娘の婚約パーティを開いたときのことだった。ジャンは、アンリが死んでからは、両親にはほとんど会っていなかったので、パーティに出るつもりもなかった。ところが、マリーが、出てあげなくちゃといいはったのだ。だって、あなたはアンリの大の親友だったんだし、そんなのすごく失礼でしょう、一家の大切なお祝いに出ないなんて、というのだ。マリーは社交的なつきあいにはうるさいほうだった。

「それに、あなたにとっても気晴らしになるって。ずっと落ちこんでるし。いい気分転換になるわ。シャンパンも出るでしょう？　アンリのお母様は無駄づかいをする方じゃないけど、こういうときには、思い切って散財すると思うの」

マリーは、くすっと笑った。アンリの母親がしぶしぶ財布の紐《ひも》をゆるめるところを思い描いたらしい。

パーティは大盛会だった。ジャンは、もとのアンリの部屋が女性のコートや男性の外套《がいとう》の預かり場所になっているのをみて、胃がねじれるような気がした。シャンパンは飲みきれないほどあった。ジャンは自分を責めさいなむ後悔を忘れようと、飲めるだけ飲んだ。耳に響くアンリの笑い声を閉めだし、目に焼きついたアンリの楽しそうに輝くまなざしを消し去りたかった。午前三時、ふたりは家にもどった。翌日は日曜日で、ジャンは休みだった。ふたりは遅くに床についた。そのあとのことは、ジャンに語ってもらうことにしよう。

「目がさめると、頭が痛くて。マリーはベッドにいませんでした。鏡台の前で、ブラシで髪をとかしていたのです。ぼくは体を鍛えるのが好きで、毎朝、運動をしていました。その日はあまり気が進まなかったのですが、シャンパンを飲み過ぎたので、運動をしたほうがいいと思ったのです。ぼくはベッドから出ると、いつものようにインディアン・クラブ（体操用のこん棒）を手に取りました。寝室はかなり大きくて、ベッドと鏡台の間に振り回す余裕は十分にありました。鏡台のまえにはマリーが座っていました。

ぼくはいつものように体操を始めたのです。マリーは少しまえから髪型を変えていました。とても短くしていて、ぼくはそれがいやでしょうがなかったんです。後ろからみると、まるで少年のようで、首筋の刈り上げた髪の毛をみると、ぞっとしました。マリーはブラシを置いて、白粉《おしろい》をはたき始めました。そして、いやらしい笑い声をあげたのです。

『何がおかしいんだ？』

『アンリのお母さまのことを思い出したの。ほら、あのドレス、わたしたちの結婚式に着てたやつよ。それを染め直して、仕立て直したのね。でも、わたしの目はごまかせない。どこでみたって、わかるもの』

あきれるほど浅はかな言葉をきかされて、ぼくはかっとなりました。そして怒りにまかせて、インディアン・クラブでマリーの頭をなぐったのです。おそらく頭の骨が砕けたのでしょう、二日後、マリーは病院で息を引き取りました。意識はもどらないままでした」

ジャンは口をつぐんだ。わたしはタバコを勧め、自分も一本くわえて火をつけた。

「死んでくれて、ほっとしました。ぼくたちは二度といっしょに暮らすことはできなかったでしょうし、それに、自分がなんであんなことをしたのか、説明のしようがないんです」

「たしかに」

「ぼくは逮捕されて、殺人罪の容疑で起訴されました。もちろん、ぼくは事故だったと主張しました。インディアン・クラブが手からすっぽ抜けたといったのですが、検死の結果はぼくに不利でした。マリーの頭部の傷は、故意に激しくなぐられたものにちがいないということでした。ただ幸いなことに、動機が不明のままだったのです。検事は、パーティでマリーが色目をつかった男に嫉妬してけんかになったあげくの殺人だと立証しようとしました。しかし検事のいう男は、そんなふうに疑われそうなことなどした覚えはないと主張したし、ほかの人たちも、ふたりは仲良く別れたと証言してくれました。鏡台の上に仕立代の請求書がのっていたので、検事は、そのことでけんかをしたのだろうといいました。しかしぼくは、そんなことはないと説明しました。マリーは自分の服の金は自分で払っていたのです、そんなことでけんかになるはずがありません。次々に、ぼくがいつもマリーにやさしくしていたと証言してくれる人が現れました。ぼくたちは理想のカップルと思われていたんです。ぼくの評判もよく、社長はぼくをほめまくってくれました。死刑になる心配はまったくなくて、一時は釈放されるかも知れないと思ったくらいです。結局、判決は懲役六年でした。ぼくは自分のしたことを後悔したことはありません。というのもあの日から、留置所で判決を待つときも、それ以降も、ここにきてからも、アンリのことで良心がうずくことがなくなったからです。もし幽霊というものがいるとしたら、ぼくはこういいたい。マリーの死がアンリの亡霊をなだめてくれたんだと。ともあれ、いまぼくの良心はおだやかです。本当に苦しい思いをしましたが、あの体験はすべて、自分にとってプラスだったと思っています。これで、ふたたび世界に出ていけそうな気がするのです」

わたしは自分でも、これが作り話のようだということはわかっている。わたしはリアリストで、自分の書く作品にはリアリティがなくてはならないと考えている。突飛ででたらめな要素は努めて排除するようにしている。もしこれがわたしの創作だったら、もう少しありそうな話にしたはずだ。実際、この耳できいていなかったら、自分でも信じられないだろう。もしかしたらジャン・シャルヴァンに作り話をきかされたのかもしれないが、彼が最後に会いにやってきたとき、わたしは作り話ではないことを確信した。そのとき、わたしは、これからどうするのかとたずねたのだ。

「いまフランスで、友人たちがいろいろ手をつくしてくれています。多くの人々が、ぼくのことを重大な誤審の犠牲者だと思ってくれているんです。会社の社長は、ぼくの有罪判決を不当だと考えています。それに刑期が短くなる可能性もあります。もし短くならなくても、六年後にはフランスに帰れるでしょう。ご存じのように、ぼくはここで役に立っています。ぼくが引き継いだとき、会計部の仕事はひどいものでしたが、きちんとしたものにしました。まだもれがありますが、ぼくが自由に仕事ができるようになれば、それもなくすことができると思います。所長は気に入ってくれてますし、頼めばなんでもしてくれるはずです。遅くとも三十歳を少し過ぎた頃には、フランスにもどれるでしょう」

「しかし、仕事はみつかりそうかい?」

「ぼくは会計士としては有能ですし、正直で勤勉です。仕事に困ることはありません。もちろんルアーヴルで暮らすつもりはありませんが、社長はリールやリヨンやマルセイユにも関連会社を持っていて、世話をしてやろうといってくれています。これからは自信を持って生きていけそうです。どこかに落ち着いて、余裕ができたら、結婚します。本当にいろんなことがありました。いま、ぼくは家庭がほしいんです」

わたしたちは家のぐるりを囲むベランダの隅にすわっていた。風があると、ここは涼しいからだ。そして北側のすだれの日よけは上げたままにしてあった。その間から空がみえて、端のほうにヤシの木が一本。ヤシの緑の葉が青い空を背景に鮮やかで、まるで南洋のクルージングの宣伝ポスターのようだ。ジャン・シャルヴァンの遠くをみる目は、まるで未来をさぐっているかのようだった。

「だけど、今度は」ジャンは考えながらいった。「好きになったからといって、結婚はしません。結婚をするなら、財産のある女の子とします」

サナトリウム

Sanatorium

結核療養所《サナトリウム》にきて最初の六週間、アシェンデンはベッドから出られなかった。顔を合わせるのは、朝夕やってくる医師、世話をしてくれる看護婦、食事を持ってきてくれるメイドだけだ。肺結核にかかり、いくつかの理由でスイスにいくには難しかったため、ロンドンで診てもらった結核の専門医に勧められたスコットランド北部のサナトリウムに入ることにしたのだった。そしてようやく、待ちに待った日がやってきた。診察にきた医師に、ベッドから出てもいいといわれたのだ。その日の午後、看護婦に着替えさせてもらった。それからベランダに連れていかれ、毛布にくるまれ、背中にクッションを当ててもらい、雲ひとつない空から降り注ぐ陽光を楽しんだ。真冬だった。サナトリウムは丘の上にたっていたので、雪におおわれた田舎の広々した風景をながめることができた。ベランダに並ぶデッキチェアに座った人々は隣の人とおしゃべりをしたり、本を読んだりしている。ときどき、だれかが咳《せき》の発作に襲われる。咳がおさまると、不安そうにハンカチをみる。看護婦はアシェンデンを置いて戻るまえに、看護婦らしいきびきびした態度で、隣に座っている男にいった。

「ご紹介します。アシェンデンさんです」看護婦はそういうと、今度はアシェンデンに向かって、「こちらはマクラウドさんです。マクラウドさんとキャンベルさんは、ここに一番長くいらっしゃるんです」

アシェンデンのもう一方の側にはかわいい女の子が休んでいた。赤毛で、明るいブルーの目で、化粧はしていないが、唇は赤く、頬の色もいい。そのせいで、肌が驚くほど白くみえる。白くなめらかな肌が結核のせいだとわかっていても、美しいことに変わりはない。女の子は毛皮のコートを着て、毛布にくるまっていたので、体型はわからないが、顔はとてもほっそりしている。そのせいで鼻が、そう大きくもないのに、ちょっと目立ってみえた。アシェンデンを親しげにみたが、何もいわない。アシェンデンは初めてみる人々のなかで気後れしていたので、だれかに話しかけられるまで黙っていた。

「初めて、ベッドから出たのかね？」マクラウドがたずねた。

「ええ」

「部屋は？」

アシェンデンは部屋の番号をいった。

「狭いだろう？　ここの部屋は全部知ってるんだ。もう十七年いるからな。一番いい部屋をあてがってもらっているんだ。ま、当然といえば当然だな。キャンベルってやつが、おれを追い出して、部屋を横取りしようとしてるんだが、出ていってたまるか。おれにはあの部屋にいる権利がある。やつより六ヶ月早く、ここにきたんだからな」

寝ているマクラウドは異様に身長があるようにみえる。皮膚が骨にぴったり張りついて、頰とこめかみがくぼんでいるので、頭蓋骨《ずがいこつ》の形がはっきりわかる。やせた顔の、骨が盛り上がったような大きな鼻と、不思議なくらい大きい目が印象的だ。

「十七年は長いですね」アシェンデンがいった。ほかにいうことを思いつかなかったのだ。

「時がたつのはびっくりするくらい早い。おれはここが気に入ってるんだ。最初の頃、二年目か三年目だったか、夏のある日に外出してみたんだが、それっきりだ。ここはもう自分のうちみたいなもんだ。きょうだいは男がひとりに女がふたりいるんだが、三人とも結婚して、家族がいる。おれはやっかい者だ。ここで数年暮らしたあとで、普通の生活にもどると、なんとなく居心地悪く感じる。仲間はそれぞれに暮らし向きも変わっていて、共通のものがなくなってるしな。それに外はめちゃくちゃせわしい。

どうでもいいことに大騒ぎしてるんだよ、みんな。騒々しくて退屈なだけだ。そうとも、ここのほうがよっぽど楽なんだ。棺桶《かんおけ》に納まって運び出されるまで、出ていく気はないね」

アシェンデン自身は専門医から、しばらく養生すればよくなるといわれていたので、マクラウドをしげしげとみた。

「一日、何をしてらっしゃるんですか？」

「何をするかって？　結核ってのはそれだけで一日仕事だ。熱をはかって、体重をはかって、時間をかけて着替えをして、朝食をとって、新聞を読んで、散歩する。それからひと休みして、昼食、そのあとはブリッジ。またひと休みして、夕食。それから少しブリッジをして、寝る。ここには立派な図書室があって、新刊がそろってる。おれはあんまり本は読まないけどな。人としゃべるのが好きなんだ。ここにいるとじつにいろんな人間に出会う。やってきては出ていく。よくなったと思って出ていくやつもいるが、ほとんどはまたもどってくる。ときには死んで出ていくやつもいるしな。今までに大勢見送ったもんだ。おれがここから消えるまえに、まだまだ見送ることになるだろうな」

反対側で横になっていた女の子が、ふと声をかけてきた。

「いっておきますけど、マクラウドさんほど、霊柩車《れいきゅうしゃ》をみてうれしそうに笑う人はまずいませんよ」

マクラウドはくすくす笑った。

「どうかな。だが、人間ってのはみな心の中じゃ、こう思ってるんじゃないか。ああ、よかった、あれに乗るのがおれじゃなくて」

マクラウドは、アシェンデンが隣のかわいい女の子のことを知らないのに気づいて、紹介した。

「そうそう、アシェンデンさんに会うのは初めてだよな——ミス・アイヴィ・ビショップ。アイヴィさんはイングランドからきた。いい子だよ」

「どれくらいここにいらっしゃるんですか?」アシェンデンはアイヴィにたずねた。

「まだ二年です。これが最後の冬になります。レノックス先生から、あと二、三ヶ月もすれば元気になるから、うちに帰っていいっていわれました」

「ばかばかしい」マクラウドがいった。「のんびり暮らせるところにいりゃあいいのに」

そのとき、男がステッキに体重をかけるようにして、ベランダをゆっくり歩いてきた。

「あら、テンプルトン少佐だわ」アイヴィの青い目に、明るい笑みがうかんだ。少佐がやってきた。

「またお会いできて、うれしいです」アイヴィが声をかけた。

「いやいや、なんてことない。ちょっと風邪をひいただけです。もうすっかりよくなりました」

　言い終わらないうちに、少佐は咳きこんだ。ステッキをぐっと握りしめる。しかし発作が治まると、にっこり微笑《ほほえ》んだ。

「この咳は頑固でしょうがない」少佐がいった。「タバコの吸いすぎだろう。レノックス先生には、やめろといわれているんだが、いくらいわれても——やめられないものは、やめられない」

　少佐は背が高く、ちょっと俳優のような出《い》で立ちで、顔は浅黒く血色が悪い。黒い瞳《ひとみ》が印象的で、黒い口ひげをきれいに整えている。アストラカン（ロシア南西部、アストラハン産のヒツジの黒い毛皮）の襟のついたコートを着ている。すらりとして、少し派手な感じがある。アイヴィがアシェンデンに紹介した。テンプルトン少佐は気軽だが礼儀正しい口調で、アシェンデンと言葉をかわし、それからアイヴィに声をかけた。いっしょに散歩しませんか、サナトリウムの裏の林の中までいってもどってくるようにと、医師にいわれているんです。マクラウドは、ふたりがゆっくり歩いていくのをみていた。

「あのふたり、何かあるのかなあ」マクラウドがいった。「ここの噂《うわさ》じゃ、少佐は病気になるまえ、女に手を出すのが早かったらしい」

「今は、さすがにその余裕はないでしょう」

「わかったもんか。おれが若かった頃は、ここでもやっかい事が山ほど起こったんだ。話のネタには事欠かない。話してくれといわれりゃ、いつまでも話していられる」

「たしかに、そうかもしれません。ひとつきかせてもらえますか？」

マクラウドはうれしそうに笑った。

「よし、じゃあ、ひとつ話してやろう。三、四年まえのことだ、じつにいい女がいた。夫は一週間おきにやってきてた。夢中だったんだろうな、ロンドンから飛行機だ。だが、レノックス先生は気づいてた。女はここのだれかと関係があるってな。ただ、相手がだれかまではわからなかった。そこである晩、患者が寝静まってから、その女の部屋のドアの前にペンキを薄く塗っておいたんだ。そして次の日、全患者のスリッパを調べてみた。うまいやり方だろ？　それで、スリッパにペンキが付いてた患者は追い出されちまったってわけだ。レノックス先生はけっこううるさいんだ。妙な噂が立つと困るからな」

「あの少佐はここにきてどれくらいになるんですか？」

「三、四ヶ月だ。ほとんどベッドに寝たきりだった。容態はかなり危ない。アイヴィ・ビショップもあんなのにほれるとろくなことにならない。あの子は間違いなくよくなる。いままで患者はいやってほどみてきたから、よくわかる。ひと目みただけで、だめかだいじょうぶかわかる。だめなときは、あとどれくらいもつかもきっちり見当が付く。読み間違うことはほとんどない。テンプルトン少佐はあと二年だ」

マクラウドはアシェンデンをさぐるような目でみた。アシェンデンは、相手の考えていることを察して気楽に構えようと思ったが、いいようのない不安に襲われた。マクラウドの目がきらっと光った。アシェンデンの脳裏をよぎった不安に気づいたのだ。

「あんたはだいじょうぶだ。そうでなきゃ、こんなこと、いうわけがないだろう。患者をおどかして、レノックス先生に追いだされちゃこまるからな」

看護婦がアシェンデンを呼びにきた。たかが一時間しか外に出ていなかったが、アシェンデンは疲れていて、ベッドにもぐるとほっとした。夕方、レノックス医師が診察にきて、体温をつけた表をみていった。

「いいですね」

レノックスは小柄で、きびきびしていて、愛想がいい。医師としては申し分なく、経営者としても優秀で、釣りにかける情熱は並大抵ではない。釣りの季節になると、仕事を助手たちにまかせて出かけていく。患者は多少不平そうだが、喜んでもいた。釣ってくる小型のサケが食事に変化をそえてくれるからだ。レノックスは話し好きで、アシェンデンのベッドの足のほうに立ち、スコットランドなまり丸出しで、午後はほかの患者さんと話をしましたかとたずねた。アシェンデンが、看護婦にマクラウドさんに紹介してもらいましたというと、声を上げて笑った。

「最長の住人でしてね。サナトリウムや患者のことについては、私なんかよりずっとよく知ってます。まったく、どこでそういう情報を仕入れてくるのか。この療養所にいる人の私生活に関して、知らないことはないというくらい詳しい。噂をかぎつける鼻の鋭さにかけては、どんなに詮索《せんさく》好きなおばさんにも負けないでしょう。キャンベルさんのことはききましたか？」

「ええ、うかがいました」

「あれほど仲の悪いふたりもめったにいない。考えてみれば妙な話でね、ふたりともここに十七年いて、いってみれば、ふたりで健康な肺をひとつ共有しているようなものです。それなのに、おたがいに相手をみるのもいや、といわんばかりなんです。私は、ふたりの相手に対する苦情には一切、耳を貸さないことにしています。キャンベルさんの部屋はマクラウドさんの部屋の真下にあって、そこでバイオリンを弾くんですよ。それがマクラウドさんには耐えられない。もう十五年も同じ曲をきかされているというんです。ところがキャンベルさんにいわせれば、あいつに曲の違いなんかわかるはずがない、という。マクラウドさんは私に、やめさせてくれというのですが、私にはそんなことはできない。静かにする時間でなければ、楽器を弾く権利はあるわけですから。そこでマクラウドさんに部屋を移ったらどうかといってみたのですが、あいつがバイオリンを弾くのは、おれをサナトリウムで一番いい部屋から追いだしたいからだ、あいつなんかにこの部屋をゆずってたまるかと、こうです。変な話でしょう？　いい年をした男がふたり、相手を困らせてやろうとやっきになっているんですから。どちらも一歩も引かない。同じテーブルで食事をして、いっしょにブリッジをするくせに、けんかのない日がない。私も何度か、いつまでも子どもっぽい真似《まね》をしていると出ていってもらいます、といったことがあるんです。しばらくは静かになります。ふたりとも、ここにいたいと思ってますからね。ここでの暮らしが長く、ほかにかまってくれる人はいないし、外の世界ではとても暮らせるはずがない。何年かまえ、キャンベルさんが、二ヶ月ほど休暇を取るといって出ていったことがあるんですよ。一週間でもどってきました。騒々しくてたまらん、通りの人の多さをみるとぞっとするといっていました」

不思議な世界に放りこまれてしまったと、アシェンデンは思った。しかし健康は次第に回復しつつあるし、ほかの患者たちともうまくやっていけそうな気がした。ある日の朝、レノックス医師から、これからは食堂でランチをとってもいいといわれた。それは天井の低い大きな部屋で、窓が広くとってあった。いくつもの窓はいつも大きく開け放たれて、天気のいい日には陽が射《さ》しこむ。人が大勢いて、顔を覚えるのが大変そうに思われた。いろんな人がいたし、若者も中年も老年もいた。マクラウドやキャンベルのように、サナトリウムに何年もいてここで最期《さいご》を迎えることになりそうな患者もいれば、数ヶ月で出ていく患者もいた。ミス・アトキンという中年の独身女性は、毎年冬になると長期滞在し、夏になるとここを出て、友人や親戚《しんせき》と暮らすことにしている。体に悪いところはなく、サナトリウムにいる必要はないのだが、ここの暮らしが好きだという。かなりの期間をここで過ごしているので、一目置かれていて、名誉司書の役目を引き受け、看護婦長とも親しかった。だれとでもすぐに噂話をしたがるが、話したことはなんであれすぐ筒抜けになる。これはレノックス医師にとって好都合だった。というのも医師は、患者同士がうまくやっているか、患者が満足しているか、無分別なことをしていないか、自分の指示にちゃんと従っているかといったことを知りたがっていたからだ。ミス・アトキンの鋭い目を免れるものはほとんどなく、目にとまったことは看護婦長を通じてレノックス医師に伝えられる。ミス・アトキンはこのサナトリウムに長いので、マクラウドやキャンベルと同じテーブルについていた。そこには年老いた将官もいたが、それは地位を配慮してのことだった。ただテーブルはほかのテーブルとまったく同じで、取り立てていい場所に置かれているわけでもない。ただ年長者が使っているので、いい席と見なされているだけだ。数人の年長の女性はミス・アトキンのことを腹立たしく思っていた。あの人は夏になると四、五ヶ月いなくなるのに、一年中サナトリウムでほかのテーブルについている自分たちを差し置いてあそこに座っているというのがその理由だった。ひとり元インドの行政官がいた。マクラウドとキャンベルをのぞけばここに最も長くいる男で、英領インドの州を治めていたこともある。彼はマクラウドかキャンベルが死ぬのを今か今かと待っていた。そうなれば、あの特等席に座ることができるからだ。アシェンデンはキャンベルとも知り合いになった。キャンベルは背の高い骨太の男で、はげていた。体の骨がよくくっついていると思うくらいやせていて、肘掛《ひじか》け椅子《いす》にくしゃっと座ったところは、人形芝居の人形のようにみえて不気味だった。キャンベルはぶっきらぼうで、怒りっぽく、かんしゃく持ちだった。アシェンデンにした最初の質問は、

「音楽は好きかね?」

「ええ」

「ここの連中ときたら、ひとりとして音楽をきく耳を持っていないんだ。わたしはバイオリンを弾く。もしききたければ、そのうちわたしの部屋にきなさい。きかせてあげよう」

「やめとけ」マクラウドがいった。「拷問《ごうもん》だ」

「どうして、そんな失礼なことをおっしゃるんです?」ミス・アトキンがいった。

「キャンベルさんはとてもお上手じゃありませんか」

「この野蛮な場所には曲の違いのわかる人間はひとりもいませんよ」キャンベルがいった。

マクラウドがばかにしたように笑いながら出ていった。ミス・アトキンは座を取りなそうとした。

「マクラウドさんのいうことなんかお気になさっちゃだめですよ」

「まさか、気になんかするもんですか。たっぷり仕返しをしてやります」

キャンベルはその日の午後ずっと、同じ曲を繰り返し弾いた。マクラウドが床をいくら蹴《け》ってもやめようとしなかった。マクラウドはメイドをやって、頭痛がするからバイオリンをやめろと伝えさせたが、キャンベルは自分には弾く権利がある、いやでも我慢するしかないだろうと返事を伝えた。次にふたりが顔を合わせたときは、激しい口げんかになった。

　アシェンデンにあてがわれたテーブルには、かわいいミス・アイヴィと、テンプルトン少佐と、ロンドンからやってきた男がいた。この男は会計士でヘンリー・チェスターという名前だった。ずんぐりした、肩幅の広い、体の引き締まった小男で、とても結核にかかりそうにはみえない。本人にとっても、予期せぬ突然の出来事だった。ごく平凡な人物で、年齢は三十から四十くらい、既婚で子どもがふたり。閑静な郊外に家があり、毎朝、ロンドンのシティ（金融や商業の中心地）にいって朝刊に目を通し、毎夕、シティからの帰りに夕刊を読む。会社と家族以外に興味はなく、仕事が好きだった。快適な暮らしをするのに十分な収入があり、毎年かなりの貯金もしていた。土曜日の午後と日曜日にはゴルフをして、毎年八月になると三週間の休暇をとって東海岸のお決まりの場所にいく。やがて子どもたちは大きくなって結婚し、自分は仕事を息子に継がせて引退し、妻と田舎の小さな家に引っ越して、散歩を楽しみ、老年になってお迎えがくるのを待つ、そんなつもりでいたのだ。人生にそれ以外の何も望んではいなかった。それこそ、何千人何万人もの仲間が満足して送る人生だ。彼は平均的な市民だった。そこへ、突然の災難が降りかかった。ゴルフをしてひいた風邪が胸にきて、咳がとまらなくなった。それまではたくましく健康だったので、医者など無用だと考えていたのだが、最後は妻に説得されて、診察を受けることにした。そしてショックを、おそろしいショックを受けた。両肺に影があり、助かりたいなら即刻、サナトリウムにいく以外ないといわれたのだ。そのときの医師によれば、二年もすれば仕事にもどれるだろうという話だったが、二年たって、レノックス医師に、あと一年は復帰は考えない方がいい、といわれたのだった。そして唾液《だえき》の中の結核菌と、肺のレントゲン写真の中の活動性結核の影をみせられた。チェスターは目の前がまっ暗になった。運命が仕掛けた残酷で不当な罠《わな》としか思えなかった。放埒《ほうらつ》な生活を送ったわけでもなければ、酒浸りの生活を送ったわけでもなく、女遊びをしたこともなければ、夜更《よふ》かしをすることさえなかったのだ。もし逆だったなら、自業自得《じごうじとく》で納得がいく。だが、そんなことは何ひとつしていない。恐ろしいほどに不公平だ。チェスターには趣味らしい趣味がなく、本にも興味がなかったので、自分の健康を考える以外することがなく、健康が彼の強迫観念になった。そして不安そうに病状ばかりを気にした。日に十回以上も体温をはかろうとして体温計を取り上げられた。医者は自分の症状を軽くみすぎていると思いこみ、医者や看護婦の注意を引くためにいろんな手段を使って、体温計の水銀を異常なほど上げようとした。そしてそれがばれると、不機嫌になって文句をいった。しかしチェスターは生まれつき陽気で、人好きのするたちで、自分のことを忘れているときは楽しそうにしゃべって笑った。が、ふと、自分の病気のことを思い出すと、その目に死の恐怖が浮かぶのだった。

月末になるといつも妻がやってきて、近所の民宿に一日か二日泊まる。レノックス医師は親族が見舞いに来るのをあまり歓迎しなかった。患者が興奮して落ち着きをなくすというのがその理由だ。チェスターが妻の見舞いを心待ちにしている様子は感動的といってもいいほどだった。ところが、おかしなことに、いざ妻がやってくると、それほどうれしそうにはみえない。ミセス・チェスターは感じのいい、陽気で小柄な女性で、かわいくはないがこざっぱりした感じで、夫と同じようにこれといって目を引くところはない。ひと目みれば、よき妻でよき母親で、家事もまめにする人だとわかる。感じがよく、口数が少なく、義務は忠実に果たし、他人には干渉しない。長年夫と送ってきた刺激のない家庭中心の生活がとても楽しくて、唯一《ゆいいつ》の娯楽は映画を観《み》ることと、ロンドンの大きな商店街でセール品を買うことくらいだ。それがつまらないなどとは思ったこともなかった。十分に満足していたのだ。アシェンデンは彼女が好きで、彼女のおしゃべりを興味をもってきいた。子どものこと、郊外の家のこと、近所の人たちのこと、ちょっとした趣味のこと。あるとき、アシェンデンは小道でばったり彼女に出会った。チェスターは何かの治療で遅くなっているらしく、ひとりだった。アシェンデンは、散歩でもしませんかと誘った。しばらく、とりとめのないことを話していたが、ふいに、彼女から、夫のことをたずねられた。

「回復なさっているようですよ」

「心配でしょうがないんです」

「進みののろい、時間のかかることです。あせらず待ちましょう」

少し歩いているうちに、アシェンデンは彼女が泣いているのに気がついた。

「ご主人のことでそんなに気落ちなさることはありませんよ」アシェンデンはやさしくいった。

「いえ、あなたは、あたしがここでどんな目にあっているか知らないから、そんなことをおっしゃるんです。いっちゃいけないのはわかっているけど、いわせてください。信じていいですよね？」

「ええ、もちろん」

「あの人を愛しています。もう、本当に好きなんです。あの人のためなら、なんでもします。けんかなんて、今まで一度もしたことがありません。どんなことでも意見が違ったことさえないんです。それなのに、あの人はあたしのことを憎むようになってきて、それが耐えられない」

「ご冗談でしょう。いいですか、あなたがいらっしゃらないとき、彼の話すこととときたら、あなたのことばかりだ。あれ以上ほめることはできないくらいです。彼こそあなたにぞっこんほれているんです」

「ええ。だけど、それはあたしがいないからです。あたしがここにくると、あの人はあたしが元気で健康なのをみて、不機嫌になるんです。自分が病気なのに、あたしが元気なのがたまらなくいやになって。死ぬのがこわくて、あたしが憎らしくなる。あたしはこれからもまだ生きていくと思うから。だから、いつも、うっかりしたことをいわないように気をつけるようにします。何から何まで。子どものことを話しても、これから先のことを話しても、あの人はかっとなって、あたしを傷つけようとひどいことをいうんです。あたしが家のことをしなくちゃいけないとか、使用人をかえなくちゃいけないといっただけで、かっとなって怒鳴るんです。ぼくのことなんか、もうどうでもいいんだろうって。あたしたちはとても仲のいい夫婦でした。それが今では、ふたりの間に反目の大きな壁ができてしまったような気がします。あの人を責めてはいけないのはわかっています。病気のせいなんですから。あの人は本当にいい人、やさしさのかたまりみたいな人なんです。こんなことになりさえしなければ、あれほど付き合いやすいひとはほかにいないと思います。それなのに、いまあたしはここにくるのが恐ろしくてたまらない。帰るときはほっとします。もしあたしが結核になったら、あの人はとても悲しむでしょう。でも、心のどこかでほっとするにちがいありません。あたしを許し、運命を許す気になるはずです。あたしも死んでいくと思えれば。ときどき、あの人は責めるように、ぼくが死んだらどうするときくことがあります。あたしが、やめてちょうだいといってヒステリックに泣きわめくと、こういうんです。少しくらい憂《う》さ晴らしをしたっていいだろう、どうせぼくはもうすぐ死ぬ、おまえはそのあと何年も何年も楽しく暮らせるじゃないかって。あたしは考えるだけでぞっとするんです。ふたりで今まで育《はぐく》んできた愛が、こんな暗くみじめな形でおしまいになるなんて」

ミセス・チェスターは小道の脇《わき》にある岩に座って、激しく泣きだした。アシェンデンはかわいそうにと思ったが、どういってなぐさめればいいのかわからなかった。彼女の話はそれほど意外でもなかったのだ。

「タバコを一本、いただけますか?」しばらくしてミセス・チェスターがいった。「目を泣きはらしていくわけにはいきません。泣いていたのがわかったら、あの人は自分の症状が悪化したんじゃないかと疑うかもしれませんから。死ぬのって、そんなに恐ろしいんでしょうか？　人間ってみんなあんなふうに死を怖《おそ》れるものなんでしょうか？」

「さあ、どうでしょう」

「母は死ぬとき、ちっともあんなふうじゃありませんでした。先が長くないのがわかると、それを軽い冗談にしていたくらいです。でも、もうけっこうな年でしたから」

ミセス・チェスターは気を取り直して立ち上がった。ふたりはしばらく何もいわずに歩いた。

「こんな話をきいたからといって、あの人のことを悪く思わないでくださいね」

「ええ、もちろん」

「とってもいい夫で、とってもいい父親だったんです。今まであんなにいい人には会ったことがないくらい。こんなことさえなければ、いやな考えや冷たい気持ちが頭をかすめることさえなかったはずなんです」

ミセス・チェスターの話をきいて、アシェンデンは考えた。それまでアシェンデンはしょっちゅう、おまえは人間性というものを軽く考えすぎていると非難されてきた。それは人間の見方が、普通の人と異なっていたからだ。ほとんどの人ががっくり落ちこむようなことでも、ほほえんだり、少し泣いたり、肩をすくめたりしてすませてしまう。たしかに、あんなに人がよさそうで、平凡な小男が、あんなにうらみがましい下らない考えを心に秘めているとはだれも思わないだろう。しかし人間というものはどこまで落ちていくか、どこまで登っていくか、わかったものではない。チェスターの場合、問題は理念を持っていなかったことだ。平均的な人生を送るべく生まれ育ち、ごく普通の変遷《へんせん》をたどってきて、予想もしなかった不運に見舞われたとき、なすすべがなかった。巨大な工場の何百万とあるレンガのひとつが、たまたま欠陥がみつかって、使えなくなったようなものだ。もしレンガに心があったら、同じように叫ぶだろう。いったい、ぼくが何をしたっていうんです、ささやかな目的をなしとげられなくなるなんて。ひどいじゃありませんか、ぼくを支えてくれたほかのレンガたちから抜き出してごみの山に捨ててしまうなんて。ヘンリー・チェスターが、あきらめてこの災厄に耐えようと考えられないのはしかたがない。みんながみんな、芸術や思想に慰めをみいだすことができるわけではないのだから。現代の悲劇は、そういう一般の人々が、希望を与えてくれる神への信仰を失い、この世で手に入れられなかった幸福をもたらしてくれる復活を信じられなくなったことにある。そして信仰に代わるものをみつけることもできないでいる。

　苦しみは人を高めるという人がいるが、そんなばかなことはない。普通に考えれば、苦しみは人を狭量《きょうりょう》に、気むずかしく、利己的にする。しかしこのサナトリウムにおいて、苦しみはあまりない。結核はある段階に達すると微熱を伴うようになり、患者は落ちこむどころか気分が高揚して、意識がはっきりし、希望に胸をふくらませ、前向きになる。ところが、死は意識下に潜んでいる。それは明るいオペレッタに一貫して流れている冷笑的なテーマソングといってもいい。ときどき、陽気で快いアリアや踊りの調べが、いきなり悲劇的な調子に変わり、恐ろしいほどの力で希望を打ち砕くことがある。日常の取るに足りない関心事や、ちっぽけな嫉妬《しっと》や、ささいな不安は吹き飛び、悲哀と恐怖に襲われて、いきなり心臓が止まってしまう。そして死の恐怖があたりをおおう。まるで、熱帯のジャングルの上をおおう嵐《あらし》の前の静けさのように。アシェンデンがこのサナトリウムにきてしばらくした頃、二十歳の青年がやってきた。海軍中尉《ちゅうい》で潜水艦に乗っていた。小説でよく「奔馬性肺結核」と書かれる病気だった。背が高く、ハンサムで、癖のある褐色の髪で、目は青、笑顔がとても魅力的だった。アシェンデンはその青年がテラスで横になって日差しを浴びているところに二、三度出くわし、いっしょに昼間のひとときを過ごしたことがある。陽気な青年で、ミュージカルや映画スターのことを話していた。新聞を読んでは、サッカーの試合の結果やボクシングのニュースをさがしていた。そのうち外に出られなくなって、会えなくなった。親戚が呼ばれ、二ヶ月後に息を引き取った。青年は不平などひと言もいわずに死んでいった。動物と同じで、自分に起こりつつあることがほとんどわかっていなかったのだ。一日か二日、サナトリウムには、死刑囚が処刑された刑務所のような暗さが漂っていた。そのあとは、全員の合意のようなものがあり、だれもが自己保存の本能にしたがって、その青年のことはさっぱり忘れた。いつもの生活が始まる。三度の食事、ミニゴルフ、毎日の運動、決められた休息、けんか、嫉妬、噂、つまらないいらだちの毎日だ。キャンベルはマクラウドをとことん怒らせてやろうとワーグナーの「優勝の歌」と「アニー・ローリー」を弾き続けた。マクラウドはブリッジの腕を自慢し、患者の健康やモラルに関する噂話をした。ミス・アトキンは陰で噂話をした。ヘンリー・チェスターは、医者たちがろくに診察をしてくれないとこぼし、運命を呪《のろ》い、模範的な生活をしてきたのに、こんな罠にはめるなんて、ひどいとわめいた。アシェンデンは相変わらず本を読み、仲間の突飛な行動をにこやかにながめていた。アシェンデンはテンプルトン少佐とよく話すようになった。テンプルトンはおそらく四十歳よりちょっと上だろう。近衛《このえ》歩兵連隊にいたが、大戦後、軍を退いた。金には不自由しなかったので、徹底的に遊んだ。競馬のシーズンには競馬を、キツネ狩りの季節にはキツネ狩りを、狩猟が解禁になれば狩猟を楽しんだ。それに飽きると、モンテカルロにいった。アシェンデンに、バカラで大もうけした話や大損をした話をしてきかせた。女好きで、彼の話を信じるなら、とてももてるらしい。うまいものが好きで、うまい酒が好きだった。ロンドンでおいしい食事のできるレストランすべての給仕頭のファーストネームを覚えていた。五、六軒のクラブの会員だった。ここ数年、無益で、利己的で、無価値の生活をしてきた。これから先、こんな生活をすることはだれにもできない時代になるのかもしれない。それはともあれ、テンプルトンはなんの不安もなく、そういう生活を楽しんできた。アシェンデンは一度、もし人生をやり直せるとしたら、何をしたいかとたずねたことがあった。まったく同じことをしたいというのが返事だった。テンプルトンは話がうまく、陽気で、ほどよく皮肉屋で、目にみえるのは物事の表面だけで、物事の表面に軽く、気安く、自信たっぷりに触れるのだ。常に、サナトリウムのみすぼらしい独身女性には気持ちのいい言葉をかけ、気むずかしい老紳士はジョークで笑わせた。生まれつきのやさしさに礼儀正しさが磨きをかけていたのだ。どう使っていいのかわからないほど金を持っている連中の表面的な世界でどうやっていけばいいのかはわかっていた。ロンドンのメイフェア（高級住宅街で、名士たちが多く住んでいた）にいたときと同じだ。いつも喜んで賭《か》けをして、仲間に手を貸して、浮浪者には十ポンドやった。たいしていいこともしないかわりに、たいして悪いこともしない。どうでもいい人間だが、ご立派な人物より付き合いやすく、性格がよかった。そして今、病状がかなり悪かった。死期が近いのは承知していて、相変わらず、ほかのことと同じように、軽い調子で、なんてことないと笑っていた。自分はめちゃくちゃ楽しい時を過ごしてきたんだ、何も後悔することはない、結核にかかったのはまったくの不運としかいいようがないが、かまうもんか、だれだって死ぬときがくる、考えてみれば、戦争で死んでいたかもしれないし、クロスカントリーの馬術で首の骨を折っていたかもしれない。人生を通じてのモットーはこうだ。賭けで大負けしたときは、さっさと金を払って、忘れちまえ。自分は精一杯楽しんできたのだから、死ぬ覚悟はできている。思い切り楽しいパーティだったが、パーティはいつか終わる。朝までいようが、真っ最中で抜けようが、なんの違いがある。

サナトリウムの患者の中で、テンプルトンは世間的な道徳観からみれば最低の男だが、避けられないものを受け入れるいさぎよさで右に出る者はいない。死神に向かって「やあ、ご苦労さん」といった人間はほかにいなかった。そんな態度に、軽薄だと顔をしかめる人もいるだろうが、さすがとほほえむ人もきっといる。

ところがこのサナトリウムにやってきて、テンプルトンは思いもよらない羽目に陥った。自分でも信じられないほどの深い愛を知ってしまったのだ。それまで恋の相手は数え切れないくらいいたが、どれも軽い関係ばかりだった。金目当てなのをうまくカモフラージュして近づいてくるコーラスガールとか、どこかのパーティで知り合ったすぐに体を許す女とかを相手にして満足していたのだ。深い関係になって不自由な身にならないよう、いつも気をつけていた。人生の唯一の目的は楽しむことであり、セックスに関しては、次々に相手が変わることが理想で、まったく不便を感じていなかった。もちろん女は好きだった。かなり年上の女と話すときでも、テンプルトンの目には思いやりが、声にはやさしさが浮かぶ。相手を楽しませたい気持ちでいっぱいなのだ。女たちは彼の気持ちに気づき、うれしくなり、まったく誤解して、この人は決して自分をひどい目にあわせたりしないと思いこんでしまう。アシェンデンは一度、テンプルトンからこんなことをきかされて、なるほどと思った。

「男がその気になりさえすれば、頑張って落とせない女なんていやしない。なんてことない。だけど、難しいのは手に入れた女と別れるときだ。よっぽど女のことをわかっていないと、相手を傷つけないで別れることはできない」

テンプルトンはいつもの癖でアイヴィ・ビショップに手を出そうとした。サナトリウムでいちばん若くてかわいい女の子だったから無理もない。実際には、アイヴィはアシェンデンが最初に思ったほど若くはなく、二十九歳だった。ただ、この八年間、スイス、イングランド、スコットランドと、いくつかのサナトリウムで、世間から離れて暮らしていたせいで、若々しくみえた。二十歳でも通りそうだ。そんな環境で生活してきたために、驚くほど純真で、驚くほど世慣れているという、おもしろい側面があった。なにしろ、いくつもの恋愛の成りゆきをみてきたし、いろんな国のいい男に声をかけられた。アイヴィは落ち着いてユーモアたっぷりに付き合ったが、相手が一線を越えようとするときっぱりと拒絶した。花のようにかわいらしい様子からは想像もできないくらい気が強く、いざというときは、いいたいことを、じつにそっけなく、冷淡に、ずばりといってのける。ジョージ・テンプルトンが話しかけてきたときには喜んで相手になった。ゲームだとわかっていて、いつも愛想よく接した。しかしそれは冗談半分の軽い気持ちからで、その態度には、あなたのことはよくわかっています、あなたと同じ程度の気持ちでしかお付き合いしませんからね、という考えが表れていた。テンプルトンはアシェンデンと同じように夜六時になると寝室にもどり、夕食は自分の部屋でとることになっていたので、アイヴィには昼間しか会えなかった。アイヴィと近くまで散歩に行くこともあったが、それ以外のときはめったにふたりきりにはなれない。昼食の会話は、アイヴィ、テンプルトン、ヘンリー・チェスター、アシェンデンの四人でかわされたが、テンプルトンにふたりの男を楽しませるつもりがないのは明らかだった。アシェンデンは思った。テンプルトンはアイヴィを暇つぶしの遊び相手として考えられなくなり、思いがつのって真剣になってきたらしい。しかしアイヴィのほうがそれに気づいているのかはわからなかったし、うれしく思っているかどうかもわからない。テンプルトンが思い切って場違いなほど親密な言葉をかけると、アイヴィは皮肉たっぷりに返すので、三人とも声をあげて笑った。ただ、テンプルトンの笑いだけは哀《かな》しげだった。プレイボーイ扱いされるのがいやになってきたのだ。アシェンデンはアイヴィのことがわかってくると、それまで以上に好きになった。彼女の病的な美しさにはどことなく切ないものがある。吸いこまれそうなほど透明感のある肌、ほっそりした顔、大きい目、はっとするほど青い瞳。病にむしばまれている様子にも、どことなく切なさがあり、サナトリウムのほかの患者と同じように、世界でひとりぼっちでいるような感じがあった。母親は社交界で忙しく、姉妹はすでに結婚していて、アイヴィには形だけのやさしさをみせるだけだった。なにしろもう八年も離れて暮らしているのだ。手紙のやりとりはあったし、たまには会いにやってきたが、家族らしい絆《きずな》はもうない。アイヴィは淡々とそれを受け入れていた。だれとでも付き合い、不満や悲しみを訴えられると親身になって耳を傾けた。ふさぎこんでいるヘンリー・チェスターにさえやさしく接して、ことあるごとに元気づけようとした。

「チェスターさん」ある日の昼食時、アイヴィは声をかけた。「月末ですよ。明日、奥さまがいらっしゃるんでしょう。楽しみですね」

「いや、今月は……」チェスターは皿をみつめたまま、ぼそっと答えた。

「まあ、残念。でも、どうして？　お子さんの具合が悪いとか？」

「レノックス先生に、会わないほうがいいだろうといわれて」

だれもが口をつぐんだ。アイヴィは気遣わしげな目でチェスターをみている。

「それはひどい」テンプルトンが同情していった。「医者に、くたばっちまえといってやればよかった」

「先生はよくわかっているんです」チェスターがいった。

アイヴィがまたチェスターをみて、話題を変えた。

アシェンデンはあとから思い返してみて、あのときアイヴィは事情を察したのだと気づいた。次の日、アシェンデンはチェスターと散歩することになった。

「奥さんがいらっしゃらないのは、とても残念です」アシェンデンがいった。「会いたくてたまらないでしょうに」

「ええ」

チェスターはちらっとアシェンデンをみた。アシェンデンは、相手が何かいいたいけれどいいだせないでいるのに気がついた。チェスターはいらだたしそうに肩をすくめた。

「妻が見舞いにこないのはぼくのせいなんです。妻に手紙を書いて、こないようにいってほしいと先生に頼んだんです。もうやってられなくなりましてね。丸一ヶ月、まだかまだかと待っていて、いざきてくれると、憎たらしくてたまらなくなる。自分がこんないやらしい病気にかかってしまったのが腹立たしくてたまらなくなるんですよ。妻は元気ではつらつとしている。妻が悲しそうな目をすると、思わずかっとなってしまう。おまえに悲しむ権利なんかあるのか。だれが病気になろうと、ほかの人間の知ったことじゃない。まわりの連中は心配そうなふりはするけど、自分でなくてあいつでよかったと喜んでいるんだ。こんなことをいう人間は豚以下ですよね?」

アシェンデンは、ミセス・チェスターが道ばたの岩に腰かけて泣いていたときのことを思い出した。

「見舞いにくるのを拒むなんて、奥さんがかわいそうでしょう?」

「それくらいは我慢してもらわないと。こっちは自分の不幸だけで精一杯なんです。

妻のことまで考えていられませんよ」

アシェンデンはどう答えていいのかわからなかった。ふたりは何もいわずに歩いていたが、ふいにチェスターが腹立たしそうにまくしたてた。

「そりゃ、あなたは無関心で寛大でいられるでしょう。回復するといわれているんですから。だけど、ぼくは死ぬんだ。くそっ。死にたくない。なんで死ななくちゃいけない。こんなひどいことがあるか」

時は過ぎた。サナトリウムのようにあまりすることがないところでは、ジョージ・テンプルトンがアイヴィ・ビショップに夢中になっていることなど、すぐに知れわたってしまう。ところがアイヴィがどう思っているのかは謎《なぞ》のままだった。テンプルトンといるのは嫌いではないようだが、自分から進んでいっしょになろうとはしなかったし、ふたりきりになるのは故意に避けているようだったからだ。中年の女性がふたりほど、うまく話をむけて、じつはそうなんですといわせようとしてみたが、アイヴィは世間知らずのところはあったものの、そんな手には乗らなかった。遠回しの質問は無視し、直接の質問は笑い飛ばした。相手は歯ぎしりするしかなかった。

「まさか、彼が自分に夢中だってことがわからないほどばかじゃないでしょうに」

「あの人の気持ちをもてあそぶ権利はないはずよ」

「きっと、同じくらいほれてるのよ」

「レノックス先生も、あの子の母親に知らせればいいのに」

いちばん腹を立てたのはマクラウドだった。

「ばかばかしい。そんなことをしてなんになる。男のほうは結核にやられていて、女のほうも似たようなもんだっていうのに」

キャンベルのほうは冷ややかに世俗的な意見を述べた。

「ふたりで楽しめばいいじゃないか。賭けてもいいが、恋愛ごっこが進行中なのはまちがいない。わかる者にはわかる。ふたりを責めることはない」

「相変わらず下品なやつだ」

「おいおい、やめてくれ。テンプルトンは、あんな小娘相手にブリッジをするような男じゃない。下心があるに決まっている。それに小娘のほうも、この手のことには多少は覚えがあるんだろう。賭けてもいいね」

アシェンデンはテンプルトンとアイヴィにはよく会っていたので、ほかの人たちよりは事情がわかっていた。そしてテンプルトンのほうからアシェンデンに打ち明けた。テンプルトンは、恋に落ちた自分をおもしろがっているようだった。

「不思議なこともあるもんだ。人生、これまでいろいろやってきて、普通の女の子を好きになってしまうとはね。こんなことになるとは思ってもいなかった。嘘《うそ》をついてもしょうがないからいってしまうが、好きでたまらないんだ。もし健康だったら、明日結婚してくれといっているだろう。女がこれほど魅力的だなんて思ったこともなかった。今までずっと、普通の女の子ってのは退屈でしょうがないと考えてきたんだ。ところが彼女はちがう。とても頭がいい。それにかわいい。それに、あの肌、あの髪！　だが、そんなものはどうでもいい。衝撃的だったのはそんなものじゃない。この心臓を鷲《わし》づかみにしたのが何か、わかるかい？　どう考えてもありえないんだが、こんな遊び人を虜《とりこ》にしたのは、あの純潔さなんだ。自分でも大笑いしたよ。いままで女にそんなものを求めたことはなかった。ところが、いざ目にして、その魅力にとりつかれた。彼女は純粋で潔癖だ、それにくらべたら自分はウジ虫だ。どうだ、驚いたかい？」

「いえ、ちっとも。遊び人が純情な娘に心を奪われるのは珍しいことじゃありませんから。年を取ってセンチメンタルになった証拠です」

「いやなやつだな」テンプルトンは声を上げて笑った。

「それで、なんていわれました？」

「まさか、こんなことをあの子にいえるはずがないだろう。人前でいえないようなことはひと言も、いっていない。せいぜい六ヶ月の命かもしれない。それに、あんな女の子に差しだして喜んでもらえるものがあると思うかい？」

この頃、アシェンデンは、アイヴィもテンプルトンに負けないくらい相手を好きになっていると確信していた。アイヴィはテンプルトンがダイニングルームに入ってくると顔を赤らめるし、テンプルトンがよそを向くと、こっそりそちらに目をやる。テンプルトンが昔の話をするのに耳を傾けているときには、ほかではみせないほほえみが浮かぶ。テンプルトンの愛という日差しの中で日向《ひな》ぼっこをしているかのようだ。テラスで雪をながめながら暖かい日差しを受けている患者のようだ。しかしアイヴィはそれで満足しているのかもしれない。それに、アイヴィがいわないでいることをテンプルトンに教えるのもお節介だろう。

そんなとき単調な生活をゆるがすような事件が起こった。マクラウドとキャンベルは相変わらずいがみあっていたが、ブリッジだけはいつもいっしょだった。というのは、テンプルトンがやってくるまで、サナトリウムでふたりの右に出る者がいなかったからだ。ふたりともひっきりなしに口げんかをして、ゲームが終わったあとの感想戦《ポストモーテイブ》は延々と続いた。付き合いが長く、おたがい相手のやり口は十分に心得ていて、相手を出し抜くのが何よりの楽しみだった。テンプルトンはふたりとブリッジをするのは断ることにしていた。ブリッジは得意だったが、プレイするならアイヴィ・ビショップと組みたかったからだ。それに、マクラウドとキャンベルも、アイヴィが入るとゲームが台無しになるという点では意見が一致していた。なにしろ彼女は何か失敗をしても、笑って、一トリック（四人のプレイヤーは配られた十三枚のカードから一枚ずつ場に出し、最も強いカードを出した人が四枚とも獲得する。この四枚一組をトリックといい、それを十三回続けて取ったトリック数を競う）くらいなんてことないわよね、という程度の腕なのだ。ところがある日の午後、アイヴィが頭痛で部屋から出られなくなり、テンプルトンがブリッジに参加することになった。ほかのメンバーはキャンベルとマクラウド、四人目はアシエンデン。三月の終わりだというのに数日間、激しい雪が続き、四人は三方から冬の風が吹きこむベランダで、毛皮のコートに帽子をかぶり手にはミトンをはめていた。賭け金は小さく、テンプルトンのような賭けに慣れた人間は本気を出すつもりにはなれず、つい大きくでてしまったが、ほかの三人よりはずっと腕が上で、宣言した数（ブリッジではいくつトリックを取ることができるか事前に宣言する）を取るか、それに近いところまでいった。ところがダブル（相手が宣言した目標を達成できないと予測したときに使う）、リダブル（相手にダブルをかけられたとき、それでも達成する自信があるとき使う）が重なり、ハイレベルのゲームになったあげく、信じられないほど何度もスモールスラム（十三のトリックのうち十二を取ること）が宣言された。ゲームは大荒れに荒れ、マクラウドとキャンベルは口汚くののしり合った。五時半になり、最後にもうひと勝負ということになった。六時の鐘が鳴ると、全員、部屋にもどって寝なくてはならないのだ。これが激戦になり、勝負の流れがあっちにいったりこっちにいったりした。今回、敵同士になったマクラウドとキャンベルは、絶対相手に勝たせるものかと必死になっていた。六時十分前、最終戦になり、最後のカードが配られた。テンプルトンがマクラウドのパートナーで、アシェンデンがキャンベルのパートナーだ。最初は、マクラウドがクラブを切り札に、八トリックと宣言するところから始まった。アシェンデンは何もいわずにパス。テンプルトンがパートナーとして相手をうまくバックアップした。するとマクラウドがグランドスラム（十三のトリックすべてを取ること）を宣言した。キャンベルが「ダブル」といい、マクラウドが「リダブル」と応じた。ほかのテーブルでブリッジをやっていた連中がこれをきいてゲームを中止し、まわりにやってきた。その少数の取りまきに見守られ、触れるのも恐ろしいような沈黙のなかでゲームが進んでいった。マクラウドは興奮で顔がまっ青で、額には大粒の汗が浮かび、手は震えている。キャンベルのほうはむっつり黙りこんでいる。マクラウドは二度、フィネス（強いカードをあえて温存し、低位のカードで勝負すること）でトリックを取らなくてはならなかったが、どちらも成功した。それから相手に強い札を捨てさせて最後を決め、宣言通り十三個目のトリックを取った。まわりからどっと歓声が上がった。マクラウドは勝ち誇って、勢いよく立ち上がり、拳《こぶし》をにぎってキャンベルの目の前で振ってみせた。

「おまえもバイオリンで、こういうのをやってみろ」マクラウドが大声でいった。「しかもダブル、リダブルのグランドスラムだ。死ぬまでに一度でいいからやってみたいと思ってたんだ。それがかなった。どうだ！」

マクラウドはあえぎ声をあげ、前につんのめったかと思うと、テーブルの上に倒れた。血が一筋、口から流れた。医師が呼びにやられ、看護婦が数人やってきた。マクラウドは死んでいた。

遺骸《いがい》は二日後に埋葬された。患者が動揺するといけないので、葬儀は朝早く行われた。グラスゴーから喪服を着た親戚がひとり参列した。マクラウドを好きな者はいなかったので、だれひとり悲しむ者はなく、一週間後にはほぼ忘れられてしまった。食堂の一番いいテーブルには、インドで行政官をしていた男がつくことになり、キャンベルは待ち望んでいた部屋に移った。

「これでやっと平和になる」レノックス医師がアシェンデンにいった。「まったくあのふたりのけんかや不平に何年つきあわされてきたことか……それにしても、サナトリウムをやっていくにはがまん強くなくてはならないらしい。マクラウドもさんざん迷惑をかけたあげく、あんな死に方をして、回りの人たちは死ぬほど驚いただろう」

「ちょっとびっくりしましたね」アシェンデンがいった。

「どうしようもない人物だったが、何人かの女性はまだ気持ちが落ち着かないようだ。ミス・アイヴィなんかは、かわいそうに、目を泣きはらしていた」

「自分のためでなくマクラウドのために泣いたのは、おそらく彼女ひとりでしょう」

ところがそのうちに、もうひとりマクラウドを忘れられない人物がいることがわかった。キャンベルだ。迷い犬のようにあたりをうろつき、ブリッジはやろうとせず、しゃべろうともしない。ふさぎこんでいる理由がマクラウドの死なのはまちがいなかった。数日間、部屋に引きこもって、食事を運ばせていたが、レノックス医師に会いにいって、前の部屋のほうがいいので、もどらせてほしいといった。レノックス医師は珍しく怒って、こういった。何年間もあの部屋に移らせろとうるさくいいつづけてきて、今ようやく思い通りになったんじゃないか、いやならこのサナトリウムから出ていけ。キャンベルは部屋にもどり、ふさぎこんで鬱々《うつうつ》としていた。

「バイオリンを弾いたらどうです？」あるとき、婦長がいってみた。「もう二週間もきいていませんよ」

「弾いていないからな」

「どうして弾かないんです？」

「弾いてもつまらないからだ。今まで弾いていたのは、マクラウドを怒らせるのが楽しかったからなんだ。ところが、今はだれもなんともいってくれない。二度と弾かんよ」

アシェンデンはサナトリウムを出るまで、バイオリンの音色をきくことはなかった。不思議なもので、マクラウドが死んでしまったあと、キャンベルにとって人生は味気ないものになってしまったらしい。けんか相手を失い、怒らせる相手を失って、生きがいがなくなってしまったのだ。かつての敵のあとを追って墓に入る日も、そう遠くはないだろう。

しかしテンプルトンにとって、マクラウドの死はまったく違う影響を与え、すぐに思いもよらない結果をもたらした。テンプルトンはいつもの冷静で淡々とした調子でアシェンデンに打ち明けた。

「いや、うらやましい。大勝利の瞬間に死ぬとはね。ただ、ここの人たちがなんでこんな様子なのかがよくわからない。あの人はもうずいぶんここにいたんだろう?」

「十八年だと思います」

「生きるに値する人生といえるだろうか。やりたいことをやって、その結果を引き受けるほうがずっといいと思うんだが」

「生きることにどれだけ価値を置くか、そのちがいでしょう」

「しかし、それで生きているといえるのかなあ」

アシェンデンは何も答えなかった。自分はあと数ヶ月もすれば回復するといわれているが、テンプルトンの顔をみれば、回復の見こみがないことを思い知らされる。すでに顔には死の色が濃い。

「じつは、とんでもないことをやってしまった」テンプルトンがアシェンデンの顔をみていった。「アイヴィに結婚を申し込んだんだ」

アシェンデンはびっくりした。

「それで、彼女は?」

「あのかわいい心に神の祝福がありますように。こういわれたよ。そんなばかばかしい話はきいたことがない、そんなことを考えるなんて頭がおかしいんじゃないんですか、ってね」

「まあ、彼女のいうとおりでしょう」

「たしかに。しかし、結婚してくれるそうだ」

「まさか」

「まさか、だよ。ただ、ふたりでレノックス医師のところにいって、意見をきくつもりではいるんだ」

ようやく冬が終わり、山に雪は残っていたが、山間《やまあい》の雪は溶け、山裾《やますそ》の樺《かば》の木々は芽吹いて、いっせいに柔らかい葉を出す時を待っている。春の気配があたりに漂い、日差しは暖かい。だれもがそわそわして、うれしそうな人もいる。冬の間だけやってくる年寄り連中は南に移る計画を立て始めた。テンプルトンはアイヴィを連れて、レノックス医師のところにいき、相談をした。医師はふたりの病状を調べた。X線写真を撮ったり、ほかの検査をしたりして、日を指定し、そのとき結果を伝え、そのうえでふたりの提案について話し合うことになった。アシェンデンは、医師と話をしにいくまえのふたりに会った。ふたりとも不安そうだったが、それをジョークにして笑った。医師は検査結果をみせ、素人《しろうと》にもわかる言葉でふたりの病状を説明した。

「とてもよくわかりました」テンプルトンがいった。「しかし、知りたいのは、結婚できるかどうかなんです」

「無分別としかいいようがないね」

「それはわかっています。しかし無分別だとまずいですか？」

「もし子どもでも作ってみたまえ、それはもう犯罪だよ」

「子どもを作るつもりはありません」アイヴィがいった。

「わかった。なら、簡単に病状をまとめて話すとしよう。あとはどうするか、ふたりで決めればいい」

テンプルトンはアイヴィをみてほほえみ、彼女の手を握った。医師は話を続けた。

「ミス・アイヴィは普通の生活を送れるほどの状態ではないが、これまでの八年間のように暮らせば……」

「サナトリウムで？」

「そう。そうすれば、かなり快適な人生を、長寿をまっとうするとまではいかなくとも、良識ある人が望むくらいは送ることができる。現在、病状は進んでいない。だが結婚して普通の結婚生活を送ろうとすれば、病巣《びょうそう》がふたたび活性化する可能性が高い。その結果どうなるかはわからない。それから、テンプルトンさんだが、こちらはごく簡単にまとめることができる。ご自分でもX線写真をみたでしょう。肺がすでにかなりやられている。もし結婚すれば、せいぜいあと六ヶ月だ」

「もし結婚しなければ？」

医師はためらった。

「ご心配なく。本当のことをいってください」

「二、三年かな」

「ありがとうございます。それが知りたかったんです」

ふたりは診察室にやってきたときと同じように、手をつないで出ていった。アイヴィは声をあげずに泣いていた。ふたりがどんなことを話したのかはだれも知らない。しかし昼食の場に姿を現したときは、ふたりとも顔を輝かせていた。そしてアシェンデンとチェスターに、結婚許可がおりたらすぐに結婚しますと打ち明けた。アイヴィはチェスターのほうをみていった。

「奥さまにもぜひ結婚式にきていただきたいんです。きていただけるでしょうか？」

「まさかここで結婚式を挙げるつもりじゃありませんよね」

「いいえ、ここで挙げます。どちらの親戚《しんせき》も賛成してくれそうもありませんから、式が終わるまで連絡はしないつもりです。花嫁を花婿《はなむこ》に渡す父親の役はレノックス先生にお願いします」

アイヴィはチェスターをみてほほえみ、返事を待った。チェスターは口をつぐんでいる。テンプルトンとアシェンデンもそちらをみている。口を開いたとき、チェスターの声は少し震えていた。

「妻までお招きいただき、ありがとうございます。手紙を書いてみます」

この知らせはすぐに患者の間にひろまった。だれもがおめでとうと声をかけたが、ほとんどの患者は、軽はずみなことをするもんだとこっそり言い合った。しかし、サナトリウムではなんでも知れわたってしまう。テンプルトンがレノックス医師に、もし結婚すれば寿命があと六ヶ月に縮んでしまうといわれたことが知れわたると、だれもが心を打たれて黙ってしまった。どんなに鈍感な者も、命を犠牲にしてまで愛を全うしようと決心したふたりのことを考えると感動してしまうのだった。善意と慈《いつく》しみの雰囲気がサナトリウムを包んだ。それまでほとんどしゃべることのなかった患者までが、おたがいに話し始めた。しばらく自分の不安を忘れた人もいた。だれもが幸福なふたりの幸せを分けてもらったかのようだった。春の訪れが人々の病んだ心を新しい希望で満たしていたが、そればかりでなく、テンプルトンとアイヴィの胸を満たした素晴らしい愛もまた、そばにいる人々を明るく照らしていた。アイヴィは穏やかな歓《よろこ》びに身を浸していた。わくわくしている気持ちがそのまま顔に表れ、それまで以上に若々しくかわいくみえた。テンプルトンは宙を歩いているかのようで、声を上げて笑い、ジョークを飛ばすところは、心配事など何もないといわんばかりだ。まるで、これから何年も幸福な人生を生きることができ、それが楽しみでならないと思っているようにみえる。しかしある日、テンプルトンはアシェンデンに打ち明けた。

「ここはなかなかいい場所だと思う。アイヴィは約束してくれたよ。ひとりになったら、ここにもどってくるって。ここの人たちはよく知っているから、さびしくはないと思う」

「医者の見立てがはずれることもよくあります」アシェンデンがいった。「摂生すれば、まだまだだいじょうぶかもしれません」

「せめてあと三ヶ月は生きていたい。それだけ生きられれば、本望だ」

ミセス・チェスターがやってきたのは結婚式の二日前だった。数ヶ月会っていなかったせいで、おたがいに落ち着かない様子だった。ふたりきりのときは、ぎこちなく緊張していたにちがいない。しかしチェスターはなんとか、それまでの暗さを振りはらおうとしていたし、食事のときは、結核に取りつかれるまえの陽気で気のいい小柄な男にもどろうと努力していた。結婚式の前日は関係者全員がそろって食事をした。テンプルトンとアシェンデンは夕食の時間まで起きていた。シャンパンを飲み、十時まで部屋にもどらず、ジョークを飛ばし、笑い、楽しんだ。結婚式は翌日の朝、スコットランド教会で執り行われた。アシェンデンが新郎の付き添い役を務めた。サナトリウムで歩ける患者は全員参列した。新婚のふたりは昼食後すぐに車で出発することになっていた。患者も医師も看護婦もみんなで見送った。だれかがふたりの幸福を祈って、車の後ろに古靴を結びつけていた。テンプルトンが妻を連れてサナトリウムの入口のドアから出てくると、待っていた人々がふたりにライスシャワーを浴びせた。

多くの人々の歓声に送られ、ふたりの乗った車は愛と死にむかって旅立った。集まっていた人たちが散っていき、チェスターと妻も無言のまま並んで歩きだした。しばらくして、チェスターがおずおずと妻の手を握った。妻は心臓が止まるかと思った。横をちらっとみると、夫の目に涙が浮かんでいる。

「許してほしい。本当にひどいことをいってきたと思う」

「本気じゃなかったんでしょう」妻はつっかえながらいった。

「いや、本気だった。きみを苦しめたかった。自分ひとり悩むのに耐えられなかったんだ。だけど、もうそんなことはしない。テンプルトンとアイヴィの結婚で——なんていうか、すべてが違ってみえてきたんだ。もう死ぬのは怖くない。死なんて、なんでもない。愛にくらべればどうでもいい。きみには健康で長生きしてほしい。これからは絶対に、不平をこぼしたり、怒ったりしないから。今は、死ぬのがぼくできみじゃないのがうれしい。この世界の素晴らしいことがすべてきみに起これればいいと思っているんだ。愛してる」

ジェイン

Jane

初めてジェイン・ファウラーに会ったときのことは、今でもとてもよく覚えている。それくらい、あのときの彼女は印象的で、細かいところまで鮮やかに目に焼きついている。だからこそ、そのときのことを思い返してみると、あれは記憶違いだったのではないかという気がしてならないのだ。そのとき、わたしはちょうど中国からロンドンにもどってきたところで、ミセス・タワーと紅茶を飲んでいた。ミセス・タワーは部屋の模様替えに夢中になっていた。それも女性特有の熱の入れ方で、長年快適に使っていた椅子《いす》、テーブル、たんす、結婚以来ずっと囲まれていた装飾品、昔からながめてきた絵画などを容赦なく売り払って、ひとりの専門家にまかせてしまったのだ。客間のなじみのある家具や思い入れのある装飾品はどこにもなくなっていた。その日、ミセス・タワーは最新式の装飾をほどこされた家にわたしを招待してくれたというわけだ。家具も調度も古そうなものを使っていて、そうでないものは古そうに彩色されていた。すべてがちぐはぐだが、全体としてはうまくまとまっている。

「昔、ここにあったへんてこな応接セット、覚えてる？」

カーテンは豪華なものだったが寒々しい感じで、ソファにはイタリアの紋織物《ブロケード》が貼《は》ってあり、わたしの座っている椅子はプチポワンの刺繡《ししゅう》がしてあった。部屋は美しく、けばけばしくない程度にきらびやかで、いやみでない程度にユニークだった。が、何かが欠けているように思えた。口ではほめながらも、自問せずにはいられなかったのだ。へんてこ、といわれたチンツの使い古した応接セットや、昔からよくながめていたヴィクトリア朝の水彩画や、暖炉の棚に飾ってあったドレスデンの楽しい磁器の人形のほうがずっとよかったと思うのはなぜだろう。いったいなんだろう、こういった部屋、内装の専門業者が高い金を取って改装した部屋に欠けているものは。優しさだろうか。しかし、ミセス・タワーはうれしそうに部屋をみまわしている。

「あのアラバスターのランプ、どう？　光がとてもやわらかいの」

「どちらかというと、はっきりみえる照明のほうが好きなんです」わたしはほほえんでいった。

「まわりがはっきりみえて、自分がはっきりみえない照明って、むずかしいわね」ミセス・タワーは声を上げて笑った。

ミセス・タワーの年齢はまったく不明だ。わたしがまだ若い頃、彼女はすでに結婚していて、ずっと年上だった。しかし今はわたしと同い年のように振る舞っている。そして口癖は、年なんて秘密でもなんでもないからいっちゃうけど、四十、といってにこっと笑い、でも、女はみんな五歳若く申告するもんでしょうと続けるのだ。彼女は髪を（赤みを帯びた、きれいな茶色に）染めていることも隠そうとはしない。彼女にいわせれば、染めるのは白髪がまじってみっともないからで、まっ白になったらすぐに、染めるのはやめるらしい。

「そうしたら、みんなきっと、若々しいお顔ですね、っていってくれると思うの」

化粧は控えめだったが、目がくりっとしてみえるのも化粧のおかげだ。もともと美人で、着ているものも豪華で、アラバスターのランプの光では、本人がいっている四十歳より一日たりとも上にはみえない。

「ドレッサーの前だけよ、わたしが容赦ない裸電球の光に耐えられるのは」ミセス・タワーは茶目っ気たっぷりにほほえみながらいった。「そこでは真実をみせてもらわないと。でないと、ちゃんと修正できないもの」

ふたりで楽しく共通の知人の噂話《うわさばなし》をした。ミセス・タワーはわたしがいなかった間のスキャンダルを教えてくれた。わたしはあちこちへんぴな場所を旅してきたあとだったので、座り心地のいい椅子に腰掛けてとてもくつろいでいた。暖炉では火が明るく燃え、かわいいテーブルの上にはかわいいティーセットが並んでいる。そんなところで、話し上手で魅力的な女性と話していた。ミセス・タワーはわたしをつらい旅からもどってきた道楽息子のように思い、パーティに呼んでいたわってやろうと考えていた。ミセス・タワーはディナー・パーティを開くのが大好きで、おいしい料理を出すことはもちろん、それ以上に、招待客の顔ぶれに気をつかっていた。彼女のパーティに招かれるのを喜ばない人はいないくらいだった。ミセス・タワーは日取りを決め、わたしに、だれと会いたいかたずねた。

「でも、ひとつだけいっておかなくちゃいけないんだけど、もしジェイン・ファウラーがまだここに滞在していたら、パーティは延期させてちょうだい」

「どなたですか、そのジェイン・ファウラーというのは？」

ミセス・タワーは悲しそうにほほえんだ。

「ちょっと困った人なの」

「困った人ですか！」

「あの写真、覚えてない？　この部屋を改装するまえ、ピアノの上に置いてあったやつ。袖《そで》のきついタイトドレスを着て、金のロケットを首にかけて、広い額から髪を後ろにまとめてるもんだから、耳がみえてて、丸っこい鼻に眼鏡をかけてる写真よ。覚えてない？　あれがジェイン・ファウラーなんだけど」

「改修するまえの部屋にはずいぶんたくさん写真が飾ってありましたから」わたしはあいまいに答えた。

「写真をあんなに飾っていたなんて、身震いしちゃう。全部まとめて大きな茶色の紙束にして、屋根裏部屋にしまっちゃったわ」

「それで、どういうご関係なんですか、そのジェイン・ファウラーという方とは？」

わたしはにっこりしてたずねた。

「義理の妹なの。夫の妹で、北イングランドの工場主と結婚して、ご主人が亡《な》くなってからもうずいぶんたつわ。とても裕福な暮らしをしているの」

「どこが、困った人なんです？」

「思い上がっていて、野暮ったくて、田舎者だから。わたしより二十歳は年取ってみえるっていうのに、会う人ごとに、あたしたち同級生なのって平気でいっちゃうし。それにあの人の家族愛ってのがすごいの。それでもって、まだ生きている親戚《しんせき》がわたしひとりなもんだから、お姉さまお姉さまお姉さまって、うるさいくらい。ロンドンにくるときには、泊まるなら、お姉さまのところしかないわ――泊まらないと、お姉さまが気を悪くするもの、って感じで——三、四週間は泊まっていくの。ここで何をするかというと、編み物か読書。ときどき、クラリッジに食事にいきましょうってうるさく誘われるんだけど、あの人ったら年取ったちょっと頭の変な家政婦みたいにみえるのよ。それでもって、そういうときにかぎって、いっしょにいるところをみられたくない人が隣のテーブルにいたりするわけ。うちに車でもどってくるときには、お姉さまには楽しんでもらえたみたいねとかいうし。ティーコージーとか編んでくれるから、あの人がくるときにはそれを使わなくちゃいけない。ほかに、ダイニングのテーブルに飾る刺繍の小さな敷物やテーブルランナーも、あの人のお手製なの」

ミセス・タワーは言葉を切って、ひと息ついた。

「あなたくらい機転がきけば、その程度のことなら、うまくあしらえるんじゃありませんか」

「それがだめなの。あの人ったら、底抜けに親切なのよ。徹底的に純真っていうか。死ぬほど退屈な人なんだけど、絶対、そんなこと気取られないようにしなくちゃと思っちゃうくらい」

「いつ、いらっしゃるんですか？」

「明日」

その言葉が口から出るか出ないかのうちに、呼び鈴が鳴った。玄関で人の声がして、一、二分のうちに執事が年配の女性を案内してきた。

「ファウラー夫人がおこしです」

「まあ、ジェイン」ミセス・タワーが声を上げて、椅子からぱっと立ち上がった。「でも、明日じゃなかった？」

「さっき、執事にもそういわれた。手紙でちゃんと、今日といっておいたのに」

ミセス・タワーはすぐにいつもの調子にもどった。

「まあ、どちらでもいいわ。いつきてくれても大歓迎よ。ちょうど、今日はなんの用事もないし」

「いいの、かまわないでちょうだい。夕食はゆで卵でもあれば十分」

一瞬、ミセス・タワーの美しい顔がほんの少しゆがんだ。ゆで卵ですって！

「あら、もうちょっとましなものを出すわよ」

わたしは心のなかで笑ってしまった。ふたりがほぼ同年代だということを思い出したのだ。ミセス・ファウラーは五十五歳くらいにみえる。大柄なほうだ。広い縁のついた黒の麦わら帽子をかぶっていて、縁についた黒いベールが肩にたれていた。コートは質素だが不思議なことに高価だとわかる。その下に着ている黒のロングドレスは大きくふくらんでいて、下にペチコートを何枚もはいているようにみえる。それにごついブーツ、という格好だ。あきらかに近視のようで、大きな金縁の眼鏡のむこうから、こちらをじろじろみている。

「お茶でもどう？」

「面倒でなければ、お願い。コートを脱ぐわ」

ミセス・ファウラーは黒の手袋をはずし、コートを脱いだ。首には純金のチェーンをかけていて、先に大きな金のロケットがついている。きっと亡くなった夫の写真が入っているのだろう。それから帽子を取って、手袋やコートとまとめてソファの端に置いた。ミセス・タワーが唇をとがらせた。たしかに、改装したこの簡素かつ豪華な美しい部屋には不似合いだ。ミセス・ファウラーはいったいどこで、こんな奇抜なものを手に入れたのだろう。古いものではないし、生地は高そうだ。四半世紀も前に流行遅れになったような服を作っているところがあるとはとても思えない。白髪まじりの髪はまん中で分けて後ろでまとめてあり、広い額と耳がみえている。髪を鏝《こて》でカールさせたことは一度もなさそうだ。ミセス・ファウラーはティーテーブルに目をやった。ジョージア王朝風のシルバーのティーポットとオールド・ウースターのティーカップが置いてある。

「お姉さま、こないだきたとき差し上げたティーコージーは？　使ってらっしゃらないの？」

「あら、ジェイン、毎日使ってたわよ」ミセス・タワーが軽い調子で答えた。「でも、残念なことに、こないだうっかりこがしちゃったの」

「そのまえに差し上げたのも、こがしちゃったでしょう」

「うちはそういうことがよくあるのよ」

「いいわ」ミセス・ファウラーはにっこり笑った。「次のを作るのが楽しみ。明日、リバティーのお店にいって、絹の生地を買ってくる」

ミセス・タワーは動じなかった。

「そんなに気をつかわなくていいのよ。ご近所の牧師さんの奥さんに作ってあげたら？」

「ううん、こないだ作って差し上げたばかり」ミセス・ファウラーがほがらかにいった。

わたしは、ふと気がついたのだが、ミセス・ファウラーは笑うと、きれいに並んだ白い小さな歯がのぞく。それは見事で、ミセス・ファウラーは笑うと、とてもかわいくみえる。

そろそろふたりきりにしてあげたほうがいいと思い、わたしは失礼することにした。

次の日の朝早く、ミセス・タワーが電話をしてきた。声から、上機嫌なことがすぐに伝わった。

「すごいニュースがあるの。あのね、ジェインが結婚するんですって」

「冗談でしょう」

「婚約者が今夜ここにきて夕食をいっしょにするって。わたしに会いにね。だから、いっしょにいてほしいの」

「いや、それはおじゃまでしょう」

「そんなことないって。ジェインがそうしてくれっていうんだもの。だから、きてちょうだい」

ミセス・タワーは声を上げて笑っている。

「それで、どんな方なんです?」

「わたしもよくは知らないの。建築家だっていってた。ねえ、ジェインが結婚しそうな相手って、想像がつく?」

わたしは暇だったし、ミセス・タワーの家の夕食がおいしいことは間違いなかった。

いってみると、ミセス・タワーが、彼女の年にはちょっと若造りでおしゃれな茶会服《ティーガウン》を着て、ひとりだった。

「ジェインは今、お化粧の最後の仕上げなの。早く、あなたにみせてあげたいわ。そわそわしちゃって、もう。彼ったら、あたしに首ったけなの、なんていってたわ。相手の名前はギルバート。あの人が彼のことを話すときったら、声がふるえて、すっごく変なの。笑わずにいるのがつらくて」

「どんな方か、気になりますね」

「そうね、だいたいわかる。かっぷくのいい大男で、はげてて、大きなお腹《なか》の上に太い金鎖って感じね。大柄で、でぶで、ひげをきれいにそった、赤ら顔で声のでっかい人」

ミセス・ファウラーがやってきた。堅苦しい絹の黒いドレスの裾《すそ》は幅が広くて、後ろを引きずっている。襟首は小さくV字の切れこみが入っていて、袖は肘《ひじ》のあたりまである。シルバーの台にダイヤをいくつかはめたネックレスをしている。片手に長い黒の手袋を、もう片方の手に黒のダチョウの羽根扇を持っている。人となりがそのまま姿に現れていた（めったにみない光景だ）。みるからに、北イングランドの裕福な工場主の未亡人だ。

「ジェインったら、本当に首がきれいね」ミセス・タワーがやさしくほほえんでいった。

たしかに首は若々しい。それなりの年を感じさせる顔とくらべると驚くほどだ。なめらかで、しわがなく、白い。そのとき気がついたのだが、肩にバランスよくのった頭がかわいい。

「お姉さまから、おききになった？」ミセス・ファウラーが魅力的な笑みを浮かべて、こちらを向いた。まるで長年の親友をみるような表情だ。

「おめでとうございます」

「その言葉は、あの人に会ってからにして」

「あなたがあの人のことを話すときの口ぶりったら、こちらが恥ずかしくなっちゃうくらい」ミセス・タワーがにこにこしていった。

ミセス・ファウラーの目が、大きな眼鏡のむこうできらっと光った。

「あんまり年上の人を想像しないでね。お姉さまだって、片足を棺桶《かんおけ》に突っこんでるようなおじいちゃんとなんか結婚してほしくないでしょう？」

わたしたちがミセス・ファウラーからもらった注意はこれだけだった。実際、それ以上話している暇はなかった。というのも、執事がドアを開けて、大きな声でこう告げたからだ。

「ギルバート・ネイピア様がいらっしゃいました」

仕立てのいいディナージャケットを着た若者が現れた。背が高すぎない程度のすらりとした体型で、ちょっとくせのある金髪、ひげはきれいにそってあって、目はブルー。取り立ててハンサムではないものの、気持ちのいい、好印象を与える顔だ。十年後には、しなびて顔色もさえなくなるのかもしれないが、今はとても若々しく、涼しげで、清潔で、活力にあふれている。どうみても、二十四歳以下だ。最初、わたしはこう思った。これはミセス・ファウラーの婚約者の息子で（婚約者に子どもがいるときいていたわけではなかったのだが）、父は痛風の発作で夕食にはうかがえなくなりましたといいにきたのではないか。ところが、ギルバートはすぐにミセス・ファウラーのほうをみて、顔を輝かせ、両手を差しだした。ミセス・ファウラーも同じように口元にひかえめな笑みを浮かべ、それからミセス・タワーのほうを向いた。

「お姉さま、こちらがあたしの婚約者よ」

ギルバートは片手を差しだした。

「どうぞ、よろしくお願いします。ジェインから、よくきかされています。たったひとりのご親戚だそうですね？」

ミセス・タワーは見事なほど顔色を変えなかった。わたしは心のなかで感嘆していた。育ちの良さと社交界での訓練が、女としての自然な感情を抑えていたのだ。顔に一瞬、驚きと落胆が浮かんだものの、それはすぐに消えて、温かい歓迎の表情にとって代わった。ただ、しばらくは言葉がでてこなかった。ギルバートがちょっと困惑したのも無理はない。わたしも、笑いを押し殺すのに精一杯で、何をいおうか考える余裕がなかった。ひとりミセス・ファウラーだけが落ち着いていた。

「お姉さま、彼のこと、きっと気に入っていただけると思うの。この人って、おいしいものに目がないの」ミセス・ファウラーはそういうとギルバートのほうを向いた。

「ここのお料理はとっても有名なのよ」

「知っています」ギルバートはにっこり笑った。

ミセス・タワーがすぐに何か答えて、わたしたちは一階に下りていった。その夕食のときのことは思い出すたびにおかしくて、とても忘れられるものではなかった。ミセス・タワーは、どう考えていいか決めかねていた。ふたりが芝居をしてだまそうとしているのか、それとも、ミセス・ファウラーがわざと婚約者の年を隠しておいてびっくりさせようとたくらんでいたのか。しかしミセス・ファウラーはいたずらや悪ふざけをする人物ではない。ミセス・タワーは驚き、いらいらして、戸惑っていた。が、自制心を取りもどした。どんなことがあっても、ここをしっかり取り仕切って、お客をもてなさなくてはと思ったのだ。そして活発にしゃべり始めた。ギルバートが、彼女の目に現れていた冷ややかさと敵意に気づいていたかどうかはわからない。なにしろミセス・タワーはじつに親しげな顔を向けていたのだ。そしてギルバートを観察し、何をたくらんでいるのかさぐろうとしていた。わたしには、ミセス・タワーが憤慨しているのがわかっていた。紅を塗った頬が怒りで赤く燃えていたからだ。

「お姉さま、とても顔色がいいのね」ミセス・ファウラーはにこやかに声をかけながら、大きな丸い眼鏡越しにミセス・タワーをみた。

「急いで着替えをしたからよ。それとも、頬紅をつけすぎちゃったかしら」

「あら、頬紅をつけてたの？　地の色かと思っちゃった。わかってたら、そんなこといわなかったのに」そういうと、ギルバートに恥ずかしげにほほえんだ。「ねえ、あたしたち、同級生なのよ。今のあたしたちをみると、とてもそうは思えないでしょ？でもね、それはあたしが長いことひっそり暮らしてきたからなの」

ミセス・ファウラーが何をいいたかったのかはわからない。信じがたいことだが、彼女はなんの悪意もなくこんな科白《せりふ》を口にするタイプらしい。しかし、これをきいたミセス・タワーはかっとなり、いつもの自制心が吹き飛んでしまった。そしてにっこり笑っていった。

「おたがい、もう五十を越えちゃったものね」

相手の意気をくじくつもりでいったのだとしたら、それは失敗だった。

「でもね、ギルバートったら、頼むから四十九歳より上だなんていわないでくれっていうのよ」ミセス・ファウラーが穏やかにいった。

ミセス・タワーは手をちょっとふるわせたが、すぐに次の言葉を思いついた。

「あなたたちは、ちょっと年が離れてるものね」ミセス・タワーはにこっとしていった。

「二十七歳よ。離れすぎよね？　ギルバートったら、あたしはずっと若くみえるっていってくれるの。ほら、あたし、お姉さまにもいったでしょ、棺桶に片足突っこんでるようなおじいちゃんとは結婚したくないって」

わたしも笑わないわけにはいかなかった。ギルバートも笑った。その笑い声はくったくがなく、少年のようだった。まるで彼女のいうことは何から何まで楽しいといわんばかりだ。ただ、ミセス・タワーのほうはがまんの限界で、このままだと、恥も外聞もかなぐり捨てかねない。しかたなくわたしが割って入ることにした。

「結婚となると、あれこれ着る物を買わなくちゃいけないし、大変でしょう」

「それがね、あたしはリヴァプールの仕立屋さんに注文するつもりだったの。前に結婚したときからずっとあそこにお願いしてたから。ところが、ギルバートが、だめだって。ほんとに、自分の思うようにしないと気がすまないたちなの。でも、センスがいいからいいんだけど」

ミセス・ファウラーはギルバートに愛のこもった、控えめのほほえみを向けた。まるで十七歳の少女だ。

ミセス・タワーは化粧の下でまっ青になった。

「ハネムーンはイタリアの予定。ギルバートは、ルネサンスの頃の建築をいままでみる機会がなかったから。でも建築家は自分の目でいろんなものをみないとね。その途中でパリに寄って、式で着る服を買おうってことになってるの」

「ハネムーンはどれくらい?」

「ギルバートが事務所にかけあって、六ヶ月、お休みを取ってくれたの。これって、ギルバートにもいいことでしょう? だって、これまで二週間くらいしかお休みがもらえなかったんだもの」

「あーら、どうして?」そうたずねたミセス・タワーの声はだれの耳にも冷ややかにきこえたはずだ。

「経済的な余裕がなかったから。かわいそうでしょ」

「あーら、そう!」ミセス・タワーが大げさに声をあげた。

コーヒーが出て、女性ふたりは上に引き上げた。わたしとギルバートは取りとめのない話をしていた。取り立てて話すこともない男が残されれば、こうなる。ところが、二分とたたないうちに、執事がメモ書きを持ってやってきた。ミセス・タワーからで、こう書いてあった。

すぐ二階にきて、できるだけ早く帰ってちょうだい。あの男も連れてね。さっさとジェインと話をつけないと、引きつけを起こしちゃいそう。

わたしは適当な嘘《うそ》をついた。

「ミセス・タワーからです。ひどい頭痛で、もう休みたいとのことです。いっしょにおいとましましょうか」

「そうしましょう」

わたしたちは二階にいって挨拶《あいさつ》をすると、五分後には玄関に立っていた。わたしはタクシーを止めて、いっしょに乗るよう勧めた。

「いえ、けっこうです。ぼくは角まで歩いていって、バスに乗りますから」

わたしたちが玄関を出る音を耳にすると早速、ミセス・タワーは口火を切った。

「ジェイン、あなた、気でもちがったの？」ミセス・タワーが大声を上げた。

「精神病院で暮らしている人たちほどじゃないと思う」ミセス・ファウラーは穏やかに答えた。

「ちょっときいていいかしら。いったい、どうして、あの若者と結婚するのか教えてちょうだい」ミセス・タワーがことさら礼儀正しくたずねた。

「ひとつには、いくらだめっていっても、きいてくれないからかな。五回も申し込まれたのよ。もう断るのにうんざりしちゃって」

「どうして、そんなに結婚したがっていると思う？」

「あたしといると、楽しいからみたい」

ミセス・タワーは、いらっとして大きな声を上げた。

「あいつは、とんでもない悪党よ。面とむかって、そういいそうになったわ」

「それは違うと思う。それに、そんなこといったら、ちょっと失礼よ」

「あの男は貧乏で、あなたはお金持ち。あなたもばかじゃないんだから、お金目当てで結婚しようとしているってことくらい、わかるでしょう」

ミセス・ファウラーは落ち着きはらっていた。あれこれいいたてる義理の姉を冷静にながめている。

「違うと思う。あたしのことが好きなのよ」

「ジェイン、あなたはもうおばあちゃんよ」

「お姉さまと同い年」ミセス・ファウラーはほほえんだ。

「わたしはずっと自分の容姿に気を配ってきたわ。年よりずっと若くみえるでしょう。だれだって、わたしが四十歳以上だなんて思うはずがないわ。そのわたしだって、二十歳も年下の男と結婚するなんて夢にも思わないわよ」

「二十七歳」

「あなた、本気？　母親くらい年の離れている女を好きになる若者がいるなんて、本気で思ってるわけ？」

「あたし、ずいぶん長いこと田舎で暮らしてきたじゃない。だから、人間のことで知らないことがたくさんあると思う。よくきくんだけど、ほら、フロイトって人がいるでしょ、オーストリア人で……」

ミセス・タワーが乱暴に口をはさんだ。

「ジェインったら、ばかなこといわないで。恥ずかしいし、みっともないし。わたしは昔から、あなたのことをものわかっている人だと思っていたわ。まさか、あんな若い男の子と恋に落ちるなんて、考えてもみなかった」

「でも、あの人を愛してるわけじゃないの。あの人にも、そういってあるもの。もちろん、あの人のことは大好き。でなかったら、結婚なんて考えるはずないじゃない。だから、心から正直に自分の気持ちを伝えるべきだって考えたの」

ミセス・タワーは言葉を失った。頭に血が上って、息が苦しくなってきた。扇は持っていなかったので、夕刊をつかんで、勢いよく顔をあおいだ。

「もし愛していないのなら、なぜ、結婚なんかしようと思ったのよ」

「夫が亡くなってからずっと、ひっそりこもって暮らしてきたじゃない。それで、ちょっと気晴らしがしたいなって思ったの」

「結婚するのもいいけれど、なぜ、年の近い相手を選ばないの?」

「年の近い人で、あたしに五回も求婚してくれた人はいないから。っていうか、年の近い人で求婚してくれた人なんてひとりもいないもの」

ミセス・ファウラーはそういいながら、くすくす笑った。それをみて、ミセス・タワーは自制心が吹き飛んでしまった。

「笑うのはやめて。がまんできない。あなた、頭がおかしいのよ。ぞっとするわ」

とうとうミセス・タワーは大声で泣きだした。本人もこの年で泣くのは致命的だということくらいわかっていた。目は二十四時間、腫《は》れっぱなしになり、とても外に出られなくなる。それでも、どうしようもなかった。泣くしかなかった。ミセス・ファウラーのほうはまったく冷静で、大きな眼鏡ごしに相手をみつめ、考えこみながら、絹の黒いドレスの膝《ひざ》のしわをのばしている。

「取り返しのつかないことになるわよ」ミセス・タワーはすすり泣きながら、マスカラがにじまないように、注意深く涙をふいていた。

「そんなことないと思う」相変わらず、穏やかな口調で、少しおもしろがっているような響きもあった。「あたしたち、何度も徹底的に話し合ったの。あたしはいっしょに暮らすには楽な相手だと思う。だから結婚すれば、ギルバートは幸せに快適に暮らせるはず。あの人、いままでだれにもちゃんと面倒をみてもらったことがないのよ。おたがい、十分話し合って結婚することにしたの。それに約束してあるの。どちらかが自由になりたいと思ったら、相手は決して邪魔したりしないって」

ミセス・タワーはその頃には、次のような鋭い質問ができるほどに回復していた。

「それで、いくらほしいっていわれたの？」

「あたしが、年一千ポンド出そうかしらっていったら、断られちゃった。それとなくいってみただけなのに、いったいどういうつもりだって感じで。必要なぶんは自分で稼ぐって」

「思った以上に、やり手ね」ミセス・タワーが皮肉たっぷりにいった。

ミセス・ファウラーはしばらく口をつぐみ、やさしいが決然とした目で相手をみた。

「あのね、お姉さまとはちがうの。ほら、事情が、っていうか。お姉さまはあんまり未亡人っぽい生き方をしてこなかったでしょ」

ミセス・タワーは相手をみて、少し顔を赤らめた。ちょっと居心地の悪い思いをしたものの、ミセス・ファウラーはあてこすりをいうような性格ではない。ミセス・タワーは気を取り直していつもの調子にもどった。

「今夜はさんざん。本当に、もう休まなくちゃ。話の続きは明日の朝にしましょう」

「ごめんなさい。それは無理かも。だって、明日の朝、ギルバートといっしょに結婚許可証をもらいにいく予定なの」

ミセス・タワーはあっけにとられて両手をあげたが、言葉が出てこなかった。

結婚式は登記所で行われた。ミセス・タワーとわたしが立会人になった。ギルバートは細身の青いスーツを着て、吹きだしてしまいそうなほど若くみえ、みるからにおどおどしていた。どんな男にとっても緊張する場面だ。しかしジェインはいつもの落ち着きを失ってはいなかった。もう何度も結婚を経験している社交界の女のようだ。頰がわずかに赤らんでいるのが、冷静さの下のかすかな興奮を表している。どんな女にとっても、わくわくする瞬間だ。シルバー・グレイのベルベットのロングドレスを着ていた。地味な仕立てをみると、長年ひいきにしているリヴァプールの仕立屋（分別ある未亡人？）の手によるもののようだ。しかしこのときばかりはジェインも気持ちが華やいだらしく、ダチョウの青い羽根をあしらった大きなつば広の帽子をかぶっていた。それが、金縁の眼鏡をかけているせいで、異様に珍妙にみえた。式が終わると、登記所の係（担当したカップルの年齢差にちょっと驚いているようにみえた）がジェインと握手して、役所らしく堅苦しいお祝いの言葉を口にした。新郎は少し顔を赤くしてジェインにキスをした。ミセス・タワーはしかたなく、そっけないキスをした。ジェインはにっこりしてこちらをみた。わたしもキスするべきだと思ったので、そうした。正直いって、登記所から出ていくときはちょっと恥ずかしかった。なにしろ、新婚のカップルをにやにやながめている人たちの中を出ていくことになったからだ。そんなわけで、ミセス・タワーの車に乗ったときはほっとした。わたしたちはヴィクトリア駅に向かった。新婚夫婦は、午後二時の列車でパリにいくことになっていて、ジェインが結婚式のあとの食事は駅のレストランでしたいと主張したからだ。いつでも時間に余裕をもって駅のホームにいかないと落ち着かないらしい。ミセス・タワーは、親戚としての義務感のみで式に出席していたので、食事の雰囲気を盛り上げることなどとてもできる気分ではなかった。何も食べなかったし（これは責めないことにしよう。というのも、料理があまりにお粗末だったからだ。それに、わたしも昼食時のシャンパンは大嫌いだ）、話すときの声もこわばっていた。ただ、ジェインはすべてきちんと食べていた。

「いつも思うんだけど、やっぱり、旅行のまえはたっぷり食べないと」ジェインはいった。

ふたりを見送ったあと、わたしは車でミセス・タワーをうちまで送った。

「あのふたり、どれくらいもつと思う？」ミセス・タワーがたずねた。「六ヶ月くらい？」

「いつまでも幸せにと、祈ろうじゃありませんか」わたしはにっこり笑った。

「ばかなこといわないで。幸せになんて、ありえないでしょう。あの男、ジェインのお金目当てで結婚したに決まっているもの。長続きするはずないわ。ジェインがつらい思いをしないよう祈るだけよ。傷つくのはしょうがないけれど」

わたしは笑ってしまった。思いやりのことばも、こんな調子で口にされると、いったいどういうつもりでいっているんだろうと首をかしげたくなってしまう。

「長続きしなかったら、『ほら、いったでしょう』といってやれるじゃありませんか」

「そんなことというわけないじゃない」

「そのときは、『ほら、いったでしょう』といいたいのをこらえた自分をほめてやることができますね」

「あの人は、老いぼれて、野暮で、ばかなの」

「本当に、そう思いますか？　たしかに口数の多いほうではありませんが、いうことはいつも的を射てますよ」

「あたし、あの人がジョークをいうの、生まれて一度もきいたことがないわ」

ギルバートとジェインがハネムーンからもどってきた頃、わたしはまたアジアを旅行していた。そのときは二年ほどだった。ミセス・タワーはまめに手紙を書くほうではなく、わたしはときどき絵はがきを送ったが、返事はろくにこなかった。しかしロンドンにもどって一週間もたたないうちに、わたしはミセス・タワーと会うことになった。ディナー・パーティに招かれていってみると、隣に座っていたのだ。とても豪華なパーティで、招待客は二ダース、まるでマザーグースに出てくる「パイ詰めになった二十四羽の黒ツグミ」状態だった。わたしは少し遅れていったので、人が多いのに圧倒され、まわりの人がだれなのか考える余裕がなかった。しかし席について、細長いテーブルをみまわすと、写真入りの新聞などでよく顔をみる有名人がたくさんいるのに気がついた。ここの女主人は、大のセレブ好きで、この晩のパーティはとりわけ豪華なメンバーを招待したらしい。わたしはミセス・タワーと、二年間会っていなかった者同士が交わすおきまりの会話を交わしたあと、ジェインはどうしているかたずねてみた。

「とても元気」ミセス・タワーがそっけなく答えた。

「結婚生活は？」

ミセス・タワーはしばらく口をつぐんで、前の皿に盛ってある塩味のアーモンドを一粒つまんだ。

「とてもうまくいっているみたい」

「予想がはずれましたね」

「わたしは、長続きしないだろうっていったの。今でも、そう思ってるわ。あんな結婚、人間の生理に反しているもの」

「ジェインは幸せそうにしてます？」

「ふたりとも幸せそうよ」

「あまり会ってないようですね」

「初めのころはしょっちゅう、ふたりに会ってたのよ。でも今は……」ミセス・タワーは少し唇をすぼめた。「ジェインったら、妙に有名になっちゃって」

「まさか、そんな」わたしは声を上げて笑った。

「じゃあ、教えてあげるけど、いまも、ここにきているの」

「ここに？」

わたしはびっくりして、テーブルについている人たちをみまわした。ここの女主人は陽気で、接待好きだが、ディナー・パーティの席に、名も知れない建築士の、年配で地味な妻を招くとはとても思えない。ミセス・タワーはわたしの間の抜けた顔をみて、その理由を鋭く見抜き、ふふっと笑った。

「ここのご主人の左側よ」

そちらに目をやって、また驚いた。というのも、そこに座っていた女性は異様に派手な格好をしていて、この混んだ部屋に通された瞬間から気になっていたからだ。その女性がわたしに気づいたような目をしたのはわかったのだが、まさか会ったことがあるとは思いもしなかった。若くはない。そもそも頭は白髪まじりだ。その髪は短く、きつく巻いたカールが形のいい頭にきれいに並んでいる。若作りをするつもりはまったくないらしく、その場では珍しく、口紅も頰紅も白粉《おしろい》も塗っていない。美人というほどではなく、顔は赤らんで、しわも多いが、化粧をしていない自然さがとても魅力的だ。そしてそれがまた、肩の白さをきわだたせている。肩がまた素晴らしい。三十代の女性なら、それを誇示したことだろう。しかしジェインのドレスは信じられないほど大胆だった。襟は思い切ったローカットで、スカート丈は当時の流行のまま短く、色は黒と黄。まさに仮装舞踏会の扮装《ふんそう》にふさわしいドレスなのだが、彼女にはよく似合っていた。ほかの人が着たら正気を疑われそうだが、彼女が着ると、じつに自然で素朴にみえる。これみよがしの見得も気取りもない風変わりな印象をさらに引き立てるかのように、幅広の黒のリボンに片眼鏡をつけて首から下げていた。

「まさか、妹さんじゃありませんよね」わたしはあっけにとられてきいた。

「あら、ジェイン・ネイピアみたいよ」ミセス・タワーは冷ややかに答えた。

ちょうどジェインが何か話していて、隣に座っていた主人が早くも顔に笑みをうかべて、そちらを向いた。白髪も薄くなりかけた、ほっそりした知的な顔の紳士がジェインの左に座っていたのだが、その人も身を乗り出してきいっている。テーブルをはさんで向かい合っているふたりの客も話をやめて、耳を傾けた。ジェインが何かいい終えると、四人がいっせいにのけぞって大声で笑った。むかいに座っていた有名な政治家の男性がミセス・タワーに声をかけた。

「妹さんがまた面白いことをいったようですね」

ミセス・タワーはにっこりほほえんだ。

「本当に、貴重な才能でしょう?」

「ちょっと、シャンパンをゆっくり飲ませてください。そのあとで、いったいどういうことか、最初から話してもらえませんか?」わたしはいった。

どうやら、こういうことらしい。ハネムーンの最初の頃、ギルバートはジェインを連れてフランスの仕立屋をいくつも回り、ジェインが気に入って次々に選ぶ、だぶっとしたドレスに一切文句をつけなかった。ただ、自分がデザインするタイトなドレスも何着か仕立ててもらうよう説得した。ギルバートはその手のセンスがあったらしい。ギルバートは気の利《き》くフランス人のメイドをひとり雇った。ジェインは身の回りの世話をするメイドを雇ったことなど一度もなかった。繕い物は自分でして、身支度を手伝ってもらうときは呼び鈴を鳴らして女中を呼んでいた。ギルバートがデザインしたドレスは、それまでにジェインが着ていたものとはまるっきりちがうものだった。しかしギルバートは不注意にあせるようなことはしなかった。ジェインも相手の喜ぶ顔がみたいので、おそるおそるという感じではあったが、自分の選んだものより彼のデザインしたものを着るようになった。もちろん、それまでのような分厚いペチコートはつけられなくなったので、残念な気持ちはあったものの、捨ててしまった。

「それでね」ミセス・タワーは、まったく困ったものだわとでもいわんばかりにいった。「今じゃ、ぴったりした薄い絹の下着しかはかなくなっちゃったってわけ。あんな年で、よく風邪を引いて死なないものだと、感心しちゃう」

ギルバートはメイドといっしょに、ドレスの着方を教えた。そしてジェインはすぐに覚えた。フランス人のメイドはジェインの腕と肩をほめて、こんなにきれいなものを隠すのはもったいない、といった。

「もう少し待っててくれよ、アルフォンシーヌ」ギルバートがいった。「ぼくが次にデザインするドレスは、ジェインの魅力を思い切り引き出すものにするつもりなんだ」

こうなると、眼鏡が問題だった。金縁の眼鏡の似合う女性などいるはずがない。ギルバートは、べっ甲縁の眼鏡を試させたが、だめだった。

「若い子ならいいけど、もう、ちょっと無理かなあ」そういいかけて、はっとした。

「そうだ、片眼鏡がいい」

「まあ、ギルバートったら、無理よ、無理」

ジェインはギルバートをみて、若きデザイナーが目を輝かせているのに気がつき、思わずほほえんだ。やさしいギルバートが喜んでくれるならなんだってしようと決心した。

「じゃ、試してみる」

ジェインはギルバートといっしょに眼鏡屋にいき、サイズのあった片眼鏡を選び、ちょっと気取って目に当てた。ギルバートは拍手して、おどろく店員の目の前で、ジェインの両方の頰にキスをした。

「最高だ！」ギルバートが大声でいった。

そのあとふたりはイタリアにいき、楽しく数ヶ月すごした。ルネッサンスやバロックの建築をみてまわった。ジェインは自分の服が変わったのに慣れただけでなく、それが気に入っている自分に気がついた。最初はちょっと恥ずかしかった。ホテルのレストランに入ると、ほかの客にじろじろみられるようになったのだ。そして以前はだれひとり目もくれなかったのだが、注目されるのも楽しいことに気がついた。いろんな女性がやってきて、そのドレスはどこで買ったのですか、とたずねられるようになった。

「素敵でしょう？」ジェインは控えめに答えた。「夫がデザインしてくれたの」

「よかったら、型を取らせていただけませんか？」

ジェインは長いことひっそりと暮らしてきたのだが、女性らしい気持ちをなくしてはいなかったので、すぐにこう答えた。

「ごめんなさい。あの人ったら、とってもわがままで、あたしの服はだれにも真似《まね》させないっていって、きかないの。おまえの格好はおまえだけのものにしたいんだって」

こんなことをいうと笑われるだろうと思ったが、だれも笑わなかった。それどころか、こういうのだった。

「よくわかります。あなたみたいな方はほかにいらっしゃいませんもの」

しかし、ジェインには、相手が自分の着ているドレスを覚えようとしているのがわかって、不思議でたまらなかった。生まれて初めてほかの人が着ようとしないものを着たのに、なぜみんながそんなものを着たがるのか、その理由がわからなかったからだ。

「ギルバート」ジェインは珍しく、きつい口調でいった。「次のドレスは、ほかの人が真似しようなんて思わないものにして」

「そのためには、ほかにはだれも着られないようなデザインにしなくちゃいけない」

「できる？」

「できるけど、ひとつ協力してくれないと」

「なに？」

「髪を切ること」

さすがのジェインもこのときは、悩んだと思う。彼女の髪は長くてふさふさしていて、少女時代はそれがとても自慢だったらしい。それをばっさり切るというのは、とんでもないことであって、自分が自分でなくなるに等しい。最初のときもそうだったが、今回はそれとはくらべものにならなかった……のだが、そうすることに決めた（「お姉さまは、きっとあたしのことをとんでもないばかだと思うに決まってるし、そうしたらあたしはもう二度とリヴァプールにはいけない」といったらしい）。そして帰り道、またパリに立ち寄ったとき、ギルバートに連れられて（実際、吐き気がして、心臓がどきどきしていたが）、最高の美容師のところにいった。美容室から出てきたときのジェインの頭は、じつにさっぱりして、軽やかで、おしゃれな、グレイのカールでまとまっていた。ピグマリオンはついに傑作を作り上げ、ガラテアに命を吹きこんだのだ（ギリシア神話で、彫刻の名人ピグマリオンは自分の作ったガラテアという乙女に恋してしまい、美の女神アフロディテに頼んで、命を吹きこんでもらった）。

「そうでしたか」わたしはいった。「しかし、それだけでは、なぜ今ジェインがここにいるのかの説明にはなっていません。公爵《こうしゃく》夫人や閣僚、その他の著名人が集まっているだけでなく、彼女はここのご主人と艦隊提督にはさまれて座っているんですから」

「それは、ジェインのジョークが大受けするからよ。さっき、まわりの人たちが笑い転げていたの、みなかった?」

ミセス・タワーがどれほどいまいましく思っているかがよくわかった。

「ジェインから手紙がきて、ハネムーンからもどりますといってきたとき、ふたりをディナーに招待しなくちゃと思ったの。あまり気が進まなかったけれど、知らん顔もできないでしょう。でも、つまらない会になるのはわかっていたから、大切な方をお呼びするわけにもいかないじゃない。でもね、ジェインに、わたしにはろくな知り合いがいないと思われるのもしゃくなわけ。あなたもご存じでしょうけど、わたしはディナーには八人以上はお呼びしないことにしているの。だけど、そのときは十二人にしてみようと思ったわけ。わたしはその夜のパーティまで忙しくて、結局ジェインには会えないままだった。そしてディナーのとき、ジェインはわたしたちみんなを少し待たせておいて——きっとギルバートの策略ね——さっそうと登場した。驚いたのなんのって、その場の女性全員が、ださくて田舎っぽくみえたくらいよ。わたしなんか、年取った厚化粧の娼婦《しょうふ》って感じ」

ミセス・タワーはシャンパンを少し飲んだ。

「あのドレスをどう説明したらいいのかしら。ほかの人には絶対に着られない。でも、ジェインにはぴったり。それにあの片眼鏡！　あの人とはもう三十五年もつきあってるけれど、眼鏡なしのところなんて初めてみたわ」

「しかし、スタイルがいいのはご存じだったでしょう」

「まさか！　だって、あなたが最初にみたような服しか着なかったのよ。あなただって、わからなかったはずよ。ジェインったら、みんなが驚いているのがわかっていたくせに、ちっともそんなところはみせなかった。わたしはパーティのことを考えて、ほっとしたわけ。話すことは少々退屈でも、あの格好なら目をつぶってもらえるでしょう。ジェインはテーブルの反対側の端にいたんだけれど、大笑いする声がきこえてきたわ。よかった、まわりの人たちが気をつかって相手をしてくださっているんだわって、わたしは思ったわけ。ところが、ディナーが終わって、びっくり。男の方が三人もわたしのところにやってきて、妹さんは素晴らしいセンスの持ち主だ、ぜひお宅に遊びにいきたいので、取り次いでもらえないだろうかって。わたしはもう、いったい、何がなんだかさっぱりわからなかった。それから二十四時間後、ここの奥様から電話があったの。妹さんがロンドンにいらっしゃっていて、とてもセンスのいい方だと評判なので、ぜひお会いしたい、ランチにお呼びしたいので、取り次いでもらえないかって。あの方の勘ははずれたためしがないの。一ヶ月後には、だれもがジェインのことを口にするようになった。わたしが今夜ここに呼ばれたのは、あの方と二十年間つきあっているからでも、わたしがあの方を百回ディナーにご招待したからでもなくて、わたしがジェインの姉だからよ」

ミセス・タワーもかわいそうに。歯ぎしりしたくなるのもよくわかる。わたしは内心、おかしくてたまらなかった。というのもふたりの立場が見事に逆転してしまったからだ。ただ、同情しないこともなかった。

「面白い人間はいつも人気ですからね」わたしはなぐさめようと思ってそういった。

「わたしは、一度も面白いと思ったことはないわ」

また、むこうのテーブルから笑い声がきこえてきた。ジェインが面白いことをいったのだろう。

「ご自分にだけは、ジェインのユーモアがわからないということですか？」わたしはにっこりしてたずねた。

「あの人のいうことがあんなに受けるなんて、思った？」

「いいえ」

「あの人ったら、この三十五年間、ずっと同じことばかりいっているのよ。まわりの人たちが笑えば、わたしも笑うけど、そうしないとユーモアの通じない女だと思われるからで、本当は面白くもなんともないの」

「まるでヴィクトリア女王ですね」

冴《さ》えないジョークで、ミセス・タワーにもずばり、そう返されてしまった。そこで話を変えることにした。

「ギルバートはきているんですか？」わたしはテーブルの面々をみまわしながらきいた。

「招待はされたはずよ。ジェインはひとりじゃこないから。でも、今夜は建築家協会か何かのディナー・パーティがあってこられないみたい」

「わたしもまた、ぜひ彼女と話してみたいですね」

「ディナーのあとで挨拶にいけば？　火曜日のパーティに呼んでくれるわ」

「火曜日のパーティ？」

「ジェインはいつも火曜日の夜、パーティを開いているの。いけば？　著名な方々がずらりと並んでるわよ。ロンドンでも有名なの。わたしが二十年かけてできなかったことを、ジェインは一年でやってのけたの」

「まるで奇跡ですね。どうやって、そんなことができたんですか？」

ミセス・タワーは、かわいいけれど、脂肪のついた肩をすくめてみせた。

「こちらが、教えてほしいくらいよ」

ディナーが終わると、わたしはジェインの座っているソファのほうに歩いていった。しかしなかなかたどり着けず、しばらくしてようやく女主人がやってきて、こういってくれた。

「わたしのパーティのスターを紹介しなくちゃ。ジェイン・ネイピアさんをご存じ？あなたの書く喜劇よりずっとおもしろい方よ」

わたしはソファのほうに連れていかれた。席を立つ様子はまったくない。食事中、隣に座っていた提督はまだいっしょにそこにいた。ジェインはわたしと握手しながら、提督を紹介してくれた。

「レジナルド・フロビシャー卿《きょう》をご存じ？」

そこで話が始まった。ジェインは以前とまったく変わらず、純朴で、地味で、気取らない感じだったが、着ている奇抜なドレスのせいで、話すことに独特の味わいが生まれている。いつの間にか、わたしも腹を抱えて笑っていた。ジェインの話すことはまっとうで的を射ているのだが、ウィットに富んでいるわけではない。そのしゃべり方と、片眼鏡をかけてこちらをみる穏やかな表情がなんともいえずおかしいのだ。こちらはつい気持ちが軽くなって、楽しくなってしまう。わたしが、そろそろ失礼しますというと、ジェインはこういった。

「もしほかにすることがなければ、火曜日の夜、うちにきてちょうだい。ギルバートもすごく喜ぶと思う」

「一ヶ月もロンドンにいたら、わかるよ。あなたのお宅にうかがうより楽しいことなどないってね」提督がいった。

こうして火曜日、少し遅れて、わたしはジェインの家を訪ねた。正直いって、ちょっと驚いた。有名な作家、画家、政治家、男優、貴婦人、美女がずらりと並んでいたのだ。ミセス・タワーのいった通り、じつに豪華なパーティだった。わたしもロンドンでこんなパーティをみたのは、スタッフォード・ハウスが売却されて以来だ。とりたてて趣向が凝らしてあるわけでもない。食べ物や飲み物もぜいたくではないが、その場にふさわしいものだった。ジェインはいつものように口数は少なく、楽しそうにしていた。客の応対にとくに気をつかっているふうでもないのだが、だれもが居心地よさそうで、陽気で愉快なパーティは午前二時まで続いた。それからというもの、わたしは何度もジェインと会った。彼女の家にしばしば顔を出したし、ランチやディナーのパーティにいくと、ほとんどいつも彼女がいたからだ。わたしはユーモアにうといので、彼女の独特の才能の秘密を知りたかった。彼女のユーモアを再現するのは不可能だ。それはある種のワインに似ていて、栓を抜いたらその場で飲むしかない。気の利いたことをいうわけでもなく、機転が利くわけでもない。言葉に悪意がなく、返事にとげがない。〝簡潔さこそ機知の魂〟(『ハムレット』の中の言葉)は間違いで、下品さこそ機知の魂と思っている人がいるが、ジェインは決して、ヴィクトリア朝の人々が顔を赤らめるようなことは口にしなかった。彼女のユーモアは自然と生まれてくるものであって、考えて出てくるものではないと思う。花から花へ飛び回る蝶《ちょう》に似て気まぐれで、目的も意図もない。しゃべりかたそのもの、表情そのものが大きな役割を果たしている。また、ギルバートが彼女のためにデザインした奇抜で奔放な衣装もそれなりの効果を上げていたが、格好は一要素にすぎない。今やジェインは社交界のスターで、口を開けば、だれもが声を上げて笑う。だれも、ギルバートがあまりに年の離れた女性と結婚したことを不思議にも思わない。だれもが、ジェインは年など関係ないと考えている。そしてギルバートのことを、ずるいくらいラッキーな男だと思っている。提督はわたしの前でシェイクスピアの『アントニーとクレオパトラ』の科白を引用してみせた。「老いも彼女をしぼませることなく、慣習も彼女の絶え間ない変化を蝕《むしば》むことがなかった」ギルバートは妻の成功に大喜びしていた。わたしは彼のことを知れば知るほど好きになった。ギルバートは悪党でもなければ、財産目当てで結婚したわけでもなかった。ジェインのことをとても自慢に思っているだけでなく、心から愛しているのだ。ジェインに対するやさしさは、こちらの胸にまで響いてくる。ギルバートはじつに献身的で、心優しい若者だった。

「あの、最近のジェインをどう思われます？」ギルバートに一度、きかれたことがあった。まるで子どものように得意そうな表情を浮かべていた。

「いったいどちらがすばらしいのか、判断に迷うよ」わたしは答えた。「きみか、ジェインか？」

「まさか、ぼくなんてくらべものになりませんよ」

「そんなことはない。わたしだってばかじゃない。よくわかっている。きみがいたからこそ、いまのジェインがある、きみ以外のだれにも、こんなことはできなかったはずだ」

「ぼくに何かひとつほめられるところがあるとすればそれは、ほかの人の目にみえなかったものをみつけたってことでしょうね」

「きみが、ジェインにあんな感じのドレスが似合うことに気づいたのはよくわかるんだが、いったい、どうやって彼女をあんなユーモアのある人物に育てたのか、それが知りたい」

「というか、ぼくはまえからずっと、ジェインの話すことがおかしくてしょうがなかったんです。それはもう、会ったときから天才的でした」

「しかし、そう思ったのは、きみくらいだったんじゃないか」

ミセス・タワーは狭量《きょうりょう》な女性ではなかったので、ギルバートの人となりを見間違っていたことは認めた。それどころか、気に入ってしまったくらいだ。しかし、表だって主張することはなかったものの、ふたりの結婚が長続きしないという意見を撤回するつもりはまったくなく、わたしは笑うほかなかった。

「まったく、あんなに愛し合っている夫婦は、みたことがありませんよ」わたしはいった。

「ギルバートはいま二十七歳でしょう。かわいい女の子が寄ってくる年頃よ。覚えている？　こないだの晩、ジェインの家で、レジナルド卿の小柄で美人の姪《めい》っ子さんがいたでしょう。ジェインったら、ふたりをじろじろみてたわ。それでわたしは気になったの」

「どんな女の子が現れようと、気にする人じゃないと思いますが」
「まあ、みてらっしゃい」
「前回は、六ヶ月とおっしゃいましたよね」
「今回は、三年にするわ」

だれかが何かの予想に固執していると、はずれるといいと思うのが人の常だ。ミセス・タワーはまれにみる自信家だった。ところがわたしは満足感を得られなかった。というのもミセス・タワーがしじゅう自信たっぷりに予言していた通り、不釣り合いなふたりに、事実、終わりが訪れたからだ。しかし運命はめったに、われわれの望むものを望む形で与えてはくれないものだ。ミセス・タワーは自分の言葉が正しかったことで喜んでいいはずだったが、結局、すぐにその考えを改めたようだった。ふたりの終わりは、彼女が予想していた形では訪れなかったのだ。

ある日、ミセス・タワーから急ぎの電話があり、わたしは予定がなかったので、すぐに会いにいった。部屋に通されると、ミセス・タワーは椅子《いす》から立ち上がって、獲物に忍び寄るヒョウのようにこっそり素早く近づいてきた。とても興奮しているのがわかった。

「ジェインとギルバートが別れたの」

「本当ですか？　じゃあ、予想が当たったんですね」

ミセス・タワーは、よくわからない表情を浮かべてわたしをみた。

「ジェインも、かわいそうに」わたしはつぶやいた。

「ジェインも、かわいそうに？」ミセス・タワーの口調がとてもきつかったので、わたしは戸惑ってしまった。

ミセス・タワーは、どう説明すればいいのかわからないようだった。

ミセス・タワーがわたしに急ぎの電話をよこす直前まで、ここにはギルバートが訪ねてきていたらしい。ギルバートは青ざめて、取り乱していたので、何かとんでもないことがあったということはわかったという。そして、ミセス・タワーには彼が話し始めるまえから、見当がついていたらしい。

「じつは、ジェインが出ていったんです」

ミセス・タワーはちょっとほほえんで、彼の手を取った。

「思ったとおり、あなたって、やっぱり紳士ね。ジェインもつらいもの。あなたに捨てられたことがみんなに知れたらね」

「ここにきたのは、あなたなら同情してくれるとわかっていたからなんです」

「ギルバート、あなたを責めたりはしないわ」ミセス・タワーはやさしくいった。「起こるべくして起こったことですもの」

　ギルバートはため息をついた。

「そうですよね。ぼくなんかに、彼女をいつまでもつなぎとめておくことは不可能だったんです。彼女はあんなに素晴らしい。それにひきかえ、ぼくはどこにでもいる平凡な男だ」

　ミセス・タワーはギルバートの手を軽くたたいた。どこまでも立派な青年だと思ったらしい。

「それで、どうなるの？」

「ジェインはぼくと離婚するつもりなんです」

「ジェインはまえからいってたわ。あなたがほかの女の子と結婚したくなったら、邪魔はしないって」

「冗談でしょう。ぼくがほかの女の子と結婚するですって？　せっかくジェインと結婚できたっていうのに？」

　ミセス・タワーは首をかしげた。

「だって、あなたがジェインと別れたいんでしょう？」

「ぼくが？　死んだってそんなことするもんですか」

「じゃあ、なぜ、離婚するの？」

「彼女が結婚したがっているからです。離婚が正式に認められたらすぐ、レジナルド・フロビシャー卿と結婚するつもりなんです」

ミセス・タワーは思わず、大声を上げた。気が遠くなって、気つけ薬をかいだ。

「じゃあ、あなたがジェインを捨てたんじゃないの？」

「ぼくがそんなことするもんですか」

「あなたは、そんなふうに使い捨てられて平気なの？」

「ぼくたちは結婚するまえに、誓いを立てました。どちらかが自由になりたいと思ったときは、相手は決して邪魔をしないこと、という誓いを」

「でも、それはあなたのための誓いでしょう？　だって、二十七も下なんだから」

「それが、今はジェインの役に立ったというわけです」ギルバートは残念そうにいった。

ミセス・タワーは思いとどまるようにいいきかせ、説得しようとしたが、ギルバートはジェインにはどんな決まりも通用しない、彼女の思うようにする以外ないといいはった。ギルバートが去ったあと、ミセス・タワーはぐったり疲れていた。わたしにこのことを話して、かなり気が楽になったようだ。わたしが彼女と同じくらい驚いているのをみて喜んだものの、わたしがジェインの行動に彼女ほど怒らないのをみて、男の道徳観のなさっていうのは本当に犯罪的よねといった。それも、ミセス・タワーがまだ興奮している最中に、ドアが開いて執事が入ってきた。ジェインを案内してきた。白と黒のドレスはいうまでもなく、彼女の微妙な立場にふさわしいものだったが、ドレスそのものが独創的で奇抜だったし、そのうえ、帽子がさらに突飛だったので、わたしは思わず、息をのんでしまった。ところがジェインのほうは相変わらずおだやかで落ち着いていた。そしてやってくるとミセス・タワーにキスをしようとした。しかしミセス・タワーは冷淡に、そっけなく身を引いた。

「ギルバートがここにきたわよ」

「ええ、知ってるわ」ジェインがほほえんだ。「あたしが、ここにきて、お姉さまに会ってらっしゃいって勧めたの。あたしは今夜、パリに発《た》つから、あたしがいないあいだ、どうかギルバートをよろしくね。最初のうちは、あの人、さびしがると思うの。だから、お姉さまがそばにいてくだされば、あたしも安心よ」

ミセス・タワーは両手を握り合わせた。

「さっきギルバートがここにきて、とても信じられないようなことをきかされたの。

あなた、ギルバートと離婚して、レジナルド・フロビシャー卿と結婚するつもりなんですって？」

「お姉さまったら、忘れたの？　あたしがギルバートと結婚するっていったら、同い年の相手にしなさいって助言してくださったじゃない。提督は五十三歳なの」

「でもね、ジェイン、何もかも、すべてギルバートのおかげでしょう？」ミセス・タワーが腹立たしそうにいった。「あの人なしで、今のあなたはないはずよ。ドレスをデザインしてくれる彼がいなかったら、あなたなんて、だれも目もくれなかったはずよ」

「あら、ギルバートはこれからもドレスをデザインしてくれるって」ジェインはにこやかに答えた。

「あんなにいい夫は世界中さがしたっていやしないわ。あなたにずっと、とてもやさしくしてくれたじゃない」

「そうなの、ほんとにやさしい人なの」

「それなのに、どうしてそんなひどいことができるの？」

「だって、あたしは一度だって、ギルバートを愛したことがないんですもの。それはずっとまえから彼にいってたの。それに、そろそろあたしも同年代の相手がほしいなって思うようになったわけ。ギルバートとの結婚生活もそろそろ限界かなって感じ。若い人とはあまり話がはずまないし」ジェインはちょっと言葉を切って、わたしたちに魅力的な笑顔を向けた。「もちろん、これからもギルバートとは会うわよ。それはレジナルドにもいってあるの。レジナルドには姪がいて、ギルバートにぴったりなのよ。わたしたちが結婚したら、ふたりをマルタ島に呼んで、いっしょに過ごそうと思ってる。あのね、レジナルドは地中海の艦隊提督になるのよ。あたし、絶対、あのふたりは気が合うと思うのよね」

ミセス・タワーは軽く笑った。

「提督とも、約束したの？　どちらかが自由になりたいと思ったら、相手は邪魔をしないって」

「そうしようっていったのよ、あたしは」ジェインは落ち着いて答えた。「でもね、あの人ったら、いいものはみればわかる、自分はほかの女と結婚するつもりはない、おまえと結婚したいなんてやつが現れたら、旗艦にある八門の十二インチ砲の前に引きずっていって、白黒つけてやるって」ジェインは片眼鏡ごしにこちらをみた。「提督は、その表情をみて、わたしはミセス・タワーの怒りなど忘れて、思わず笑った。「ずいぶん熱い方なんですね」

ミセス・タワーがわたしをにらんだ。

「ねえ、ジェイン。わたしは一度もあなたの話をおもしろいと思ったことがないの。だから、まったくわからないのよ。あなたがしゃべると、どうしてみんながどっと笑うの？」

「お姉さま、じつはあたしも自分のいうことがおもしろいなんて一度も思ったことがないの」ジェインが、きれいに並んだ白い歯をみせて笑った。「ここの人たちがそれに気づかないうちにロンドンを離れることができて、ほんとにうれしい」

「その驚くべき成功の秘訣《ひけつ》を教えていただけませんか」わたしはいった。

ジェインは、わたしのほうを向いた。おなじみの穏やかで、おとなしい表情だ。

「あのね、ギルバートと結婚してロンドンに落ち着いたとき、わたしのいうことにみんなが笑ったでしょう。あのときいちばんびっくりしたのはあたしだったの。だって、あたしは三十年ずっと同じようなことをいってきたけど、だれひとり、おもしろがってくれなかったわけ。これって、きっと、あたしのドレスか、片眼鏡か、ボブヘアのせいじゃないかなあ、って、そのときは思った。でもそのうちわかってきたの。これは、あたしがほんとのことをいうからだって。ほら、ほんとのことをいう人って、ほとんどいないじゃない。だからおかしくきこえるのよ。そのうちだれかがそれに気づく日がやってくる、そうすると、みんながいつもほんとのことばかりいうようになる、そうなったら、ほんとのことだって、ちっともおかしくなくなっちゃうわ」

「じゃあ、なんで、わたしだけがそれをおかしいと思わないのかしら?」ミセス・タワーがきいた。

ジェインはしばらく考えていた。正直に、満足のいく説明をさがしている顔だった。

「それは、お姉さまが、ほんとのことをいわれても、ほんとだってわからないからじゃない?」ジェインはいつもの、ほがらかで、やさしい口調でいった。

まさに真実をついていて、ミセス・タワーは何もいえなかった。ジェインの言葉は常に、真実をついている。じつにまれなユーモアのセンスのある人だと思う。

ジゴロとジゴレット

Gigolo and Gigolette

バーは混んでいた。サンディ・ウエストコットはカクテルを二杯飲んで、そろそろ腹がへってきた。腕時計をみる。九時半に夕食をと誘われたのだが、もうすぐ十時だ。イーヴァ・バレットはいつも遅れてくる。十時半までに何か腹に入れられれば運がいいほうだ。サンディはバーテンのほうを向いて、カクテルをもう一杯注文しようとした。そのとき男がひとりやってくるのが目に止まった。

「やあ、コットマンじゃないか」サンディは声をかけた。「一杯、どうだ?」

「じゃあ、お言葉に甘えて」

コットマンは顔立ちがよく、おそらく三十歳。小柄だが、スタイルがいいので、そうはみえない。じつにしゃれた格好だが、ダブルのディナージャケットはちょっとウエストが細すぎるし、蝶《ちょう》ネクタイは大きすぎる。髪は黒く豊かで、癖毛で、つやつやしていて、それを額から後ろになでつけてある。目は大きく、輝いている。しゃべりかたは洗練されているが、ロンドン子なまりがある。

「ステラは？」サンディがきいた。

「元気ですよ。ステージ前のひと休みです。神経をしずめておきたいって」

「わたしなら、一千ポンドもらったって、あんな芸はごめんだ」

「そりゃそうでしょう。ステラ以外、だれにもあんなことはやれませんて。なにしろ、あの高さから、深さ一メートル半ほどの水に飛びこむんですから」

「あれほどひやひやさせられる芸はみたことがないよ」

コットマンはうれしそうに笑った。自分がほめられたような気がしたのだ。芸をやるのは妻のステラだが、火の演出を思いついたのは彼だった。それが功を奏した。客は魅了され、それが大成功につながったのだ。ステラは高さ十八メートルの台まではしごをのぼっていって、そこから大きな水槽に飛びこむ。コットマンのいうように、水の深さは一メートル半しかない。そのうえ、飛びこむまえに、ガソリンを流しこんで水面に広がったところで火をつける。炎が燃えあがり、ステラはその中に飛びこむのだ。

「パコ・エスピネルからきいたんだが、このカジノ開店以来の大当たりなんだって？」サンディがいった。

「そうなんですよ。この七月のディナーにきた客は、八月なみだそうで。おまえたちのおかげだって、いわれました」

「そりゃ、そうだ。かなりもらってるんだろう?」

「いやあ、どうですかね。っていうのも、契約で決まってまして。だいたい、こんなに受けるとは思ってなかったんですよ。だけど、エスピネルさんから、来月も頼むといわれましてね。となると、いっちゃいますが、おんなじ条件じゃねえ。ちょうど今朝、興行師から手紙がきて、ルアーヴルの近くにあるドーヴィルってとこでやらないかって」

「お、連れの一行がきた」サンディがいった。

サンディはコットマンに軽くうなずくと、そちらにいった。イーヴァ・バレットが仲間を連れて登場した。下の階で仲間と待ち合わせてきたらしい。全員で八名。

「やっぱり、ここにいたのね」イーヴァがいった。「わたし、遅れてないわよね」

「わずか三十分の遅刻だ」

「みんなに、カクテルは何がいいか、きいてあげて。それからふたりで食事をしましょう」

そのうち、バーから人が消えはじめた。ほとんどの客がテラスで食事をしようと下におりてしまったのだ。パコ・エスピネルがやってきて、イーヴァ・バレットと握手をした。パコは若く、金に困ったあげく、カジノの客集めになる見世物の手配の仕事をすることになった。金持ちや有名人のご機嫌を取るのも仕事のうちだ。イーヴァ・バレットはアメリカの大富豪の未亡人だ。遊ぶときは気前よく仲間におごるし、ありがたいことにギャンブルもする。カジノにとっては、夕食も軽食も、二回のショーも、賭博台《とばくだい》で金をしこたま使わせるための添え物にすぎない。

「いい席を取ってくれてる？」イーヴァがたずねた。

「はい、いちばんいい席を」アルゼンチン人らしいパコのきれいな黒い目には、イーヴァの老いても豊かな魅力への賞賛が浮かんでいる。これもまた仕事のうちだ。「ステラのショーをごらんになったことはおありですか？」

「もちろんよ。三回もみたわ。あんなに恐ろしい芸は初めて」

「サンディさんは毎晩、みにいらっしゃいます」

「死ぬところをみたくてね。ステラはそのうちきっと死ぬ。できれば、その瞬間を見逃したくない」

パコは声を上げて笑った。

「大人気でして。契約を一ヶ月更新しました。八月の終わりまでは、絶対に死なないでほしいですね。そのあとは、好きにしてくれて結構なんですが」

「おいおい、毎晩、マスとローストチキンを食べてろというのか、八月の終わりまで?」サンディがいった。

「サンディったら、いいかげんにして」イーヴァ・バレットがいった。「さあ、夕食にしましょう。お腹《なか》がぺこぺこ」

パコ・エスピネルはバーテンに、コットマンをみなかったかときいた。バーテンは、さっきまでウエストコットさんと飲んでらっしゃいましたと答えた。

「そうか。じゃあ、もどってきたら、話があると伝えてくれ」

イーヴァ・バレットは階段の前で立ち止まった。階段を下りたところはテラスになっていて、そこは記者会見でもできそうなくらい広い。小柄でがりがりで、髪がぼさぼさの女性がノートを持って上がってきた。サンディが連れの仲間たちの名前を小声で伝えた。今日のは、ご当地リヴィエラ風のパーティだ。イギリス貴族の夫妻は、ふたりとも背が高くやせていて、夕食をおごってくれる相手とならいつでも席を一緒にする。深夜十二時になるまえに、ふたりとも腹が太鼓のようにぱんぱんになっていることだろう。やせぎすのスコットランド婦人は、千年嵐《あらし》にさらされてきたペルーの仮面のような顔をしている。イングランド人の夫といっしょだ。夫のほうは株式仲買人だが、無口で、軍人風、そしてとても親切だ。みるからに誠実そうなので、彼に好意で何かをしてもらって、それがうまくいかなかったときなど、自分より彼に同情してしまうくらいだ。イタリアの伯爵《はくしゃく》夫人もいる。イタリア人でもなければ伯爵夫人でもないのだが、ブリッジの腕はすばらしい。それからロシアの皇太子。皇太子はイーヴァ・バレットと結婚したいと思っていて、とりあえずそれまではと、シャンパンや自動車や古典派の名画の委託販売をしていた。ちょうどダンスの時間で、イーヴァ・バレットはそれが終わるのを待っている。上唇が上にそっているせいで、下のダンスフロアに群れて踊っている客をばかにしているようにみえる。今夜はスペシャルナイトで、ダイニングテーブルがたくさん並んでいる。テラスのむこうの海は静かで穏やかだ。演奏が途切れると、給仕頭が愛想よくほほえみながら、テーブルに案内しようとやってきた。イーヴァ・バレットはこれみよがしに階段を下りていった。

「あら、特等席ね。飛びこみがよくみえそう」イーヴァ・バレットが座りながらいった。

「水槽のそばがいいんだが」サンディがいった。「顔がよくみえる」

「彼女、美人？」伯爵夫人がたずねた。

「美人じゃないが、目がいい。毎回、あれをやるたびに、死の恐怖におびえている表情が浮かぶんだ」

「さあ、どうかな」ロンドン金融界の紳士が口をはさんだ。グッドハート大佐と呼ばれているが、なぜそう呼ばれているかはだれも知らない。「あれは、最初から最後までただの見せかけだ。危険なんて、どこにもない」

「そんな言い方はないでしょう。あんなに高いところから、あんなに浅い水槽に飛びこむんですよ。水面に触れた瞬間に体を反転させなくちゃいけない。もし失敗したら、底に頭をぶつけて首の骨を折ってしまう」

「そこだよ、そこ」大佐がいった。「そこをうまくごまかしているんだ。いうまでもない」

「ちっとも危なくないんだったら、ちっともおもしろくないわね」イーヴァ・バレットがいった。「一分もかからないんだし。危なくもなんともないんだったら、今世紀最大の詐欺《さぎ》ってことよね。ここに何度もみにきてるっていうのに、それがペテンだったなんて」

「すべてインチキです。断言します」

「ずいぶん、自信がおありのようですね」サンディがいった。

皮肉が通じたのかどうなのか、大佐は気を悪くした様子もなく、声を上げて笑った。

「まあ、多少は知ってることもあるってことだ。目は確かだからね。この目をごまかすなど、並大抵のことじゃ無理だ」

水槽はテラスの左端にあって、そのむこうに柱で支えられた、見あげるように高いはしごがあり、その上に小さな台がある。二、三曲、ダンスの曲が演奏されたあと、まだイーヴァ・バレットたちがアスパラガスを食べている最中に、音楽がやみ、照明が暗くなった。スポットライトが水槽を浮かびあがらせる。コットマンが照明を浴びて登場。はしごを五、六段、水槽の上の縁あたりまでのぼった。

「みなさま」コットマンはよく通る声をはりあげた。「これからごらんに入れますは、今世紀最も驚くべき曲芸。マダム・ステラ、世界一の飛びこみの名手が、十八メートルの高みから、深さが一メートル半しかない燃える水槽に飛びこみます。前代未聞《みもん》のパフォーマンス。もしこれをやってみようという方がいらっしゃれば、マダム・ステラは喜んで百ポンドさしあげます。さあ、みなさま、マダム・ステラの登場です」

小柄な女性がテラスに続く階段の一番上に姿を現し、小走りに水槽の前までやってくると、拍手する観客にむかって一礼した。男物のシルクの化粧着をはおり、水泳帽をかぶっている。ほっそりした顔に女優のようなメークをしている。イタリアの伯爵夫人はオペラグラスでそちらをみた。

「美人じゃないわね」伯爵夫人がいった。

「スタイルがいいの」イーヴァ・バレットがいった。「ほら、みてて」

ステラはするりと化粧着を脱ぐと、コットマンに渡した。コットマンははしごから下りた。ステラはちょっとそこに立ったまま、客をみまわした。客席は暗く、白い顔と白いシャツの胸元がぼんやりみえるだけだ。ステラは小柄で、ほれぼれするほどスタイルがよく、脚が長く、ヒップもほっそりしている。水着はとても小さい。

「イーヴァ、たしかにスタイルはきみのいうとおりだな」大佐がいった。「多少、未成熟な感じはするものの、女性はああいうのが好みなんだろう」

ステラがはしごをのぼりはじめた。スポットライトが追っていく。台は信じられないほど高い。助手が水槽に石油を注ぐ。コットマンに火のついた松明《たいまつ》が渡される。コットマンがみているうちに、ステラははしごをのぼり終え、台の上に立った。

「準備はいいか?」コットマンが声をはりあげる。

「いいわよ」

「よし、いくぞ」コットマンが叫ぶ。

同時に、燃える松明を水槽に突っこんだ。ぼっと火がついたかと思うと、一気に燃えあがる。客が息をのんだ。その瞬間、ステラが台から身を躍らせた。一筋の稲妻のように落ちて炎の中につっこんでいく。水面に達した直後、火がすっと消え、一秒後、ステラが水槽から飛びだし、拍手喝采《かっさい》の嵐に迎えられた。コットマンが化粧着でステラを包む。ステラは何度もおじぎをした。拍手はやまない。音楽が始まった。ステラは最後に一度手を振ると、舞台の階段を駆けおり、テーブルの間を抜けて、ドアのほうに向かった。照明がついて、ウェイターたちが急いで、それまで中止していた仕事にもどる。

サンディ・ウエストコットはため息をついた。がっかりしたのか、ほっとしたのかは、本人にもわからない。

「すばらしい」イギリス貴族が声を上げた。

「みえすいた、いかさまだ」大佐がいった。イギリス人らしく、頑固だ。「嘘《うそ》だというなら、何を賭《か》けてもいい、相手になる」

「あっという間だったわね」貴族の妻がいった。「あっけなくて、お金がもったいないみたい」

といっても、彼女が金を払ったわけではない。そんなことは決してしない。イタリアの伯爵夫人が前かがみになった。流ちょうに英語をしゃべるが、イタリア語なまりがきつい。

「ねえ、バルコニー下のドアのテーブル近くにいる、ちょっと変わったおふたりはどなた？」

「たしかに変わってますね」サンディがいった。「わたしもさっきから気になっているんです」

イーヴァ・バレットは、そのテーブルに目をやった。そちらに背を向けていた皇太子も振り返って、同じほうをみた。

「嘘！」イーヴァが声をあげた。「アンジェロを呼んで、だれだかきいてみなくちゃ」イーヴァ・バレットはヨーロッパ中の有名なレストランの給仕頭をファーストネームで知っているような女性だった。グラスにワインを注ぎにきたウェイターに、アンジェロを呼ぶようにいいつけた。

たしかに場違いなカップルだった。ふたりで小さなテーブルについている。どちらもかなり高齢だ。男のほうは大柄で体格もいい。白い髪が豊かで、眉毛《まゆげ》も太くもじゃもじゃで、口ひげもたっぷり生えている。亡《な》くなったイタリアのウンベルト王に似ているが、それ以上に王様らしい。背筋をぴんとのばして座っている。正式の夜会服に白のネクタイ、襟には三十年たっぷり流行遅れのカラーを付けている。連れの小柄な女性が着ている黒のサテンの舞踏会用の服は、襟ぐりが深く、ウエストを絞ってある。

首にはカラービーズのネックレスが何連か。髪はみるからにウィッグで、それもずいぶんちぐはぐだ。というのも、カールやウェーブがこてこてにかかっているうえ、カラスの羽のように黒いのだ。恐ろしいほど厚化粧で、まぶたは上下ともに明るいブルー、眉はまっ黒、両方の頰はあざやかなピンク、唇はまっ赤に塗ってある。顔の皮はたるんで深いしわができている。大きな目で大胆にあちこちのテーブルをうかがい、次々にいろんなものを発見しては、ちくいち夫に、あの人をみて、と注意をうながす。このカップルは、おしゃれな格好をして集まっている客のなかで異様に目立っていた。夜会服の男たち、薄手で淡い色のドレスの女たちは、ふたりをちらちらみている。しかし、老婦人はまっく気にしていない。みられているのに気づくと、眉を上げて、ほほえみ、目をくるっと回してみせる。まるで拍手にこたえているようだ。

アンジェロが足早に、上客であるイーヴァ・バレットのところにやってきた。

「何かご用でしょうか？」

「ねえ、アンジェロ、わたしたちはあの不思議なおふたりのことを知りたくてたまらないの。ドアのそばのテーブルの近くにいらっしゃるでしょう」

アンジェロはそちらに目をやると、困ったものですという仕草をしてみせた。顔の表情、肩の動き、背中の曲げ方、両手の動き、おそらくつま先の細かい動きまでが、ユーモアをまじえて謝っているようだった。

「見逃してやってください、奥方」アンジェロは、イーヴァ・バレットが「奥方」と呼ばれるような身分でないことくらいわかっていた。イタリアの伯爵夫人はイタリア人でもなければ伯爵夫人でもないし、イギリスの貴族はだれかが払ってくれるときはワイン一杯の代金だって払おうとしないこともわかっていた。だが、奥方と呼ばれれば、相手は悪い気がしないということもわかっていた。「ぜひともマダム・ステラの飛びこみをみたいと頼まれまして。ふたりも同じような職業に就いていたらしいのです。ここで食事ができる身分ではないのは承知しているのですが、熱心に頼まれて、つい断りそこねました」

「でも、愉快な人たちよね。嫌いじゃないわ」

「じつはもう何年もまえから、ふたりのことは知っているのです。男のほうは、国が同じでして」アンジェロはちょっと恥ずかしそうに笑った。「ふたりには、ダンスだけはやめてくれといってテーブルを用意したというわけです。ほかのお客さまに不愉快な思いをさせるわけにはいきませんからね、奥方」

「あら、わたしはダンスをするところをみたかったわ」

「いえ、けじめというものがあります、奥方」アンジェロがしかつめらしくいった。

それからにっこりすると、お辞儀をして下がった。

「おや」サンディが声を上げた。「お帰りらしい」

奇妙なカップルは支払いをするところだった。夫が立ち上がって、妻の首に大きくて白い、しかしあまりきれいではない羽毛の襟巻きを巻いてやった。妻が立ち上がった。夫が胸を張って、腕を差しだす。妻のほうは夫とくらべると小柄で、弾むような足取りでついていった。黒いサテンのドレスの裾《すそ》は引きずるほど長く、それをみたイーヴァ・バレット（五十歳をゆうに越えていた）は、うれしそうに大声でいった。

「みて、母もあんなドレスを着ていたのよ。わたしはまだ小学生だったわ」

奇抜なカップルは腕を組んだまま、カジノの広い部屋をいくつか抜けて出口までいった。夫のほうがドアマンに声をかけた。

「すまないが、楽屋はどこだろう。マダム・ステラにご挨拶《あいさつ》したい」

ドアマンはふたりをみて、値踏みした結果、ていねいに扱う必要はないと判断した。

「たぶんいませんよ」

「まだ帰ってはいないと思うのだが。二時にもう一度、出番があるはずだし」

「その通りです。ふたりはバーにいるかもしれません」

「寄ってみましょうよ、カルロ」妻がいった。

「そうだな」夫は、すごい巻き舌でR《Right.》を発音した。

ふたりはゆっくりと幅の広い階段を上がって、バーに入った。見習いのバーテンがひとり、客はカップルがひと組、隅のアームチェアに座っているだけだ。妻は夫の腕をほどくと、両手を広げ、差し出すようにして、足早に進んでいった。

「まあ、あなたたちね。ぜひ会って、感想を伝えたいと思ったのよ。わたしも、あなたたちと同じイギリス人なの。それに同じ仕事をしてたのよ。素晴らしかったわ、大成功ね」妻はコットマンのほうを向いた。「こちらが、旦那《だんな》さま?」

ステラはアームチェアから立ち上がって、恥ずかしげな笑みを口元に浮かべ、少し当惑しながら、早口でしゃべる相手の言葉をきいていた。

「ええ、シドです」

「はじめまして」コットマンがいった。

「こちらがわたしの夫よ」厚化粧の女はそういって、背の高い白髪の男性のほうに軽く肘《ひじ》を曲げてみせた。「ミスタ・ペネツィ。じつは伯爵なの。だからわたしは伯爵夫人ってわけ。でも仕事をやめてからは、伯爵もやめちゃったの」

「お飲み物でもいかがです?」コットマンがたずねた。

「いいえ、ごちそうさせてくださいな」ミセス・ペネツィはそういって、アームチェアに深く腰かけた。「カルロ、注文してちょうだい」

　バーテンがやってきた。しばらくやりとりがあって、ビールを三本注文することになった。ステラは何も取らなかった。

「ステラは二度目が終わるまでは一滴も飲まないんです」コットマンがいった。

　ステラは小柄できゃしゃだった。二十六歳といったところで、薄茶色の髪を短く切ってウェーブをかけている。瞳《ひとみ》はグレイ。口紅はつけているが、頰紅はほとんどつけていない。色白で、取り立てていうほどの美人ではないが、顔は小さく、目鼻立ちは整っている。シンプルな白いシルクのドレスを着ている。ビールが運ばれてきた。みるからに口の重いミスタ・ペネツィは黙ってぐっとひと口飲んだ。

「お仕事は、何をしていらっしゃったんですか?」コットマンが礼儀正しくたずねた。

　ミセス・ペネツィはまわりに濃い化粧をした目をくりっとさせて、夫のほうをみた。

「わたしが何をしていたか、教えてあげて、カルロ」

「人間砲弾」カルロがいった。

　ミセス・ペネツィは明るい笑顔をみせると、素早く、小鳥のようにふたりを交互にみた。ふたりは困って、笑顔の相手をみつめた。

「フローラよ。人間砲弾のフローラ」

相手が感心するのを期待しているのは明らかだ。ふたりはどうしていいかわからなかった。ステラが眉を寄せてシドのほうをみた。シドは場を取り繕おうとした。

「われわれの知らない昔のことですね」

「もちろん。だって、わたしたちが最終的に引退したのは、ヴィクトリア女王が崩御なさった年だもの。もう大変だったのよ、わたしたちが引退したときはね。だけど、わたしたちのことはきいたことがあるでしょう?」ミセス・ペネッツィは、ふたりのぽかんとした顔をみて、少し調子を変えた。「でもね、ロンドンじゃ、大当たりを取ったのよ。あの『水族館』で。名士やお偉方が大勢、詰めかけたものよ。皇太子さまも、みんな。街中の噂《うわさ》になったわ。そうよね、カルロ?」

「おかげで、水族館は一年間大入り満員だった」

「あそこであんなに大受けした出し物は、ほかになかったのよ。つい数年前、ド・ベイズ夫人にお会いして自己紹介したことがあるの。ほら、リリー・ラングトリー（イギリスの女優。一八五二～一九二九年）よ。当時はあのあたりに住んでいたから、わたしのことをようく覚えてくださってた。十回もみたって、おっしゃってたわ」

「どんなことをなさってたんですか?」ステラがたずねた。

「大砲に入って、ドーン。本当、大評判だったのよ。ロンドンでの興行が終わると、世界中を回ったわ。ええ、今じゃもうおばあちゃんよ、それは否定しない。ミスタ・ペネツィは七十八歳で、わたしだってもう七十は過ぎてる。でもね、当時はロンドン中の看板にわたしの顔が貼《は》ってあったものよ。ベイズ夫人はわたしにこういってくれたわ。まあ、あなたときたら、わたくしに負けないくらい人気があったわよねえ、って。でも、大衆というものは、ご存じのように、評判になっているときは夢中になるけれど、そのうち変化を求めるようになる。どんなに素晴らしくても、飽きちゃうの。そうなるとそれきり、見向きもしない。あなたもそうなるわ、わたしと同じようにね。みんなそう。でもミスタ・ペネツィはいつもしっかりした判断ができる人だった。若いときからずっと、この世界にいたの。サーカスにね。それも座長で。それでわたしたちは知り合ったの。わたしはアクロバットの一団にいた。空中ブランコよ。この人、今でもすてきだけど、あの頃の姿をみせてあげたい。ロシア・ブーツに乗馬ズボン、ぴったりしたコートには飾りボタンがずらりと並んでいてね。長い鞭《むち》をぴしぴし鳴らして、馬を走り回らせる。あんなにハンサムな男の人はみたことがないわ」

ミスタ・ペネツィは何もいわず、感慨深そうに大きな白い口ひげをいじっている。

「それでね、よくきいてちょうだい、この人ったらむだ遣いということを知らない人でね、どこからも声がかからなくなると、じゃあ、引退しようっていったの。大正解だった。だって、ロンドン一の評判を取ったあとはもう、サーカスなんかで働くわけにいかないじゃない。ミスタ・ペネツィは本物の伯爵なんだから、世間体ってものがあるでしょう。そんなわけで、ここに移ってきてペンションをはじめたわけ。ミスタ・ペネツィは昔から、こういうことをやりたくてたまらなかったのね。もうここにきてから三十五年になるわ。けっこううまくいっていたのよ、二、三年まえまではね。ところがこの不況でしょう。旅行客も、わたしたちがペンションを始めたときとはずいぶん変わってきて。ベッドルームに照明をつけろとか、水道を引けとか、わけのわからないものをほしがってうるさいの。もうどうすればいいんだか。カルロ、名刺をさしあげて。ミスタ・ペネツィは料理もするのよ。家庭の雰囲気を味わいたければ、ぜひうちにきてちょうだい。この職業の人は好きだし、いろいろ珍しい話もできるじゃない。ふたりでね。いったん、この世界に足を踏みこんだら、辞めてもなかなか忘れられるもんじゃありませんからね」

そのとき、バーテンが食事を終えてやってきた。そしてシドに気がついた。

「コットマンさん、エスピネルさんがおさがしです。お話があるとのことです」

「いま、どこに?」

「どこか、そのへんにいらっしゃると思います」

「じゃあ、失礼するわね」ミセス・ペネツィが立ち上がっていった。「そのうち、遊びにきて、お昼ご飯でもいっしょにしましょう。わたしの写真や、新聞の切り抜きをみてほしいの。人間砲弾を知らないなんてねえ。わたしはロンドン塔と同じくらい有名だったのよ」

ミセス・ペネツィは、このふたりが自分のことを知らないとわかっても不機嫌になったりはしなかった。ただ、おもしろがっていた。

さようならをいいかわすと、ステラはぐったり椅子《いす》に腰かけた。

「さて、このビールを飲んでしまおう」シドがいった。「それからパコがなんの用事かきいてくる。おまえはどうする？　ここにいるか、それとも楽屋にもどるか？」

ステラは両手をぎゅっと握ったまま、何も答えない。シドはステラをみて、さっと目をそらした。

「いやあ、まいったまいった」シドはいつものように元気にいった。「正真正銘の変人だ。あれは、嘘じゃないと思う。とても信じられないけどな。ロンドン中の話題をさらったって、それも四十年もまえに？　なんたっておかしいのは、あの人が、だれもが覚えてると思ってたことだ。おれたちが、全然知らないってことが、信じられないって感じだったもんな」

シドはまた、ちらっと横目で、気づかれないようにステラの様子をうかがった。ステラは泣いている。シドはたじろいだ。ステラの色白の顔を涙が伝っている。声は上げていない。

「ステラ、どうした？」

「シド、今夜はもうだめ」ステラはすすり泣いている。

「いったい、どうしたんだよ？」

「こわい」

シドはステラの手を取った。

「おまえらしくもない。おまえは世界でいちばん勇敢な女の子だ。ブランデーでも飲んで、元気出せ」

「やめとく。よけいひどくなりそう」

「だけど、お客さんをがっかりさせるわけにはいかないだろう」

「お客なんて、ぞっとする。豚よ、豚。吐くまで食べて、吐くまで飲んで。しゃべってばかりの道化よ。使い方もわからないほどお金を持って。もう我慢できない。あたしが死んだって、どうでもいいのよ」

「そりゃ、そうだ。お客はスリルがほしくてやってくるんだから、そりゃそうだろう」シドはしどろもどろにいった。「だけど、おれもおまえも、わかってるじゃないか。あぶないことなんかなんにもないって。落ち着いてやれば、なんてことないんだ」

「でも、今日は落ち着いてやれないのよ、シド。死んでしまいそう」

ステラが少し声を上げたので、シドはちらっとバーテンのほうに目をやった。バーテンは「ニース新聞《エクレルール・ド・ニース》」を読んでいて、まったく気がついていない。

「シドにはわかってないのよ。あそこからみると、どんな気がするか。はしごの上に立って、水槽を見下ろすときの気持ちが。いっておくけど、さっきやったとき、気を失いそうになったの。ねえ、きいて、今晩は、もう無理。シド、なんとかしてちょうだい」

「もし今夜、やらなかったら、明日はよけいだめになるぞ」

「ううん、そんなことない。ひと晩に二度っていうのがだめなの。一回目のあとずっと待ってる、あれがだめなの。ねえ、ミスタ・エスピネルのところにいって、ひと晩に二回は無理ですって断ってきて。あたし、神経がぼろぼろになっちゃいそう」

「絶対やれっていわれるに決まってる。このカジノで、二度食事が出せるのはおまえの芸があってこそなんだから。みんな、おまえをみにくるんだ」

「だめっていったら、だめなんだってば。もう無理」

シドは返す言葉がなかった。ステラの色白の顔にはまだ涙が流れている。自制心がなくなっているのだ。ここ数日、何かありそうな気がして、不安でしょうがなかった。だから、ステラには話すきっかけを与えないようにしてきた。ぼんやりとだが、考えていることを言葉にさせないようにしたほうがいいとわかっていたのだ。しかし、心配でならなかった。それも、ステラを心から愛していたからだ。

「まあ、エスピネルはおれに会いたがってるらしいからな」

「なんで?」

「さあ。会って、ひと晩に一度にしてくれといって、返事をきいてくる。おまえは、ここで待ってるか?」

「ううん、楽屋にいってる」

十分後、シドは楽屋でステラをみつけた。シドは興奮して、足取りも軽い。ドアを勢いよく開ける。

「ステラ、ビッグニュースだぞ。来月、手当は二倍だ」

シドは飛びついてステラを抱きしめ、キスをしようとしたが、押しもどされた。

「今夜、もう一回やらなくちゃいけないの?」

「まあな。ひと晩に一度にしてくれっていったんだけど、断られた。どうしてもあの回はやってほしいって。だけど、手当が二倍だ。やる価値はあるだろう」

　ステラは床につっぷして、声を上げて泣きだした。

「できないのよ、シド。できない。死んじゃう」

　シドは床に座って、ステラの顔を上げさせ、抱きしめて、あやすように体をさすった。

「しっかりしろよ。二倍だぞ、断れないだろうが。いいか、それだけもらえたら、ひと冬、暮らせるぞ。何もせずにな。それに、七月もあとたった四日だ。あとは八月を乗り切ればいいだけだ」

「だめ、だめ、だめ。こわいの。死にたくないのよ、シド。あなたが大好きなの」

「そんなことわかってるって。おれだって、おまえが大好きだ。結婚してからは、ほかの女には目もくれたことはない。だけど、今までこんなに金が入ってきたことはない。これからだってもう二度とないと思う。これがどういうことか、わかるだろう？　今は大当たりを取ってるけど、いつまでも続くわけじゃない。鉄は熱いうちに打てっていうじゃないか」

「あたしが死んでもいいの？」

「ばか。おれが、おまえなしでやっていけるわけがないだろう。いいか、ここでくじけちゃだめだ。誇りを持て。おまえは世界一の芸人なんだ」

「人間砲弾と同じよね」ステラはけたたましく笑った。

「くそっ、あの婆《ばあ》さんときたら」シドは考えた。

ストレスがたまっていたところに、あれが引き金になっちまったんだ。まったくついてない、ステラがあんなふうに考えちまうなんて。

「目が覚めたの」ステラは続けた。「いったいなんで、お客は何度も何度もあたしをみにくるんだと思う？　あたしが死ぬところをみたいからよ。そのくせ死んで一週間もしたら、あたしの名前さえ忘れちゃう。お客なんてそんなものよ。あの厚化粧のお婆さんをみたとき、それが身にしみてわかったの。シド、もう耐えられない」ステラはシドの首に両腕を回して、顔と顔をくっつけた。「シド、だめ。もう二度とできない」

「今晩は、ってことだよな？　ほんとにそんな気持ちなんだったら、エスピネルに会って、引きつけを起こしたといってくるよ。一度くらいなら、なんとかなるだろう」

「今晩だけじゃない、もう二度とやらない」

ステラはシドが身を固くするのを感じた。

「シド、お願い、わたしのこと、ばかだなんて思わないで。今日、急にそう思ったんじゃないの。まえから少しずつ不安になってきてたの。考えだすと、夜も眠れなくて。そして寝たと思ったら、はしごの上の台から下をみおろしているの。今夜は、はしごをのぼるのもつらかった。体が、がたがたふるえて。あなたが火をつけて、『よし、いくぞ』と叫んだとき、何かに後ろに引っぱられたような気がした。飛びこんだのも覚えてない。頭の中がまっ白で、気がついたら台に立って、拍手をきいてた。シド、もしあたしを本当に好きなんだったら、あんな怖いことをさせないで」

シドはため息をついた。目に涙がにじんでいる。ステラのことを心から愛しているのだ。

「いいか、よくきいてくれ。昔はどうだった？　あのマラソンダンスの頃を覚えてるか？」

「なんだって、今よりはましよ」

昔の生活は、ふたりにとって、とても忘れられるものではなかった。シドは十八のときダンスホールのジゴロになった。スペイン人のような黒い髪に黒い瞳、体は引き締まって、若さにあふれていた。中高年の女は喜んで金を払って踊りたがったので、金に困ることはなかった。やがてイギリスからぶらっと大陸にやってきて、暮らすようになった。ホテルからホテルへ渡り歩き、冬はリヴィエラ、夏はフランスの海岸といった具合だ。悪い生活ではなかった。男ふたりか三人で安い宿の一室をシェアする。早く起きる必要はなく、十二時までに着替えてホテルにいって、体重を減らしたいと思っている太った女性と踊ればいい。そのあとは自由時間で、次は五時にまたホテルにいって三人一緒にテーブルにつき、鋭い目で客をみて目星をつける。常連もいた。夜はレストランにいけば、かなりいい食事を出してもらえた。料理と料理の合間に、ダンスをする。いい金になった。ダンスの相手をすれば、五十フランから百フランはもらえた。たまに、二晩か三晩、金持ちの女のダンスの相手をすると一千フランくらいになった。たまに、中年の女性が夜の相手をといってくることがある。そういうときの値段は二百五十フランが相場だった。いつものことだが、年を取った愚かな女が分別をなくすこともあって、そういうときにはプラチナとサファイアの指輪、シガレットケース、服、腕時計などがもらえる。シドの仲間のひとりがそういう女と結婚した。母親といってもいい年齢だ。その仲間は車を買ってもらい、ギャンブルで遊ぶ金をもらい、今はビアリッツの豪華な邸《やしき》で暮らしている。だれもがむだ遣いのできる金を持っていた。よき時代の話だ。それから不況になり、ジゴロにとってつらい時代が始まった。ホテルはがら空きになり、客は若くていい男と踊って楽しもうとは思わなくなった。シドも、飲み代《しろ》さえ稼げない日が増えた。体重が一トンほどありそうな老齢の女があつかましくも、たった十フランしか払わなかったことも何度かある。シドは相変わらず金遣いが荒かった。きれいな身なりをしていないと、ホテルの支配人に文句をつけられるし、洗濯代もばかにならない。下着にもびっくりするくらい費用がかかる。それに靴。ダンスフロアはかたくて靴底がすぐにだめになる。それに靴はいつも新しくみえてなくてはならない。ほかに部屋代もいれば、昼食代もいる。

そんなときステラに会った。場所はエヴィアン。その季節、景気は最低だった。ステラは水泳のインストラクターをしていた。オーストラリア人で美人で、飛びこみが得意で、毎日、朝と午後に披露していた。夜はダンサーとしてホテルに雇われていた。ふたりはレストランの小さなテーブルで、一般客から離れて食事をしていた。演奏が始まると、いっしょに踊って、客にフロアにあがるよう誘った。しかしだれひとりやってこないことも多く、そんなときはふたりで踊った。どちらにも、金を払って踊ろうという客はたいしていなかった。ふたりは恋に落ち、その季節の終わりに結婚した。

どちらもそれを後悔したことは一度もない。ふたりしてつらい時代を乗り切ったのだ。職業柄、どちらも結婚していることは秘密にしていたが（年配の女性は、既婚の男と、それも妻の目の前で踊りたいとは思わない）、いっしょに同じホテルで働くのは難しく、かといってシドひとりの稼ぎでは、いくら安いペンションを借りるとしても、ステラの面倒まではみられなかった。ジゴロで食っていける時代は過去のものになっていた。ふたりはパリにいって、ショーのダンスを習ったが、これも激しい競争で、キャバレーで雇ってもらうのは大変だった。ステラはダンスフロアで踊るのは得意だったが、人気があるのはアクロバティックなダンスで、ふたりでどんなに練習しても、ステラは観客を驚かせるようなことは何もできなかった。男女がけんかでもしているかのような激しいアパッシュダンスさえもう飽きられていた。何週間も仕事がないこともあった。シドの腕時計、金のシガレットケース、プラチナの指輪などはすべて質に入った。しまいにはニースで金に困り、シドの夜会服まで質に入った。いよいよ行き詰まったふたりは、マラソンダンスに出ることにした。これは新しいもの好きのマネージャーの考案で、一日二十四時間、踊り続けるというものだった。休憩は一時間につき十五分。殺人的といってもいい。腿《もも》や膝《ひざ》は痛み、足の感覚はなくなる。長時間、自分が何をしているのかわからなくなることもある。リズムに合わせて体を揺らし、なるべく体力を使わないように踊る。それなりの金にはなった。客が百フランか二百フラン、景気づけに渡してくれるのだ。ふたりもときどき、客の目を引こうとがんばって、派手に踊ってみせることもあった。客の機嫌のいいときには、多少の稼ぎにはなったが、ふたりは疲れ切ってしまった。十一日目、ステラが倒れて、棄権した。シドは残った。踊って、踊って、休みなく、グロテスクに体を動かした。それもひとりで。ふたりにとって最悪の経験だった。どん底といっていい。このときのことは涙と恐怖の日々としてふたりの頭に焼きついている。

そんなとき、シドの頭に画期的なアイデアがひらめいた。ダンスホールで、ひとりでゆっくり踊っているときに思いついたのだ。ステラはいつも、お皿の中にだって飛びこめるわといっていた。これは芸になる。

「アイデアってのは不思議だよな」シドはあとでいった。「まるで稲妻みたいだ」

シドはふと、男の子が歩道にこぼれたガソリンに火をつけ、ぼっと燃えあがったときのことを思い出したのだ。燃える水面めがけて高みから飛びこめば、観客はきっと驚く。シドはその場でダンスをやめた。興奮して踊っていられなかったのだ。シドはステラに話し、ステラはそのアイデアに夢中になった。シドは知り合いの興行師に手紙を書いた。シドは感じのいい青年で、だれからも好かれていた。興行師は道具を買う金を準備してくれて、パリのサーカスの契約も取ってくれた。これが当たった。ようやく成功したのだ。次々にあちこちから契約が舞いこんできた。シドは服を新調した。そしていよいよ最高の契約。この夏、リヴィエラの海辺にあるカジノに出演できることになったのだ。シドが、ステラは大当たりだった、といったのは決して誇張ではない。

「今までの苦労はもうおしまいだ」シドがうれしそうにいった。「まさかのときにそなえて、少しは貯金もできる。客に飽きられたら、またなんか考えるさ」

そんなところに、いきなり、ようやく頂点に立ったというときに、ステラがやめたいといいだした。シドはステラになんといえばいいのかわからなかった。こんなに怖がっているのをみるとつらくてたまらない。シドは結婚したとき以上に、ステラを愛していた。それは何より、ふたりでいっしょにつらい状況を乗り越えてきたからだ。ふたりとも、五日間、毎日パン一個とコップ一杯の牛乳だけで過ごしたこともある。シドはステラを愛していた。ステラがそんな苦境から救ってくれたからだ。またいい服を着られるようになったし、日に三度の食事もできるようになった。シドはステラの顔をみられなかった。あのかわいいグレイの目に苦しみをみるなんて耐えられない。ステラがおずおずと手をのばしてシドの手に触れた。シドは深くため息をついた。

「ああ、ステラ、わかってるだろう。もうホテルとも昔みたいなコネがない。それに、ジゴロなんて仕事はもう無理だ。おれたちなんかより若い連中の出番だ。おまえも、ここのおばさんたちのことは、おれと同じくらいよく知ってる。おばさん連中は若いのが好きだ。それに、おれは背が低い。若い頃は背なんかどうでもよかったけどな。まだその年にはみえないといったところでしょうがない。だって、その年なんだから」

「映画に出てみる？」

シドは肩をすくめた。どん底のとき、ふたりで一度トライしたことがある。

「どんなことでもいいの。お店で働いてもいいし」

「雇ってもらえると思うか？」

ステラはまた泣きだした。

「泣くなよ。おまえに泣かれるとつらくてしょうがない」

「少しは貯金があるわ」

「まあな。六ヶ月はもつ。そのあとは、またひもじい思いをしなくちゃならない。最初は小物を質に入れて、次は服。まえと同じだ。ひと晩、安酒場で踊って、軽食と五十フランをかせぐ。マラソンダンスにしたって、マラソンダンスをやってるときけば、出かけていく。何週間も職がなくて、いつまで続くか」

「あたしのことをわからず屋だって思ってるのね、シド」

シドはまっすぐにステラをみた。ステラは目に涙をためている。シドはにっこり笑った。うっとりするようなやさしい笑みだった。

「いいや。おれはおまえを幸せにしたい。だって、おれにはおまえしかいないんだから。愛してるよ」

シドはステラを抱きしめた。心臓の鼓動が伝わってくる。シドは思った。そうだよな、おまえがそんなに怖がってるなら、おれがどうにかしてやらなくちゃ。だって、もしおまえが死んだりしたら……冗談じゃない。やめてくれよ、金なんかどうでもいい。そのとき、ステラが体を起こした。

「どうした、ステラ?」

ステラはシドの腕をほどいて立ち上がると、化粧台のほうにいった。

「そろそろ用意をしなくちゃ」

シドはびっくりして立ち上がった。

「今晩はやらないんだろう?」

「今夜もやるし、明日からも毎晩やるわ。死ぬまでやってやる。だって、ほかにどうするっていうの? あなたのいうとおりよ、シド。昔にはもどりたくない。あんな五流ホテルのかび臭い部屋もいやだし、ひもじいのもいや。そうそう、マラソンダンスも。シドったら、なんでマラソンダンスなんて持ち出すのよ? 何日もへとへとになってべとべとになって、最後は、筋肉も血液も耐えきれなくなってギブアップ。あと一ヶ月くらいならだいじょうぶ。そのあとで、またゆっくり考えてちょうだい」

「ステラ、だめだ。おれはみてられない。やめてくれ。なんとかなるって。ひもじい思いなんて昔はしょっちゅうだっただろ。今だってなんてことない」

ステラは着ているものを脱いだ。一瞬、鏡に目をやり、ストッキング姿の自分をみて、こわばった顔でほほえんでみせた。

「お客さんをがっかりさせちゃだめでしょ」ステラはくすっと笑った。

訳者あとがき

二〇世紀前半を代表するイギリス作家といえば、E・M・フォースター（一八七九―一九七〇年）、ジェイムズ・ジョイス（一八八二―一九四一年）、ヴァージニア・ウルフ（一八八二―一九四一年）、D・H・ロレンス（一八八五―一九三〇年）、オルダス・ハクスリー（一八九四―一九六三年）などが有名だ。サマセット・モーム（一八七四―一九六五年）も、そのうちのひとりだが、ほかの作家たちと少し毛色が違う。何が違うかというと、作品の面白さだ。面白すぎるほど面白い。小説を読んで何を面白いと思うかは読者それぞれだが、巧みなストーリー展開やひねりのきいたエンディングにおいて、モームの右に出る作家はいない。そういった特徴は『月と六ペンス』や『人間の絆《きずな》』などの長編にもうかがえるが、とくに短編が素晴らしい。モームがお手本にしたモーパッサンの短編と比べて、まったくひけを取らない。

アンソニー・バージェスも次のように書いている。

「短編小説こそモームの真骨頂。彼の短編は英語で書かれたもののなかで最高だ」

そんなモームの自選短編集がある。全四巻で、それぞれ巻頭に本人の前書きが添えられている。第一巻には三十編、第二巻には二十四編、第三巻には七編、第四巻には三十編、収められている。ショートショートといっていいほど短いものから中編といっていいほど長いものまで、合計、九十一編。

モームは幼少期をフランスで過ごし、十歳のときイギリスへ。さらに大学はドイツで、長編の第一作目『ランベスのライザ』を発表して作家になろうと決意したあとスペインへ。その後、諜報《ちようほう》活動をしたこともあって、アジアほか多くの国を訪れている。いってみればまさに当時のコスモポリタンで、作品の舞台も広範囲にわたっている。

ここではヨーロッパを舞台にした短編を八つ選んでみた。

まず、最初の「アンティーブの三人の太った女」は、モームらしい皮肉のきいたユーモラスな作品だ。

ミス・ヒクソン、ミセス・リッチマン、アロー・サトクリフは大の親友だった。三人を結びつけたのは脂肪で、結束を固くしたのはブリッジだった。彼女たちが親しくなったのは、カリフォルニアの保養地カールズバッド。

この三人が数週間、南仏の保養地で一緒に過ごすことになったところから話が始まる。金持ちで夫のいない三人の女がいっしょに、ダイエットするという設定が楽しい。そのうえ三人はブリッジが大好き。ところが、ブリッジは三人ではできない。どうしてもうひとりほしい。そこへ、

「リナ・フィンチがリヴィエラにくるって」

「だれ、それ？」と、アロー。

「あたしのいとこの妻。いとこが二ヶ月前に死んじゃって、失意の底からはい上がりつつあるみたい。二週間ほど、ここに呼ぼうか？」

「ブリッジはできるの？」と、ベアトリス。

「できるなんてもんじゃない」フランクが太い声で答えた。「めちゃうまいよ。きてくれたら、知らない人をあてにしなくてよくなる」

「いくつくらい？」と、アロー。

「あたしと同い年」

「じゃ、決まりね」

というわけで、ほっそりしたリナがやってきて、ひと騒動持ち上がるのだが、その

最中の三人の心の動きを写し取るモームの筆の辛辣《しんらつ》さと適確さは驚くほかない（ちなみに、作中にイーライ・カルバートソンという実在するブリッジの名人の名前が登場するが、ブリッジの世界ではエリーと発音するのが一般的であるようだ）。「キジバトのような声」や「ジェイン」もまったく同じで、人間というもののおかしさと面白さを、思いもよらない切り口でみせてくれる。読者の予想を快く裏切ってくれる短編。「アンティーブ」をふくめ、とにかく愉快な作品だ。「良心の問題」は打って変わって、殺人と良心をテーマにしているものの、暗い作品でもない。そもそも、語り手はこういっている。

一般には、殺人というのは悪逆非道の犯罪であって、殺人犯は、ほかの犯罪者とはくらべものにならないくらい後悔の念にさいなまれると考えられている。殺した相手にとりつかれて、寝ては恐ろしい悪夢におびえ、起きては恐ろしい殺人の記憶に悩まされる。わたしはこれが真実なのかどうかを確かめる機会を得た。もちろん、話そうとしない相手や、暗く落ちこんでいる相手に質問するつもりはなかったが、話をしたなかにそういう受刑者はひとりもいなかった。何人かは、ああいう状況になったら、また同じことをするだろうといった。いってみれば、彼らは自覚のない運命論者たちで、自分の行動は運命によって決められたものであって、どうしようもないと考えているらしい。また何人かは自分がやったのではなく、見も知らない他人がやったように考えていた。

ここでもまた、妻を殺したことにまったく良心の呵責《かしゃく》を感じていない青年の回想が、モーム独特のユーモアをもって語られている。

さて、「マウントドラーゴ卿《きょう》」は雰囲気ががらっと変わる。自尊心と虚栄心のかたまりのような上院議員が屈辱的な夢に悩まされ、その夢と現実が重なっていくという、スタンリー・エリンやローズマリー・ティンパリやロアルド・ダールが書きそうな、奇妙な味の作品だ。ただ、これら三人のミステリ作家の作品と違うのは、作品としての幅の広さだろう。夢のなかで醜態をさらし、それを自分が軽蔑《けいべつ》している政敵に知られているのではないかと苦悶《くもん》する主人公を絶望的な状況に追いこんでいく一方で、その主人公を診察する精神科医もしっかり描いていくところが、モームらしい。この医師は名医といわれているのだが、なぜ自分にそんな力があるのか、まったくわかっていないのだ。

多くの人々を自殺から救い、精神病院から救い、有意義な人生に巣くう悲しみをやわらげ、不幸な結婚を幸福な結婚に変え、異常な性癖を根治し、多くの人々を恐ろしい束縛から解放し、心を病む人に健康を取りもどさせた。これらすべてをなしとげたにもかかわらず、心の片隅には、自分は詐欺師《さぎし》とほとんど変わらないのではないかという後ろめたさがひそんでいた。

この精神科医がいてこそ、奇妙な患者の奇妙な物語のエンディングが強烈な印象を残す。

さて、「ジゴロとジゴレット」は、リヴィエラの大きなカジノのステージで大当たりを取った男女の物語。このふたりの出し物は飛びこみだ。

ステラは高さ十八メートルの台まではしごをのぼっていって、そこから大きな水槽に飛びこむ。コットマンのいうように、水の深さは一メートル半しかない。そのうえ、飛びこむまえに、ガソリンを流しこんで水面に広がったところで火をつける。炎が燃えあがり、ステラはその中に飛びこむのだ。

設定もスリリングだが、この男女が迎える危機のほうがさらにスリリングだ。生き生きとした文体で書かれた、スピード感のある一編。

さて、残りの「征服されざる者」と「サナトリウム」は、かなりリアリスティックな作品だ。

「サナトリウム」のほうは、結核療養所を舞台にした、ハートウォーミングな傑作だ。鋭い人間観察、ドラマティックなストーリー展開、完璧《かんぺき》といっていいエンディング。抜群にバランスのいい好短編で、読後感もすがすがしい。モームの膨大な数の短編のなかでも最もモームらしい作品だ。

一方、「征服されざる者」のほうは、最もモームらしくない作品だ。

モームの作品では、一人称のものであれ三人称のものであれ、語り手や登場人物によって、作者のコメントや感想がさしはさまれることがほとんどだ。それはこの短編集に収めたほかの七編を読んでもよくわかる。ところが、この短編では一切、それがない。また、文体そのものも簡潔で、無駄がなく、ある種の緊張が最後まで途切れずに続く。作者名を知らずに読んだら、モームだと思う人はいないだろう。アメリカのハードボイルドの作家のものといっても通るくらいだ。

舞台は第二次世界大戦中のフランス北部の町、ソアソン近郊。ドイツ占領軍の若い兵士ハンスが、農家の娘をレイプするところから物語が始まる。戦勝気分と、反抗的な娘に対するいらだちが原因だった。その後、しばらくして、ハンスは興味半分でその農家に食料やタバコを持って立ち寄るようになる。それにつれて、娘の両親の態度が変わっていき、さらにハンスの気持ちまでが変わっていく。そのあたりの描き方が不気味なほどリアルだ。そしてまた、何百年も戦いに明け暮れてきたヨーロッパの人々の気持ちも書きこまれている。

「フランスは負けた。その代償は払わなくちゃならん。征服者とはできるだけうまくやっていくべきだ。われわれは連中よりも賢い。うまく立ち回れば、連中を出し抜くことができる。フランスは腐っちまった。ユダヤ人や金権主義者に食い荒らされた。新聞を読んで、その目で確かめてみろ！」

という父親の言葉は父親なりの真実をふくんでいる。
しかし、娘は頑としてハンスを許そうとしない。
そんななか、衝撃的な事実が発覚し、後半、物語は一気に加速する。
この作品では、モームはユーモアもウィットも排して、冷徹にこの四人を描写していく。恐ろしいほど精緻《せいち》に人間の心理を写し取った現代小説といっていい。

さて、最後になりましたが、作品選びに根気よく付き合ってくださった編集者の川上祥子さん、細かいところまでチェックを入れてくださった編集者の菊池亮さん、ていねいに原文とのつきあわせをしてくださった翻訳家の井上里さん、そして最高に素敵な解説を書いてくださった角野栄子さんに、心からの感謝を!

二〇一五年七月二十五日

金原瑞人

解説　わたしのモームと金原さん

角野栄子

戦争が終わり、世の中が少し落ち着いたころ、十代半ばだった私たちに、欧米の文学、映画、音楽が怒濤《どとう》のように押し寄せてきた。長い間我慢を強いられていた若者にとって、それはもうくらくらするぐらい魅力的だった。その流れで、私は英文科の学生になってしまった。選びに選んだ場所ではなく、引っ張られてころがりこんだ、そんな選択だった。

入学早々、「翻訳研究」という授業で、サマセット・モームの『コスモポリタンズ』という短編集を読んだ。どれもとても短い作品なのに、人物の描写、思ってもみないような展開とくっきりとした結末が新鮮だった。教授は龍口《たつのくち》直太郎先生。大変人気の翻訳家だった。欧米の文学を原語で読むのは、生まれて初めてのことだったから、指されるのは恐怖だったけど、授業は楽しかった。

それまでにも、翻訳されたものなら多少は読んではいた。ディケンズや、グレアム・グリーン、エドガー・アラン・ポー、メルヴィルなどなど。でも、外国かぶれの私は原語で読む方がかっこよく思えた。力もないのに、形にあこがれていたのだ。でも手にしているのは、日本で作られた教科書用の薄っぺらい本。是非とも本物の本（へんな表現だけど……）を触ってみたかった。とは言え、一ドルが三六〇円の時代。それも、丸善に注文して受け取るまで二ヶ月ほどかかる。お金も辛抱もない私は、当時、六本木にあったアメリカ大使館の図書館に出かけていった。学生なら日本人でも入館できたのだ。すると、ある、ある。分厚い本が目がくらむほどあった。私の言葉で言うと、すべて原書！　手に取ると、紙がどこかふわっとして、においが違う。そのとき、モームの本は見つけられなかったけど、私は異国の本たちに魅了された。自分のものにするのは遠い夢でも、こんな本のなかに包まれている作品を、できるだけ読んでみたいと思った。そのとき私は十八歳だった。

当時の若者は、よく本を読んだ。また、読んだ本について、遠慮のない議論もした。若者の常で、自分がいいと思うと、強引に人に勧める。「これがわからんやつは相手にならない」なんていう空気を感じると、引きずられて読んだりした。この頃、フランスから新しい波が押し寄せていた。カミュ、サルトルなどの実存主義文学。「すごい」なんていう言葉が聞こえてくると、遅れをとるまいと飛びついてみるものの、私にはさっぱり染《し》みてこないのだ。精一杯背伸びしても、手に何もつかめない。そんな自分に落ち込んだ。

そうして鬱々《うつうつ》としているとき、モームの『月と六ペンス』に出会った。おいしい水が踊りながらのどを通っていくようだった。この作者、いい!! 心からそう思った。その頃、モームは一部では通俗作家と評されていた。でも、面白いものは面白い。しばらく続けて読んでみよう。原書で読みたいなんて気持ちはすっかり忘れ、つぎつぎ翻訳されたモームの作品を読み続けた。『お菓子とビール』『剃刀《かみそり》の刃』『人間の絆《きずな》』、短編も面白かった。

「評論家はなぜ物語の面白さを取り上げないのか」と、モーム本人が不満を漏らすのも共感できたし、「私はよく忘れる」と言うのを聞くと、こっちもほっとした。率直でとっても自由な人なのだと思った。

龍口先生が、現代英米文学を読む、「六ペンス会」というグループを作り、私もそのメンバーになった。一月に一冊、決められた本を原語で読む会だった。原語で読むのがかっこいいと思っていたくせに、今度はそれが苦痛になった。翻訳があるものは、それを読んで出席。ないものは、十ページぐらい読んで、お茶を濁した。こんな怠け者の会員だったけど、おかげで、そのとき進行形の英米文学を知るようになる。と言ってもモームのほかはアメリカ文学が多かった。フォークナー、フィッツジェラルド、ヘミングウェイ、カポーティー……、そのなかにアメリカ南部の女性作家、カーソン・マッカラーズがいた。代表作『心は孤独な狩人《かりゆうど》』の主人公、十二歳の少女、淋《さび》しいミックに自分を重ねて、夢中で読んだ。

そして、卒論を書く時期がやってきた。作家論と決めていたので、モームにするか、マッカラーズにするか……、随分空気感の違う二人の作家の間で迷った。でも十二歳の女の子、ミックにどうしようもなく心ひかれた。それは後々私が書く少女たちにつながっていったように思う。またモームに比べ、マッカラーズは圧倒的に作品数が少なかった。怠け者の私がどちらを選んだか、言うまでもない。

けれども、モームとは、今に至るまで不思議なご縁が続いている。

モームが一生の間移動した距離は、一体どのくらいだったのだろう、と考えたことがある。ものすごい数字になるに違いない。それも飛行機のない時代だから、船で。モームは諜報《ちようほう》活動もしていたから、秘密の移動距離もあるはず。その途方もない旅の線上で、もちろん時代は違うけど、ぽつり、ぽつりと私の旅も交差している。

一九五九年、モームが来日すると聞いて、私は遠目でもいいからモームに会いたくて、龍口先生にお願いした。先生はできるだけ努力しようと約束してくれた。ところが、モーム来日の三ヶ月前、私はブラジル行きの移民船に乗ってしまった。その限られた荷物のなかに、出版されて間もないモーム全集を二十冊入れた。本は辞書以外それだけだった。理由はよく覚えていない。でも、地球の反対側に向かおうとしていた私の旅は、モームの旅に少なからず影響を受けていたような気がする。また渋い二色使いの装釘《そうてい》のモーム全集は小ぶりで美しく、手放しがたかったのかもしれない。移民船はシンガポールにも寄港した。真っ先に向かったのはラッフルズホテル。身分不相応なアフタヌーンティーを味わいながら、モームもここに座ったに違いないと、しみじみ自己満足に浸った。

二年後、帰国し、更に十数年経《た》ったとき、仕事でタヒチに行った。この島は私にとって、ゴーギャンの島というよりは、『月と六ペンス』のストリックランドの島だった。大通りの隅で、ゴーギャンの息子だという中年の太ったおじさんが、観光客と一緒に写真を撮って、チップをもらっていた。その姿からは、ストリックランドを看取《みと》った優しいアタの姿を偲《しの》ぶことはできなかった。この旅の帰り、飛行機が突然予定変更をして、サモアに寄った。夕暮れ時で、雨が激しく降っていて、空気はどよんと湿って、息苦しい。じっとりと汗をかく。まさにモームの短編、「雨」そのままだった。

物語を書き始めた頃、一人称で書くか三人称で書くか迷っていると、石井桃子先生にご相談したことがある。すると、返ってきたのは、「モームはね、『一人称であろうが三人称であろうが、面白ければどっちでもいい』っていってるわ」という答えだった。そういえば、一人称で描かれているモームの作品に、「あれ、この場面に、なんで、『私』がいないの?」と思ったことがあった。でも、そんなこと問題にならないぐらい、物語に引きこまれた。モーム先生は、この時も振り向いて、私を助けてくれた。

　モームの回顧録ともいえる『サミング・アップ』（『要約すると』）のなかで、彼はメモというものをとったことはないと言っている。（別の所ではメモをとったともいっているのだけど……）でも、夢想をするという。夢想？　少女っぽすぎる、この言葉の向こうには、十歳で孤児になった彼の、長く連なる孤独の歴史があるのだろう。ふと、思いついた。モームを、私なりに勝手に夢想してみよう。

もしかしたら、モームは左利《き》きだったかもしれない。左手に、BではなくHBぐらいの鉛筆を持って、さっきカフェで座っていたご婦人の姿を描き始める。すっと一本、線を引いて、また引いて、引いて……、引いてるうちに、塗って、塗って、塗りつぶしているうちに、婦人の名前などが決まってきて、体に肉がついて、顔にしわもついて……、合間に絶妙なセリフをひょいっとつぶやいたりして。モームの女がどんどん姿を現してくる。その造形を書き終わった頃には物語もできあがっている。晩年、モームは自分の絵画コレクションをオークションで手放している。絵が好きだったに違いない。どんな絵を集めていたのか、のぞいてみたかった。モームにとって、造形と言葉は、常に切り離せないものだったように思う。

この短編集、『ジゴロとジゴレット』には、モームならではの女や男が、ぞくぞく登場する。その造形が見事！　第一話、「アンティーブの三人の太った女」は、タイトルの通り、三人のおでぶさんが登場し、ダイエットに励む。三人三様のじたばたぶりが可愛《かわい》い。読後、七〇〇グラムのステーキを食べた心地がした。第三話、「キジバトのような声」には、中年の歌姫と、その女性秘書との関係に、思わずにたっと笑いたくなる。女は誰しも恐ろしい。そして、第七話、タイトルと同じ、「ジェイン」という名の女。おっとりと構えながら、巧まざる計算高さ。「あら、あら」と、小さく驚いていると、最後にどーんと、してやられる！　女って、本人も気づかない、すごい技を隠しているものなのか……。モームに視線を当てられたら、いやもおうもない、もうお手あげだ。

女の容赦ない描写に比べると、男たちはそんなに暴れない。けれども、巧みな物語構成のなかで、強い女たちにからんで、実にいい味を出している。読み終わった後は、不思議なことに、どんないやらしい女も男も愛すべき人として心に残る。モーム先生は、確かに「エニグマ」（なぞ）だ。「キジバトのような声」に、こんな文章がある。

「わたしは物わかりのいい人間より、ちょっと面倒な人間のほうが好きなのだ」

本書の訳者、金原瑞人さんは、私にとって、友達のような先生のような弟のような……、そんなお付き合いをしている。たまに思いも掛けない場所で出会ったりする。ジョアン・ジルベルトのコンサートや、落語の会。好きなものが似ているらしい。翻訳家と作家だから、一緒に仕事をする機会はあまりないが、対談や鼎談《ていだん》をしたことがある。そんなとき終始、彼の周りには、言うに言われぬ穏やかな空気が漂う。そばにいると、なぜかほっとする人なのだ。その訳文にも、気持ちのいい風がリズムよく吹いている。私も小さな絵本を少し訳しているので、横文字を縦文字に直すむずかしさは、少しは分かるつもりでいる。国の違う人の言葉は、ぴったりする言葉がどうしても見つからないときがある。

「そんなときは、気持ちが伝わるように、言葉を変えちゃうわ」なんて、私は暴言を吐いた。すると、彼はしみじみ、「いいなあ、そんなこと言えちゃうんだから」といった。

あのリズムのいい、読み手の心に染みるように入ってくる、金原さんの訳文は、とても厳しい仕事のなかから生まれてきたものなのだ。それをまったく見せないところが、この人のすごいところ。

（平成二七年七月、童話作家）

本作品には現在の観点から見て、差別的とされる表現が含まれますが、執筆当時の時代状況と文学的価値に鑑みて、原文通りとしました。（新潮文庫編集部）

S・モーム
金原瑞人訳
月と六ペンス
ロンドンでの安定した仕事、温かな家庭。すべてを捨て、パリへ旅立った男が挑んだものとは——。歴史的大ベストセラーの新訳！

S・モーム
金原瑞人訳
人間の絆（上・下）
平凡な青年の人生を追う中で、読者は重たい問いに直面する。人生を生きる意味はあるのか——。世界的ベストセラーの決定的新訳。

S・モーム
中野好夫訳
雨・赤毛
——モーム短篇集Ⅰ——
南洋の小島で降り続く長雨に理性をかき乱されてしまう宣教師の悲劇を描く「雨」など、意表をつく結末に著者の本領が発揮された3編。

M・ミッチェル
鴻巣友季子訳
風と共に去りぬ（1〜5）
永遠のベストセラーが待望の新訳！　明るく、私らしく、わがままに生きると決めたスカーレット・オハラの「フルコース」な物語。

ライマン・フランク・ボーム
河野万里子訳
にしざかひろみ絵
オズの魔法使い
ドロシーは一風変わった仲間たちと、オズ大王に会うためにエメラルドの都を目指す。読み継がれる物語の、大人にも味わえる名訳。

J・オースティン
小山太一訳
自負と偏見
恋心か打算か。幸福な結婚とは何か。十八世紀イギリスを舞台に、永遠のテーマを突き詰めた、息をのむほど愉快な名作、待望の新訳。

ジュール・ルナール
高野優訳
にんじん
赤毛でそばかすだらけの少年「にんじん」を、母親は折りにふれていじめる。だが、彼は負けず生き抜いていく——。少年の成長の物語。

バーネット
畔柳和代訳
小公女
最愛の父親が亡くなり、裕福な暮らしから一転、召使いとしてこき使われる身となった少女。永遠の名作を、いきいきとした新訳で。

E・ケストナー
池内紀訳
飛ぶ教室
元気いっぱいの少年たちが学び暮らすギムナジウムにも、クリスマス・シーズンがやってきた。その成長を温かな眼差しで描く傑作小説。

ディケンズ
加賀山卓朗訳
二都物語
フランス革命下のパリとロンドン。燃え上がる激動の炎の中で、二つの都に繰り広げられる愛と死のロマン。新訳で贈る永遠の名作。

ヴェルヌ
村松潔訳
海底二万里（上・下）
超絶の最新鋭潜水艦ノーチラス号を駆るネモ船長の目的とは？　海洋冒険ロマンの傑作を完全新訳、刊行当時のイラストもすべて収録。

E・ブロンテ
鴻巣友季子訳
嵐が丘
狂恋と復讐、天使と悪鬼——寒風吹きすさぶ荒野を舞台に繰り広げられる、恋愛小説の恐るべき極北。新訳による〝新世紀決定版〟。

Title: GIGOLO AND GIGOLETTE & SEVEN OTHER SELECTED STORIES
Author: William Somerset Maugham

ジゴロとジゴレット

モーム傑作選

新潮文庫　モ－5－13

平成二十七年九月一日発行
令和六年八月三十日五刷

訳者　金《かね》原《はら》瑞《みず》人《ひと》
発行者　佐藤隆信
発行所　株式会社新潮社
郵便番号　一六二―八七一一
東京都新宿区矢来町七一
電話　編集部(〇三)三二六六―五四四〇
　　　読者係(〇三)三二六六―五一一一
https://www.shinchosha.co.jp

価格はカバーに表示してあります。
乱丁・落丁本は、ご面倒ですが小社読者係宛ご送付ください。送料小社負担にてお取替えいたします。

印刷・株式会社三秀舎　製本・株式会社植木製本所

ISBN978-4-10-213028-5 C0197